ÉMERSION

MICHAEL FENRIS

ÉMERSION

Thriller

NOUVEAUX AUTEURS

Éditions Les Nouveaux Auteurs
16, rue d'Orchampt 75018 Paris
www.lesnouveauxauteurs.com

Éditions Prisma
13, rue Henri Barbusse 92624 Gennevilliers Cedex
www.editions-prisma.com

À la mémoire de mon père
« Imbaabaa » Georges (1935-2019)
Parce qu'il n'y a pas de mots en Ojibwé
pour exprimer les adieux,
simplement un je te reverrai…
« Gigawabamin Menawah ».

NEW YORK
DEUX ANS PLUS TÔT

Chapitre 1

L'automne…

Moi, Jedediah Lafkin, ingénieur forestier, j'avais toujours détesté l'automne et la chute des feuilles, ce qui n'était pas le moindre des paradoxes compte tenu de mon métier. Cette détestation avait connu son apogée deux ans plus tôt, alors que je vivais à Hope Falls, une petite ville perdue au milieu de la forêt. On y vivait par et pour l'exploitation du bois, sous le joug de Vernon Krueger, une sorte de tyran local dont le seul intérêt était le profit, peu importaient les moyens. Un jour, Krueger avait dévasté la forêt appartenant aux indiens Ojibwés, entraînant leur colère, et celle de la nature. Je sais bien que c'est difficile à croire, mais c'est la vérité. Tout avait commencé par la mort d'un de ses acolytes, un type brutal du nom de Milton Hoggs, un ex-vétéran de la guerre du Viêtnam, dont le corps avait été retrouvé avec six kilos de feuilles mortes en lui. Personne n'avait compris comment cela avait pu se produire, s'il s'agissait d'une vengeance des Indiens. Avant même de réaliser ce qui se passait, tout s'était achevé dans un cataclysme. Nous n'étions que quelques survivants, parmi lesquels Barbara Maccallan, un agent de l'Agence de Protection de l'Environnement qui deviendrait ma compagne. Ne cherchez pas Hope Falls : elle n'existe plus. Personne ne connaissait cette bourgade à l'époque, personne n'aurait été capable de la situer sur une carte. Désormais, tout le monde en avait entendu parler. J'espère que tout est fini.

Je suis seul dans l'appartement. Barbara est partie travailler comme à son habitude, sauf qu'il y a quelque chose de changé. Je sais que c'est bientôt mon anniversaire, qu'elle me prépare une surprise, même si elle fait mine de ne pas y penser. Je sais aussi qu'il est prévu un repas chez ses parents, et je lui ai promis que je sortirais. Les Maccallan ont une propriété du côté de Sag Harbor, et ils y passent leurs week-ends à faire du bateau. Il faudra que je prenne la voiture, que je traverse Manhattan pour aller jusqu'à Suffolk. Si les routes sont dégagées, ça devrait prendre deux heures et demie. Deux heures et demie dehors, puis un grand jardin, et des arbres. En automne. Des feuilles qui tombent. J'essaie de ne pas y penser, de me dire que je serai fort. Je dois le faire pour elle. Et pour notre futur bébé. Car oui, c'est cela son secret : je crois qu'elle est enceinte. Je lui trouve un air guilleret depuis quelques temps. Elle s'est empressée de vider les poubelles de la salle de bain l'autre jour, mais je crois avoir aperçu quelque chose ressemblant à un test de grossesse. Et elle a noté un rendez-vous chez son gynécologue. Va-t-elle me faire la surprise en arrivant chez ses parents, bousculant un peu les vieilles traditions catholiques de la famille ? De mon côté, une pensée m'obsède : avons-nous fait le bon choix ? Quel avenir allons-nous offrir à cet enfant, si ça devait se reproduire ? Nous sommes à New York, une mégapole industrialisée, pas à Hope Falls, une minuscule bourgade entourée d'arbres. De millions d'arbres…

Mais même toute cette forêt n'aurait pas suffi à recouvrir la ville entière sur dix mètres de hauteur. Difficile d'évaluer la quantité de feuilles sur un grand arbre, n'est-ce pas ? J'ai longtemps cherché sur internet, je me suis livré à des centaines de calculs par extrapolation, épaisseur et surface d'une feuille, rapportées à l'épaisseur moyenne de la marée verte et de sa surface. Je suis arrivé systématiquement à des milliards et des milliards de feuilles, et autant d'arbres… Et puis, où sont passées toutes ces feuilles ensuite ? Il n'y en avait aucune sur le sol quand les secours sont arrivés. Et à peine dans la forêt. En cherchant des réponses, je suis tombé sur un article. Une petite ville dans le nord du Brésil, en pleine zone de surexploitation forestière. La population a totalement disparu, de même que les employés d'une scierie installée à proximité. Tout le matériel a été détruit. Il n'y a eu que deux survivants, une femme et son enfant de six ans, qui répètent sans arrêt que la forêt s'est vengée et a mangé tout le monde. J'ai peur. Je voudrais tant que le vieil Indien soit là pour me guider.

Nous sommes vendredi, il est dix heures du matin. Ce week-end c'est mon anniversaire, et pour la première fois depuis dix mois je vais aller dehors, prendre la voiture, quitter la protection de mon appartement. Je suis nerveux, mais confiant en mes capacités. Nous sommes à New York, il n'y a pas d'arbres, du moins pas assez pour recouvrir toute la ville jusqu'au quinzième étage. Et au cours de ces derniers mois j'ai témoigné en faveur de la nature plus que je ne l'aurais jamais fait au cours de ma carrière. Sur la chaîne, Miles et sa trompette jouent Autumn Leaves, pas très fort, mais suffisamment pour que dans un premier temps je n'entende pas le bruit contre la baie vitrée. Les quelques secondes de silence entre deux pistes me le font percevoir. Je m'approche de la baie. C'est une journée banale comme les autres. J'ai à peine le temps de me détourner que le bruit retentit de nouveau, un peu plus fort, même si ce n'est qu'un chuchotement. Après une seconde d'hésitation, je sors sur le balcon. La circulation est dense à cette heure et son bruit me parvient légèrement étouffé, et je frissonne dans l'air vif. C'est peut-être un oiseau, ou un insecte. Je rentre avant de prendre définitivement froid, et en me retournant je suis cloué sur place. Incapable de bouger. Elle est là. Elle n'a pas oublié. Le cauchemar recommence. C'est elle qui a frappé à la vitre de la baie, elle est entrée au moment où j'ouvrais, et maintenant elle heurte ma vue en s'étalant sur le canapé immaculé.

Elle.

Cette superbe, cette magnifique, cette terrible feuille d'érable rouge.

Dans un léger crissement de ses nervures, je l'entends.

Tu m'as manqué...

Je demeurai immobile, paralysé par la panique. Plus aucun muscle de mon corps ne pouvait bouger. La feuille d'érable rouge ressemblait à un animal prêt à mordre, ses nervures s'animaient de légères vibrations qui crissaient sur le cuir du canapé comme les griffes d'un fauve. Nous étions au quinzième étage, j'avais à peine entrouvert la baie vitrée ! Comment avait-elle pu grimper aussi haut ? Je fermai brièvement les yeux, très fort, persuadé que tout cela n'était qu'un cauchemar, que lorsque je les rouvrirais, elle aurait disparu. Je comptai jusqu'à dix, murmurant entre chaque chiffre : « Tu n'es pas réelle. » Elle était toujours là, il me semblait qu'elle avait bougé et s'était rapprochée de moi. Je reculai en secouant la tête, ma hanche gauche heurta l'angle la table et je retins à grand-peine un gémissement de douleur. La feuille glissa d'un seul coup sur le rebord du canapé et se retrouva sur le tapis. Droit dans ma direction. Je ne pensai plus à Barbara ni à notre futur enfant, je n'avais plus qu'un objectif : fuir. Tout ce que j'avais pu accomplir pour remonter la pente au cours de ces derniers mois venait de voler en éclats. Je me précipitai dans la salle de bains, je verrouillai la serrure, et je glissai une serviette sous la porte pour bloquer le passage. Je me recroquevillai sous le lavabo, en proie à la plus sévère des paniques, suffoquant à m'en étouffer. Et si elle n'était pas seule, si d'autres feuilles se manifestaient et envahissaient l'appartement ? Je les avais vues à Hope Falls, j'avais vu ce dont elles étaient capables. Il ne leur faudrait que quelques minutes pour recouvrir la totalité des pièces et me submerger. Allaient-elles réussir à enfoncer le panneau de bois pour se ruer dans mon refuge ? Dans un cauchemar, j'entendis un bruit contre la porte. La panique me fit pleurer.

– Foutez le camp ! Laissez-moi ! Vous n'êtes pas réelles !

Dans un dernier effort, je me jetai sur l'armoire de toilette, en reversant son contenu. La porte d'entrée se mit à vibrer sous les coups. Je m'appuyai contre le panneau, ressentant physiquement la violence des chocs dans mon dos. J'étais de retour à Hope Falls. J'imaginais une seconde la ville de New York submergée de feuilles, jusqu'au quinzième étage, soit sur plus de quarante mètres… non, c'était impossible à envisager. Les coups se firent de plus en plus violents.

– Laissez-moi, je vous en supplie !

Soudain, ce fut le silence. Noyé dans mes sanglots bruyants, je n'y prêtai pas immédiatement attention, jusqu'à ce que j'entende le claquement métallique d'une clé dans la serrure. Éperdu, je cherchai à comprendre qui pouvait entrer dans l'appartement. Je jetai un œil à ma montre, il était treize heures. Je venais de passer trois heures enfermé dans la salle de bains sans même me rendre compte du temps qui s'était écoulé.

– Jed ? Tu es là ?

La voix inquiète de Barbara me parvint depuis l'entrée. Je me redressai et m'appuyai contre la porte.

– Barbara ! Ne reste pas là, sauve-toi ! Elles sont ici !

– Jed ? Mais de quoi parles-tu ?

– Les feuilles ! Sauve-toi, je t'en supplie !

La poignée de porte s'abaissa et se releva.

– Jed, ouvre-moi ! Qu'est-ce que tu fais enfermé dans cette pièce ? Laisse-moi entrer s'il te plaît, tu me fais peur !

– Mais tu ne comprends pas ? La feuille d'érable rouge, elle est revenue, elle a pu monter les quinze étages pour essayer de m'agresser ! Elle est peut-être en train de te surveiller !

– Jed, pour l'amour de Dieu, ouvre-moi ! Il n'y a rien ici !

Il me fallut de longues minutes pour intégrer ce qu'elle répétait de l'autre côté du battant. Je finis par débloquer le verrou. Le visage de Barbara s'encadra dans l'interstice, crispé par l'inquiétude.

– Jed ?

– Les feuilles…

– Regarde-moi, Jed. Écoute ma voix. Ne fais que ça et rien d'autre. Il n'y a que toi et moi, tu comprends ? Nous sommes au quinzième étage, Jed, il est impossible qu'une multitude de feuilles ait pu grimper jusque-là. Peut-être une, et encore, mais ce n'est pas le cas. Crois-moi, tu es en sécurité.

Je baissai le regard vers le bas de la porte, et je n'y vis aucune trace. La peinture était intacte. J'ouvris davantage, tentant de repérer par-dessus l'épaule de Barbara la feuille d'érable rouge. La baie vitrée était fermée comme je l'avais laissée, le silence régnait dans tout le logement. Ma compagne me prit par la main, doucement, sans brusquerie, pour me tirer vers elle. Son visage était empreint d'une grande inquiétude à mon égard. Avec mes yeux gonflés et rougis, je ne devais pas être très présentable. Elle me conduisit à travers notre logement, me fit traverser les pièces jusqu'au salon. Je dus m'y reprendre à plusieurs reprises pour arriver à observer le canapé. Il n'y avait rien dessus. Pas la moindre trace de rouge sur le cuir blanc.

– Barbara, je te jure, elle était là. J'ai entendu frapper à la vitre, j'ai pensé qu'il s'agissait… en fait, je ne sais pas ce que j'ai cru. J'ai ouvert pour chercher d'où provenait ce bruit, et c'est en rentrant que je l'ai vue… elle était là, Barbara ! sur le canapé, juste devant moi ! Elle a bougé et elle m'a attaqué, j'ai dû m'enfuir et m'enfermer dans la salle de bains pour lui échapper !

Elle me prit dans ses bras et me serra contre elle.

– Je sais combien c'est dur pour toi. Le traumatisme que nous avons vécu ensemble, toutes ces victimes, et personne n'a jamais rien compris. Tu te croyais fort, mais tu es encore fragile.

Je m'écartai d'elle.

– Tu ne me crois pas, c'est ça ? Tu as vu Hope Falls disparaître sous des tonnes de feuilles, ces dizaines de morts, tu as failli mourir, toi aussi. Peut-être que c'était impossible à envisager à l'époque, mais c'est arrivé ! Pourquoi ça ne pourrait pas se reproduire aujourd'hui ?

– Jed, c'était il y a un an ! Tu refuses de sortir pour ne pas passer sous un arbre, tu ne veux pas voir la couleur verte, tu ne veux pas une seule plante ici. Depuis un an nous scrutons les signes, et tu es d'accord avec moi : rien ne s'est produit !

– Hope Falls n'est plus qu'un champ de ruines, tu l'as oublié ?

– Non, Jed, mais je dis qu'il faut aller de l'avant. Si tu veux, nous en parlerons à ma mère ce week-end, elle pourra te donner des conseils.

– Et me renvoyer chez son confrère le Dr Fredrikson ? J'ai eu du mal à me sortir de toutes ces fichues pilules qu'il m'a fait avaler.

– En attendant, tu allais mieux, me fit-elle remarquer d'un air de reproche.

J'embrassai le salon en écartant les deux bras.

– Je ne sais plus, Bab's. Tout ça... je pensais être en sécurité, et maintenant j'ai peur. Je ne pourrai pas revivre ça une nouvelle fois.

– C'est pour ça que tu dois en parler, Jed. Tu ne dois pas garder ça en toi. Raccroche-toi à tout ce que tu as pu gagner depuis un an, tu as même réussi à sortir de l'appartement ! Et tu m'as promis de m'accompagner chez mes parents à Sag Harbor.

– On devrait peut-être repousser la date ? demandai-je misérablement.

– Non, Jed. Et je n'irai pas sans toi. C'est ton anniversaire, tu l'oublies ? On doit fêter ça comme il se doit. Et puis, mon père voudrait te parler de grands projets qu'il a en tête. Avec toi.

– Je suis sûr que si tu l'appelles, il comprendra...

– Jed ? Je suis enceinte.

Elle me lâcha ça d'un coup, presque abruptement. Bien sûr que je m'en doutais, mais j'avais espéré une autre façon de l'apprendre, peut-être au cours d'un repas aux chandelles, quelque chose de romantique entre nous. Mais pas de cette façon. Je l'observai, partagé entre la joie et la déception. Elle hocha la tête.

– Tu vas être père. Je t'ai menti en te disant que j'allais travailler ce matin, j'avais rendez-vous chez mon médecin pour vérifier que tout allait bien. Nous allons avoir un enfant, Jed.

Elle me tendit la pochette qu'elle tenait en main. Une échographie. Je regardai ce drôle de petit point clair au milieu d'une tache sombre, je lus des termes que je ne connaissais pas, grossesse monofœtale intra-utérine évolutive. Un enfant. Barbara me serra le poignet.

– Je veux que notre enfant grandisse et se sente en sécurité entre ses parents, qu'il ait un père fort, qui lui serve d'exemple, et pas quelqu'un qui se réfugie dans ses souvenirs pour ne pas aller de l'avant. Ce qui est passé est passé, Jed, aussi dur que ce soit. Maintenant, il faut regarder droit devant. Il n'y a plus de feuille d'érable rouge. Il n'y a plus de Hope Falls. Il y a désormais toi, moi, et notre bébé. Tu dois te projeter en avant et en faire ta force. C'est ta chance de dénoncer les horreurs commises sur la nature et les moyens d'y remédier.

Elle se dirigea vers la table d'angle et s'empara du téléphone. Ses mots étaient durs, ils me firent mal.

– Que fais-tu ?

– J'appelle Fredrikson. Tu ne peux pas rester comme ça.

Chapitre 2

Charles Fredrikson était un ami de longue date des Maccallan. Il avait fait ses études de psychiatrie avec la mère de Barbara, et s'était par la suite tourné vers le milieu hospitalier. Il dirigeait une clinique en plein centre de New York, un lieu sécurisé et qui avait hébergé quelques célébrités en toute discrétion et à l'abri des ragots. Il me faisait penser au Dr Chilton, celui qui détient Hannibal Lecter dans le film *Le Silence des agneaux*. Nos premières rencontres par écran interposé m'avaient fait le plus grand bien. Après la destruction de Hope Falls, j'étais incapable de réagir par moi-même. Il m'avait d'une certaine manière sauvé la vie. Ce n'était que tout à la fin, et alors que je refusais toujours de sortir, qu'il avait accepté, au nom de l'amitié qui le liait aux parents de Barbara, de venir consulter dans mon appartement. Cela faisait quelques mois que je ne l'avais pas vu, surtout d'aussi près, et j'avais presque fini par oublier son rictus ironique qui donnait l'impression de ne pas prendre son interlocuteur au sérieux. Et cette manie de jouer avec son stylo-plume. J'attendais son verdict. Debout derrière moi, ses mains sur mes épaules, Barbara patientait également. Elle n'avait pas voulu s'asseoir malgré mon insistance.

– Vous avez bien fait de m'appeler, Barbara, finit par lâcher le psy. Il est important de ne négliger aucun signe, surtout lorsqu'on se souvient d'où nous sommes partis.

– Je sais ce que j'ai vu, docteur.

– Jedediah, je ne suis pas là pour juger de ce que vous avez cru voir, mais pour que nous trouvions une solution à vos problèmes. Comme vous l'a dit votre épouse, vous devez aller de l'avant. La vie doit continuer, et ce n'est pas en restant cloîtré chez vous à sursauter au moindre bruit que vous pourrez vous en sortir.

– J'ai l'impression que tout le monde me croit fou.

– Jedediah, vous avez subi un traumatisme qui est encore récent. Quelque chose de terrible. C'est normal que vous ayez du mal à remonter la pente. Mais regardez Barbara : elle a vécu la même expérience que vous, mais elle a appris à gérer, n'est-ce pas Barbara ?

– Il m'arrive de faire des cauchemars et de me réveiller brutalement la nuit, confirma-t-elle. Mais je me raisonne en me disant que ce n'est rien.

Elle m'avait caché ce fait. Fredrikson frappa dans ses mains, satisfait.

– Vous voyez ? Jedediah, il y a un an, vous avez vécu un phénomène qu'encore aujourd'hui nul ne peut expliquer. Une ville entière noyée sous les feuilles. Peut-être n'était-ce pas seulement des végétaux, mais également le ruissellement des eaux de pluies, des inondations, souvenez-vous comment votre ancien responsable Vernon Krueger a détruit la forêt.

– Comment pourrais-je l'oublier ?

Vernon Krueger, le patron tout-puissant des scieries du même nom et le maire d'Hope Falls, qui avait voulu spolier les membres de la tribu anishinaabe en exploitant leurs ressources en toute illégalité. Il avait non seulement coupé d'énormes parcelles de bois, mais il s'était en plus livré à du trafic de drogue. À l'époque, je n'étais qu'un pauvre ingénieur forestier bien trop content d'avoir pu trouver un poste pour conserver la maison de mes parents. Plus tard, je m'étais dit que la forêt s'était vengée de celui qui lui avait fait tant de mal.

– Vous avez vu passer des milliers de feuilles, mais aussi des branches, des débris de toutes sortes. Vous avez subi un traumatisme mental violent, et votre esprit s'est raccroché à un objet tangible pour extérioriser vos peurs : une feuille d'*Acer rubrum*, peut-être parce qu'elle était la plus visible à cet instant précis. C'est devenu une fixation, une hantise. Désormais, chaque événement contrariant ou traumatique vous relie à cette feuille. Jedediah, je ne nie pas ce qui vous est arrivé à Hope Falls, je vous demande de réfléchir à nouveau : vous étiez dans une minuscule cité, installée dans une cuvette, en plein milieu de la forêt, et en prime avec un lac qui la surplombait. J'ai lu plusieurs fois votre témoignage, les habitants ont été victimes d'une inondation sans précédent, et sans espoir de s'en sortir. Ici, vous êtes à Manhattan. Il n'y a pas de cuvette, pas de forêt alentour, en fait de lacs vous avez ceux de Central Park, mais c'est sans commune mesure, et vous ne verrez pas l'Hudson entrer en crue pour grimper de plus de cinq mètres dans les rues de la ville. Comprenez-vous ce que je cherche à vous dire ? Vous êtes sujet à une rechute anxieuse… depuis quand ne prenez-vous plus votre traitement ?

Je sentis le regard contrarié de Barbara sur ma nuque.

– Quelques mois, avouai-je.

– Bon sang, Jed ! s'écria-t-elle. Pourquoi tu ne me l'as pas dit ? Je suis moi-même allée chercher ton renouvellement, qu'en as-tu fait ?

– Je l'ai mis à la poubelle…

– Ah bravo ! Tu m'as menti !

– Allons, Barbara, intervint Fredrikson avec un air bonhomme. Jedediah a cru bien faire en se séparant de son traitement. Mais ce n'est pas la solution, vous le savez. Il fallait m'en parler avant. Nous allons refaire le point, reprendre les comprimés que je vous donnais et vous verrez que tout ira mieux. Vous oublierez cette feuille.

– Comptez sur moi pour vérifier qu'il les avale bien, docteur ! assura Barbara en me fixant d'un air de défi.

Fredrikson parti, j'eus droit à une véritable scène de ménage. Elle avait cru que les événements passés nous avaient soudés à jamais, elle m'avait invité chez elle, m'avait soutenu durant tout ce temps, pour apprendre aujourd'hui que je l'avais trahie. Elle se sentait blessée et en colère. Si je jugeais bon de me débrouiller tout seul, elle ne m'en empêcherait pas, mais elle n'était pas prête à tout recommencer. J'eus toutes les peines du monde à me faire pardonner. Je retrouvais la Barbara Maccallan crispante qui m'avait reproché ma négligence lors de notre première rencontre à Hope Falls, jusqu'à ce que nous comprenions tous les deux que nous étions sur la même longueur d'onde et non ennemis.

– Je t'aime, Barbara, et je te promets que je vais me soigner. Je prendrai double dose même s'il le faut pour sortir et aller chez tes parents. Je suis désolé, Fredrikson a raison, tu as raison. Je ne recommencerai plus.

Je m'agenouillai pour déposer un baiser sur son ventre.

– Si tu savais à quel point je suis heureux, ma chérie ! C'est le plus beau cadeau d'anniversaire que tu pouvais me faire !

Ses yeux brillèrent de plaisir.

– On tâchera de fêter ça dignement, toi et moi, promis ! Pour le moment, je n'en parlerai pas à mes parents.

– Comme tu voudras. Je suis d'accord.

Le soir même, pour lui prouver que j'étais prêt à tous les efforts, j'avalai les comprimés prescrits par Fredrikson.

En fin de compte, je parvins à la persuader de repousser notre visite aux Maccallan de deux semaines. Elle accepta, mais contre la certitude que je prendrais bien mes médicaments. Ce que je fis, en espérant que cela suffirait pour me détendre jusqu'au jour fatidique. Sauf que je ne réussis pas réellement à dormir. Les yeux grands ouverts, les oreilles sensibles au moindre bruit, je la guettais. Elle, toujours elle. Fredrikson pouvait bien raconter ce qu'il voulait, je savais pertinemment que je l'avais vue et qu'elle avait pénétré chez moi. Lorsqu'elle avait entendu la clé dans la serrure, elle s'était enfuie. C'était aussi simple que cela. On pouvait toujours me rétorquer que je prêtais âme à un végétal, je savais ce que j'avais vécu. Je regardais les minutes s'afficher sur l'écran du radio-réveil, me rapprochant de l'heure où je devrais quitter l'appartement, descendre au rez-de-chaussée, sortir. Je devrais prendre la route jusqu'à Sag Harbor. Un long trajet, d'abord en pleine urbanisation, mais je croiserais beaucoup d'espaces verts. Des parcs. Des arbres. C'était l'automne, donc je verrais des feuilles tomber. Certaines iraient peut-être jusqu'à glisser sur moi si je n'y prenais pas garde. Je finis par m'écrouler dans une sorte de somnolence comateuse, pour me réveiller lorsque ma compagne se leva pour aller prendre sa douche. Je l'imitai, en espérant que l'eau me rafraîchirait les idées. Barbara fut prête avant moi. Une fois de plus, j'admirais la facilité avec laquelle elle était capable de faire abstraction des faits les plus pénibles pour ne garder que le positif. Il ne lui fallut qu'une minute pour boucler une valise contenant quelques affaires pour nous deux. Elle me la tendit.

– On y va ?

J'avançai en cherchant à ignorer les battements de mon cœur. Depuis mon lever, mes signaux internes oscillaient plutôt dans l'orange. Je pus atteindre la porte d'entrée, puis je sortis dans le couloir. Jusque-là tout allait bien. Barbara appela l'ascenseur, la cabine s'ouvrit avec un chuintement pneumatique à peine audible, et elle appuya sur le bouton du rez-de-chaussée. La voiture était stationnée dans un parking souterrain, à une rue de notre immeuble. Nous descendîmes, la voix métallique et impersonnelle jaillit du micro pour nous informer de notre arrivée. Barbara me prit par la main, et ses doigts serrèrent les miens à les écraser.

– Comment te sens-tu ?

– J'ai connu mieux.

– Ça va aller, Jed, je te promets que tu n'as rien à craindre. Regarde-moi si tu hésites, d'accord ?

Je hochai la tête sans répondre. J'avais l'impression d'être une personne handicapée qui réapprend à marcher pour la première fois. Devant moi, la lourde porte vitrée étouffait les bruits de la rue, mais je pouvais distinguer les piétons et les véhicules. Ma respiration s'accéléra, je passai en mode hyperventilation. Mes muscles se tétanisaient peu à peu, et je voyais que j'allais bientôt être incapable de faire un pas de plus.

– Aïe ! s'écria Barbara. Jed, tu me fais mal, tu me serres les doigts trop fort !

Je relâchai ma pression, confus. Nous étions désormais devant la sortie. Les dés étaient jetés. Ma compagne poussa un des deux panneaux vitrés nous isolant de l'extérieur. Aussitôt un mélange de bruits et d'odeurs m'agressa. Je n'étais plus habitué à toute cette agitation. Je demeurai rivé sur le seuil, saisi d'un vertige, toussant sous l'effet de la pollution. Une plante, me dis-je, ne pourrait survivre à pareille atmosphère. Cette idée me rassura un peu. Barbara se tenait à mes côtés, avec dans le regard tout l'amour qu'elle me portait depuis que nous avions décidé d'unir nos destins. Je ne pouvais pas la décevoir. Pas maintenant.

– Laisse-moi juste quelques secondes, veux-tu ?

– Bien sûr, Jed. Prends ton temps. Respire calmement. Je peux aller chercher la voiture et tu m'attends ici, je te récupère au passage.

– Non. Je viens avec toi. Nous sommes en ville, il n'y a que des immeubles.

À cinq, je mettais un pied sur le trottoir. À dix, je m'éloignais de quelques pas. À vingt, j'avais franchi plusieurs mètres. Je me retournai pour contempler notre entrée, la façade de pierre un peu grise sans être austère. Je découvrais la rue pour la première fois, et non, il n'y avait pas tant de véhicules qui circulaient. De part et d'autre de la chaussée, les trottoirs étaient cependant bordés d'arbres. Ils étaient espacés d'au moins cinq mètres, leurs petits troncs semblaient épuisés de devoir porter les quelques branches qui s'élevaient au-dessus des gaz d'échappement.

– Ils ne sont pas assez nombreux, murmurai-je, mais Barbara entendit. Elle s'accrocha à mon bras en signe d'encouragement.

– Non, Jed, tu as raison, ils ne sont pas assez nombreux. Regarde comme ils sont petits ! En plus, ils ont déjà quasiment perdu toutes les feuilles et elles ont été balayées. Tu ne risques rien.

Ce n'était pas vrai, il y en avait sans doute assez pour s'infiltrer sous mes vêtements et dans ma bouche pour m'étouffer. En m'approchant du premier, je me collai le plus possible du mur afin d'éviter de passer sous les branches. J'eus la désagréable sensation qu'elles se tournaient toutes dans ma direction pour me regarder. Une sueur glacée me dégoulina du visage, inondant mon cou et mon dos. Je respirais mal, chaque nouveau pas était un supplice. Ce n'était pas le fait d'en avoir dépassé un, mais plutôt l'effrayante idée de se dire qu'il en restait des dizaines comme lui devant moi. Je n'y arriverais jamais.

Ma bouche s'ouvrit sur un gémissement qui monta de ma gorge et vint se heurter contre mes lèvres. Je ne voulais pas m'effondrer. Je ne devais pas. Encore un effort, Jed !

Barbara me tira vers la droite pour emprunter un passage en pente. Nous étions arrivés au parking souterrain. Je venais de réussir à parcourir cent mètres, ma première sortie extérieure depuis les événements de Hope Falls.

Chapitre 3

Les Maccallan habitaient une vaste demeure dans une des rues principales de Sag Harbor. Une maison à un étage, en briques cuites de teinte sombre. Le rez-de-chaussée était couvert par une avancée de toiture soutenue par des poteaux en bois clair, qui courait sur tout le tour de l'habitation, et l'angle droit s'ornait d'une petite tourelle qui se prolongeait par une sorte d'oriel donnant sur le garage. Une allée pavée permettait d'y accéder. Le devant de la maison et les autres côtés étaient occupés par des massifs de fleurs, et une haie soigneusement entretenue s'appuyait contre un muret grillagé. Au milieu de la pelouse, le drapeau américain flottait en haut de son mât. Je repérai les caméras de surveillance fixées sur la façade. La propriété du procureur était en réalité une résidence secondaire, celui que je considérais comme mon beau-père vivait le plus clair de son temps au centre de New York. Deux jardiniers passaient le râteau pour ramasser les feuilles d'un immense chêne situé près du garage, un troisième rafraîchissait les haies. Devant la maison, la camionnette d'entretien de piscine était ouverte, et un ouvrier en combinaison bleue achevait de remballer une série de tuyaux et de câbles.

– Mon père prépare la piscine pour l'hiver, m'expliqua Barbara. Même s'il fait encore beau, ma mère et lui ne vont plus guère dans l'eau à compter de septembre, ils préfèrent profiter des sorties en bateau.

Moi qui n'avais connu que les petits voiliers et le pédalo sur le lac de Hope Falls, je mesurai le monde qui me séparait des Maccallan. Barbara avança dans l'allée, coupa le contact et se tourna vers moi.

– Respire ! me dit-elle. Ça va aller.

Elle ignorait que j'avais doublé la dose de médicaments.

Je connaissais ses parents puisque sa mère m'avait reçu comme patient, et son père m'avait baladé avec lui lors de ses meetings où il dénonçait les méfaits d'une surexploitation des ressources naturelles et la destruction de la planète. C'était d'ailleurs au cours d'une conférence qu'il finançait que j'avais craqué. J'opinai du chef, plus pour me convaincre moi-même, et descendis du véhicule non sans jeter un coup d'œil inquiet en direction du chêne. Il était gigantesque, et il me fallait renverser la tête pour en distinguer la cime. Il devait porter des centaines de feuilles, assez pour ensevelir quelqu'un inconscient.

Je ne devais surtout pas penser à cela.

La porte d'entrée s'ouvrit, laissant place à Edouard Maccallan, sourire aux lèvres. En le voyant, toujours tiré à quatre épingles, même en tenue de détente, les tempes grisonnantes et le teint bronzé de ceux qui abusent des

UV, on comprenait qu'il irait loin et qu'il avait des ambitions. Il émanait de tout son être un charisme évident. Lors de notre première rencontre, j'avais cru me retrouver devant Vernon Krueger. Les deux hommes ne se ressemblaient pas du tout, Maccallan était élancé là où Krueger était gros, mais tout passait dans leur regard et cette force de persuasion qui laissait penser qu'ils obtenaient tout ce qu'ils voulaient. J'avais été réticent, et il avait fallu tout l'amour de Barbara pour que j'accepte de me confier à lui. Au cours de l'année qui avait suivi le drame de Hope Falls, je l'avais accompagné un peu partout, avec le vague sentiment que j'étais un animal de foire. Ed Maccallan m'avait institué porte-parole de sa campagne. En quelques mois, il s'était fait le chantre de la lutte contre le tout industriel, voulant replacer la nature au centre de la politique. Construire mieux, pour préserver le monde. Programme ambitieux, mais qui avait porté ses fruits : de procureur, mon beau-père était devenu sénateur lors de l'*Election Day* du premier mardi de novembre. Désormais en place, il aspirait à plus grand encore…

Il me tendit la main et la serra vigoureusement.

– Bienvenue, Jed ! Comment allez-vous ? Ça faisait longtemps, n'est-ce pas ?

– Je vais bien, monsieur le sénateur, répondis-je en lançant un coup d'œil par-dessus mon épaule en direction du chêne.

– Appelez-moi Ed, voyons ! Toujours ces cauchemars, je présume ?

Rien ne lui échappait. Barbara intervint :

– Ça va de mieux en mieux, la preuve, nous sommes venus jusqu'ici. Et le Dr Fredrikson est persuadé que Jed finira par guérir de sa dendrophobie.

– Alors voilà qui est parfait ! Entrez, ne restez pas sur le pas de la porte. Et ne vous inquiétez pas, Jed, les jardiniers vont nous débarrasser de ces foutues feuilles !

Je le suivis à l'intérieur pour retrouver son épouse. Mme Maccallan, aussi grande et élancée que son mari, avait un visage plus austère, moins avenant. Ses cheveux blonds étaient coiffés en un chignon identique à celui que portait Barbara à son arrivée à Hope Falls. La ressemblance physique entre la mère et la fille était impressionnante. Elle me serra également la main, s'enquit de mon état de santé en médecin qu'elle était. En même temps, ses yeux clairs fouillaient en moi afin de s'assurer que je lui disais la vérité. Je lui servis la même réponse qu'au sénateur, et là encore sa fille vint à mon secours en appuyant mes propos. Apparemment satisfaite, Mme Maccallan hocha la tête et désigna la cuisine à Barbara.

– Si tu veux bien m'accompagner, ma chérie, je crois que tous les deux ont des choses à se dire.

Ed Maccallan me prit par l'épaule.

– Venez mon garçon ! fit-il en me conduisant vers l'arrière de la maison.

Nous nous installâmes sur la terrasse. La piscine était refermée, les pierres qui l'entouraient brossées, pas une poussière… ou une feuille n'était visible, en dépit des arbres qui occupaient le fond du terrain. Il me désigna un siège, me proposa un cigare que je refusai. Je n'avais jamais fumé de ma vie et je n'avais pas l'intention de m'y mettre.

– Vous pouvez prendre un peu de whisky, tout de même, ou vos pilules vous en empêchent ?

– Je ne sais pas trop… quelque chose de très dilué peut-être ?

– D'accord mon garçon, on va faire comme ça.

Il se retourna vers le salon. Comme s'il s'agissait d'un signal, je vis débouler une jeune femme, une employée de maison, qui prit sa commande et nous l'apporta quelques minutes plus tard.

– Merci Mindy, fit Maccallan.

Il leva son verre dans ma direction avec l'intention de porter un toast.

– À nos projets, Jed !

– Nos projets, sénateur ? Je ne suis pas sûr de vous suivre.

– Vous sentez-vous prêt à arpenter à nouveau le sol de notre bel État de New York en ma compagnie ? J'y réfléchis depuis quelque temps, et je me dis qu'avec votre passé d'ingénieur forestier… vous êtes titulaire du MFS, le *Master of Forest Science* de l'université de Detroit, n'est-ce pas ?

– Oui.

Mais il le savait déjà.

– C'est parfait ! J'ai besoin d'une caution, Jed, pour de grands projets. Vous savez combien je reste attaché au principe du bien-être de chacun. En tant qu'expert, surtout après ce que vous avez vécu, vous êtes un atout précieux pour convaincre les réticents…

Il me sortait un discours politique. Je fronçai les sourcils.

– De quels réticents parlez-vous, sénateur ?

– Je vous l'ai dit, appelez-moi Ed… (Son visage s'assombrit.) J'imagine que vous ne suivez pas l'actualité, n'est-ce pas ? Non, bien sûr, vous avez cette phobie des plantes vertes. Pour simplifier, nous rencontrons des problèmes avec certains groupes aux idées écologiques. Ils refusent toute discussion et sont persuadés que notre seul but c'est de bétonner, encore et toujours. Alors que vous connaissez mon objectif depuis longtemps.

– Que vous reprochent-ils exactement ?

Maccallan eut un geste de la main, agacé, comme s'il chassait une mouche.

– Ce sont deux formidables projets, Jed, je vous assure ! L'un se situe pas très loin de Woodstock et des Catskill Mountains, l'autre près du lac Sacandaga. Des grands espaces, mais pas très éloignés de la civilisation. Vous le savez aussi bien que moi, Jed : la vie en ville telle que nous la connaissons n'est plus possible. Nous devons nous adapter, mais en revenant aux fondamentaux. Vous avez vu New York ? Des forêts de gratte-ciels, des embouteillages, de la pollution, un risque de violence sous-jacent permanent. Nos concitoyens ne veulent plus de cela !

– Du côté du Sacandaga, vous avez le parc Adirondack. C'est une réserve protégée depuis 1892, sénateur, je ne vous apprends rien. Personne ne vous donnera l'autorisation d'aller construire là-bas.

– Je n'ai jamais dit que je voulais faire construire dans la réserve ! protesta Maccallan. Mais quoi de mieux que de renouer des contacts avec la nature ?

– Quant aux Catskills, avant de devenir un parc, la région a été surexploitée et a servi de lieu de villégiature aux New-Yorkais aisés. Que cherchez-vous à construire, sénateur ? Une colonie de vacances pour gens blindés de thunes ? Vous devriez laisser vivre l'endroit dans les souvenirs du festival de 1969, *peace and love*, comme on disait à l'époque.

Ed Maccallan siffla le reste de son verre et le reposa d'un geste brusque sur la table. À l'évidence, je l'avais contrarié et il n'aimait pas ça.

– Je suis persuadé que mon projet est viable et amènera des ressources financières à l'État, Jed. C'est pour ça que j'ai besoin de votre soutien. Vous savez ce que représente une forêt mal exploitée, des terres laminées, pour le seul profit d'un homme. Je vous demande juste de rencontrer ces… illuminés, et de discuter avec eux. Je vous laisse carte blanche, vous aurez un aperçu des travaux avant cela. Qu'en dites-vous ?

Je pris quelques instants avant de répondre. Je n'étais pas bien sûr de savoir dans quoi je m'engageais en acceptant la proposition. Sentant peut-être qu'il arriverait à me faire céder, le sénateur insista :

– Nous prendrons note de toutes vos remarques, Jed, je vous en fais la promesse.

– Ces opposants au projet, qui sont-ils ?

– Oh, j'imagine une poignée de fils et filles à papa qui cherchent un but dans la vie, des désœuvrés qui passent leur temps à emmerder les autres. Nous ne savons pas combien ils sont, sans doute moins d'une vingtaine. Ils ont sûrement un leader, mais celui-ci ne se manifeste pas, il préfère rester dans l'ombre. Je suis persuadé qu'il s'agit d'un opposant politique, peut-être un candidat malheureux aux élections, ou bien un type que j'ai envoyé en prison du temps où j'étais encore procureur. En tout cas, j'imagine qu'il a les moyens. Pour le moment, cette bande d'excités ne fait pas grand mal, mais ils ont affiché des panneaux partout sur les sites, ils ont bloqué certaines machines, en mettant des dizaines de cadenas et de chaînes pour entraver les roues par exemple, ou alors ils condamnent les portes des baraquements de la même manière. Ils sont malins : rien n'est brisé ou volé. Et la police n'arrive jamais à les prendre sur le fait. Ils en ont bien arrêté un ou deux, mais ils n'avaient rien contre eux.

– Et pourquoi pensez-vous que j'ai une chance de leur faire changer d'avis ?

– Attendez-moi là ! fit-il en quittant son siège.

Il revint deux minutes plus tard avec un papier qu'il posa à mes côtés sur la table.

– Voilà ce qu'ils balancent comme tracts un peu partout, quand ce ne sont pas des autocollants très difficiles à retirer sur les pare-brise des voitures.

Je pris le document, et le lâchai brusquement comme si j'avais touché un objet incandescent. Ce n'était pas le texte qui me heurtait, bien qu'il m'interpelle au plus profond de moi. Il évoquait la date de la dévastation d'Hope Falls, le nombre de morts, et se concluait par : « Cela ne vous a pas suffi ? Ce que la nature a détruit une fois, elle pourra le détruire à nouveau. Cessez de massacrer nos terres ou l'esprit de *Mingan* viendra vous punir ». En bas de la page, un cercle était grossièrement dessiné au feutre, il entourait une feuille d'érable colorée en rouge, et quatre mots : *Red Maple Leaf Children*. Les Enfants de la Feuille d'Érable Rouge...

– J'imagine que ça vous fait un choc, ajouta Maccallan. Quand j'ai vu cette histoire, j'ai aussitôt pensé à vous et à vos délires...

– Ce n'était pas un délire, sénateur...

– Enfin, ce que vous disiez durant vos crises, quoi... Et puis, ils ne cessent de parler d'une espèce de sorcier indien, le Mish... quelque chose, je ne me rappelle pas.

– Le *Mishòmis*.

– Voilà ! Vous savez qui c'est ?

– *Mingan* est le *Mishòmis*. Il est... était le grand-père, le plus vieux représentant de la tribu des Anishinaabe. Un homme sacré, en communion avec la nature, en symbiose même. C'est grâce à lui si Barbara et moi avons pu en réchapper.

– Je lui en suis reconnaissant, mais vous employez l'imparfait. Est-ce qu'il est décédé ?

– Il a disparu peu avant que nous ne soyons secourus, et je ne l'ai jamais revu. Il était très âgé, donc oui, je pense qu'il est mort.

– Et nous devons nous coltiner une bande de nostalgiques du grand sachem ! grogna Maccallan.

– *Mingan* était bien plus que cela ! protestai-je. Vous n'avez pas idée de la bonté de cet homme ! S'il avait été si mauvais, aujourd'hui ni votre fille ni moi ne serions devant vous !

– Alors, allez leur parler ! La semaine prochaine, je dois me rendre sur le chantier des Catskills. Qu'on en finisse.

Chapitre 4

Le retour à l'appartement se fit dans des conditions assez moroses. Barbara sentait que quelque chose s'était passé entre son père et moi, mais ni lui ni moi n'avions voulu nous épancher. Tandis qu'elle conduisait, elle ne cessait de me jeter des regards entre interrogation et exaspération. À la fin, elle n'y tint plus.

– Est-ce que tu pourrais au moins m'expliquer de quoi il retourne ? Je ne sais pas ce que vous vous êtes dit, mais vous avez eu l'air de vous faire la gueule tout le week-end ! Je te jure que c'est vraiment désagréable !

– Je ne faisais pas la gueule, Barbara. Je réfléchis à la proposition de ton père.

En quelques mots, je lui résumai notre discussion. Nous avions évité d'en parler le dimanche, le sénateur ayant décidé de nous offrir une virée sur son yacht Riva flambant neuf importé d'Italie. L'aisance financière dont son couple jouissait me mettait de plus en plus mal à l'aise. Je n'avais jamais été habitué à ça. Je ne roulais pas sur l'or.

– C'est une bonne idée, affirma Barbara. Non seulement ils seront obligés de te prendre au sérieux, après tout ce que tu as vécu, tu es quand même l'homme de la situation, mais reprendre une activité te fera le plus grand bien. Ce week-end, tu as réussi un exploit : tu as quitté l'appartement où tu t'enfermes depuis plus d'un an. Nous en avons déjà discuté, Fredrikson l'a souligné : plus tu te replieras sur toi-même et moins tu seras capable de sortir. Nous irons ensemble si tu veux.

– Ce n'est peut-être pas prudent avec le bébé.

– Ça ne craint rien, c'est bon ! Au besoin, je prendrai un coussin et je me mettrai sur la banquette arrière le temps du trajet ! J'ai envie de voir de plus près ce projet, et je veux assister à tes premiers pas de négociateur.

– Je ne sais pas si j'en serai capable, Bab's. Sortir de l'appartement, c'était déjà compliqué, mais là, je vais devoir me rendre en plein milieu de nulle part…

– Woodstock, ce n'est pas le bout du monde, objecta ma compagne. Je parierais même que ta famille y a fumé quelques joints en écoutant Joe Cocker. La mienne l'a fait en tout cas.

– La forêt…

– Jed, je ne vais pas te rappeler ce que tu sais déjà, j'étais là à Hope Falls. J'ai vu la ville engloutie. Je n'ai aucune explication rationnelle à te proposer depuis tout ce temps, et même si celle que t'a donnée Fredrikson est assez réductrice, elle a le mérite d'être plausible. Maintenant, pose-toi la question : est-ce qu'il s'est produit quelque chose d'anormal depuis ?

– Je sais que tu ne me crois pas, mais j'ai vu la feuille rouge. Dans notre salon.

– Non, Jed, tu as cru voir une feuille, c'est différent. Arrête de poursuivre tes chimères ! Aucune feuille d'érable n'a traversé les États-Unis pour achever sa vengeance contre toi. Tu n'as rien fait de mal, au contraire tu as dénoncé les exactions de ton patron de l'époque, tu m'as accueillie et tu m'as aidée à faire mon travail tout en sachant que ça allait te coûter ton poste. Et tu étais l'ami du vieil Indien. S'il était une sorte de chaman, alors il devait veiller sur toi et t'envoyer de bonnes ondes… Bon sang ! Tu réalises les conneries que je suis obligée de te dire pour que tu te secoues un peu ? Je suis en train de parler de sorcier indien !

– *Mingan* n'était pas un sorcier. Il a simplement cherché à défendre la nature contre ce salopard de Krueger. Et la nature s'est vengée de ceux qui ont voulu la souiller.

– Tu parles comme la révérende Atwell et sa secte ! Ils ont survécu à Hope Falls, mais contrairement à toi ils n'ont pas cherché à s'installer en centre-ville ! Qu'est-ce qu'il te faut de plus ? Écoute ce que te dit le Dr Fredrikson : tu as subi un profond traumatisme, mais tout ça, c'est derrière toi. Jed, nous allons avoir un enfant, ce n'est pas quelque chose qui se prend à la légère, nous en avions parlé à plusieurs reprises. J'ai besoin de toi. Ne me lâche pas, pas maintenant, après tout ce que j'ai fait pour toi.

La suite du voyage se déroula sans plus une seule parole. J'avais du mal à rester éveillé. Le mélange prescrit par le psychiatre avait tendance à m'assommer, et les quelques verres que m'avait servis Ed Maccallan n'arrangeaient pas les choses. Arrivée devant notre immeuble, Barbara me fit signe de descendre et de regagner l'appartement, le temps qu'elle aille garer la voiture au parking. Je lui proposai de l'accompagner, mais elle refusa, et je n'insistai pas. Le week-end qui se voulait sympathique virait au fiasco. Qu'avais-je fait, sinon hésiter à accepter l'offre de son père et ne pas me montrer aussi enthousiaste qu'il l'aurait souhaité ? Pour la première fois depuis que nous vivions ensemble, Barbara et moi, je percevais les limites de notre relation. Pour sa famille, même si j'étais celui que leur fille unique avait choisi, je resterais un simple employé des forêts, quelqu'un peut-être pas assez bien pour elle. J'exagérais sans doute le tableau, les Maccallan m'avaient accueilli comme si j'étais leur propre enfant et avaient tout fait pour que je reprenne pied. Peut-être considéraient-ils qu'ils avaient été suffisamment patients, et qu'ils étaient fatigués de voir leur futur gendre sursauter au moindre passage d'une misérable feuille.

Je pris ma décision en pénétrant dans l'appartement. Sa blancheur me sauta aux yeux, sa tristesse aussi. Barbara avait raison : je ne pouvais pas toujours me réfugier dans mes souvenirs. Je fixai l'endroit où j'avais vu la feuille d'érable rouge – ou cru voir ? – et je prononçai ces quelques paroles à haute voix :

– Sors de ma tête, tu n'es pas réelle !

Elle n'était pas là, bien sûr. Fredrikson n'avait pas tort. Je passai une nouvelle fois en revue les différents espaces de notre habitation, m'attardai sur la porte de la salle de bains en examinant attentivement le bas, comme je le faisais chaque jour depuis qu'*elle* était apparue. Mais il n'y avait pas la moindre éraflure.

J'avais eu tort d'interrompre trop tôt son traitement sous prétexte qu'il m'assommait et m'empêchait d'avoir les idées claires. Il m'évitait surtout d'avoir des hallucinations. La feuille d'érable rouge avait disparu en même temps que ma ville natale, et si je n'avais pas trouvé la mort là-bas, ce n'était pas pour périr ici. Presque rasséréné à cette idée, je m'apprêtai à m'installer dans le salon lorsque le téléphone se mit à sonner. Aucun numéro ne s'afficha sur l'écran numérique. Je décrochai, m'attendant à une erreur, mais la voix féminine à l'autre bout du fil me prouva le contraire :

– Vous êtes Jedediah Lafkin ?

– C'est exact. Et vous-même ?

– Mon nom ne vous apportera rien, vous ne me connaissez pas, nous ne nous sommes jamais rencontrés.

– Ah… Et dans ce cas, que puis-je pour vous ?

– Vous avez entendu parler de nous. Nous sommes les Enfants de la Feuille d'Érable Rouge, nous militons pour un monde meilleur et un respect de la nature.

Mes doigts écrasèrent le combiné.

– Je vois.

– Votre beau-père, le sénateur Edouard Maccallan, est partie prenante dans deux grands projets immobiliers sur l'État de New York. Ces deux projets, quoi qu'il en dise, sont mauvais pour l'environnement. Vous devez l'en empêcher à tout prix.

– Qu'est-ce qui vous fait croire que j'en ai la possibilité ?

– Ce qui vous est arrivé à Hope Falls ne vous suffit pas ? Vous n'êtes pas étonné qu'après un discours fustigeant le bétonnage incessant, il s'apprête à faire la même chose à proximité de deux réserves naturelles ?

– Il m'a dit que les deux réserves ne seraient pas touchées ! D'ailleurs, il n'en a pas la possibilité légale, même s'il le voulait.

– Renseignez-vous ! Connaissez-vous Ralph Lyons ?

– Non, qui est-ce ?

– Un entrepreneur. Très riche. Le sénateur Maccallan et lui sont très proches, et comme par hasard cet homme a remporté les offres de marché. Avec quel argent votre beau-père a-t-il pu acheter son Riva sur lequel vous vous êtes pavané ce week-end, monsieur Lafkin ?

– Vous m'espionnez ? Comment osez-vous ?

– Lyons connaissait Vernon Krueger, si ça vous intéresse…

– Je me fous de Lyons et de vos délires ! Je ne suis pas dans les secrets du sénateur Maccallan, ce n'est pas mon problème. Si son projet est si dangereux, pourquoi ne portez-vous pas l'affaire devant les tribunaux, ou au moins dans les médias ? Ça aurait plus de poids que de mettre des chaînes aux pelleteuses et de brandir vos banderoles.

– Je vois qu'il vous a parlé de nos actions. Nous sommes contre la violence, monsieur Lafkin, nous sommes persuadés que la nature finira par se venger comme elle l'a fait à Hope Falls.

– C'était un accident climatique, rétorquai-je, mal convaincu.

– Vous ne disiez pas ça il y a encore quelques mois. Pensez à l'avenir que vous souhaitez construire.

Mon correspondant raccrocha sur ses paroles.

Chapitre 5

Le chantier avait déjà bien commencé, quoi qu'en dise Maccallan. Lorsque je coupai le contact de la Ford Fusion de Barbara sur le parking boueux – il avait plu durant la nuit –, le bruit des engins de terrassement me parvint à travers les vitres. Sur le côté du chantier, un amoncellement de troncs attendait d'être débité et emporté, et les noms des machines qui allaient être mises en œuvre me revinrent aussitôt à l'esprit. Je frissonnai. Je me représentai la surface dégagée avant l'intervention de l'Homme. Des plantes, des animaux, la sérénité. Il ne restait plus rien de tout cela. Quelques flaques d'hydrocarbure se mêlaient à la terre gorgée d'eau. Le terrain, immense, était ceinturé de grillage, et les baraquements occupaient la partie droite contre le parking. La disposition des lieux, l'agitation, les machines allant et venant, tout me rappelait les zones de coupe de la forêt, excepté qu'ici nous n'étions pas au milieu des bois. Mais ils n'étaient pas très loin… Je ne me sentais pas rassuré. Je quittai le confort et la chaleur de l'habitacle pour me plonger dans la fraîcheur environnante, vite assourdie par le bruit infernal des moteurs. Plusieurs vigiles effectuaient des rondes autour du périmètre. En lisière de la forêt située à moins d'un kilomètre, les opposants au projet avaient tendu d'immenses banderoles dénonçant la destruction massive des habitats naturels au profit du dieu dollar. Visiblement déchirées et rafistolées à maintes reprises, elles devaient faire l'objet d'un âpre combat entre les ouvriers de ce mystérieux Ralph Lyons et les Enfants de la Feuille d'Érable Rouge.

J'avais hésité à faire part à Barbara de l'appel téléphonique. Je ne voulais pas l'inquiéter inutilement. J'avais pris la décision de le lui dire surtout à cause de la phrase sur le Riva. Cela signifiait que nous étions surveillés. Barbara avait contacté son père qui était entré dans une colère noire. Moins d'une heure plus tard, deux agents de police débarquaient à notre domicile pour recueillir ma déposition. Je n'aurais sans doute pas été jusqu'à porter plainte, ma mystérieuse interlocutrice n'avait pas exprimé de menaces contre moi, mais Barbara avait insisté pour que je le fasse. Elle était poussée par son père. Nous en étions venus à nous disputer, et j'avais cédé. Je le regrettais à présent. Il y avait plus de sincérité dans la voix de l'inconnue au bout du fil, alors que je ne la voyais pas, que dans celle d'Edouard Maccallan pourtant habitué aux discours politiques, face à moi.

Évitant les flaques de boue, nous nous dirigeâmes vers le premier baraquement. Le sénateur était déjà sur les lieux : trois camionnettes de télévision stationnaient à l'entrée, et plusieurs journalistes procédaient à d'ultimes réglages de leurs caméras. J'allais me retrouver au milieu de tout ce cirque médiatique et je détestais ça. Baissant la tête et relevant le col de ma veste, je tentai de me faire le plus discret possible, et j'y parvins jusqu'à ce qu'un caméraman se souvienne de mon visage et lance mon nom assez fort pour être entendu par la meute. En quelques secondes, ce fut la curée.

– Monsieur Lafkin, vous êtes un des survivants de la tragédie d'Hope Falls. Peut-on savoir ce que vous venez faire ici ?

– Pensez-vous que ce chantier fasse courir un risque aux habitants de la région ?

– Et les Enfants de la Feuille d'Érable Rouge ? Est-ce que vous les connaissez ? Êtes-vous d'accord avec eux ?

– Soutenez-vous le projet de Ralph Lyons ?

– Tout le monde sait que vous êtes en couple avec la fille du sénateur Maccallan. Est-ce que vous êtes ici en tant que caution morale, comme une ancienne victime qui vient défendre un projet chaotique envers et contre tout ?

La dernière question m'arrêta alors que Maccallan envoyait plusieurs vigiles pour nous tirer de là. Je me retournai vers la journaliste qui venait de m'interpeller. Petite, rousse, elle tendait son micro avec une hargne qui me déplut instantanément.

– Ma vie privée ne regarde que moi, et je ne me suis jamais abaissé à me laisser dicter mes pensées. Une ancienne victime ? Oui. Et j'imagine que si vous aviez été présente sur les lieux de la tragédie, je vous aurais vue moins fière. Sans doute auriez-vous hurlé pour qu'on vous vienne en aide. Et si vous aviez survécu, vous seriez moins agressive dans vos propos. Je veux me faire une idée précise des travaux. Je ne suis pas entrepreneur, je n'ai qu'un diplôme d'ingénieur forestier, mais j'ai le droit de donner mon avis.

– Et s'il est négatif, si vous êtes en désaccord avec votre beau-père, est-ce que vous lui direz publiquement ?

Je ne répondis pas à cette question. Les gardiens envoyés par Maccallan firent bloc autour de nous pour nous entraîner vers le baraquement où nous attendait le sénateur.

– Faites attention, Jed ! Avec les journalistes, il ne faut jamais en dire trop sinon ça se retourne contre vous. Croyez-en mon expérience !

– Je suis là à votre demande, sénateur. Comme vous l'avez souhaité, pour me faire une idée de votre projet.

L'endroit ressemblait à un plateau classique, encombré de tables, de documents épars, d'ordinateurs portables. Ça sentait le tabac, le café et la transpiration. Barbara plissa le nez, sa grossesse exacerbant sa sensibilité. Je lui demandai à voix basse si elle voulait m'attendre dans la voiture, mais elle refusa. Elle n'avait aucune envie de révéler cette information devant ces gens.

– Jedediah, laissez-moi vous présenter le maître d'œuvre de tout ceci : Ralph Lyons.

Un homme s'avança, un cigare aux lèvres. Grand, osseux, le visage arrondi traduisant des origines slaves, il posa sur moi de petits yeux fouineurs très clairs, presque délavés. Je serrai sa main à contrecœur tant il me fit mauvaise impression.

– Vous êtes ce fameux Jedediah Lafkin, l'ingénieur diplômé du MFS ?

– Je ne suis « que » Jed Lafkin, et surtout pas le fameux.

– Vous savez que j'ai étudié tout ce qui a été publié sur Hope Falls ? Cette ville était une aberration dès le départ. Construire des habitations dans une cuvette, en dessous du niveau d'un lac qui avait toutes les chances de déborder en cas d'intempéries, franchement, le type qui a pondu ça devait avoir une case en moins.

– Nous avons vécu en sécurité pendant des années, même avec des conditions climatiques rudes. L'avantage de cette cuvette, comme vous dites, c'est qu'elle nous a protégés des vents violents.

– Mais pas des intempéries. Tout a fini noyé. Une chance que vous vous en soyez tiré ! S'il n'y avait pas eu ce lac…

– Je vous remercie de me donner votre avis…

– Edouard m'assure que vous allez vous occuper de tous ces hurluberlus qui nous empêchent de faire notre job ? Je ne demande pas mieux ! Je n'ai rien contre un ou deux allumés, ça met de l'animation et c'est très couleur locale, en plus ces types se croient investis d'une mission divine, mais il ne faudrait pas qu'ils nous fassent chier ! Pour le moment je ne dis trop rien, Edouard ne veut pas faire de vague, mais certains de mes gars sont à bout !

– Le sénateur m'a proposé de visiter le chantier et de regarder les plans. Ce que je suis venu faire. Ensuite, si les manifestants souhaitent me parler, je discuterai. Mais je ne vais pas les forcer.

– Eh bien, on n'est pas sorti de l'auberge ! Si on se contente de les regarder gesticuler avec leurs banderoles, dans six mois on y est encore !

– Est-ce que vous avez essayé de les faire venir pour leur montrer les plans ? De discuter avec eux ? Ou vous vous bornez à mettre du grillage et des vigiles partout ?

– Ils ont pénétré sur un terrain privé, d'accord ? C'est une violation ! Je pourrais porter plainte contre eux, et aussi pour dégradation du matériel !

– Pour trois malheureux cadenas posés sur une porte ou une roue ?

Ralph Lyons poussa un soupir de contrariété et se tourna vers le sénateur, avec un geste qui en disait long sur son opinion sur ma santé mentale. Maccallan me prit par le bras.

– Bon sang, Jed, à quoi jouez-vous ?

– Monsieur, je ne peux juger de rien puisque je n'ai pas encore vu les plans. Pour le moment en dehors d'un monceau d'arbres abattus, je n'ai aucun recul.

Il me fit signe d'approcher d'une des tables. Lyons ou un de ses collaborateurs avait étalé un plan de masse des futurs bâtiments. Je savais comment l'interpréter, en tout cas assez pour constater qu'il semblait bien plus vaste que la surface de terre qui avait été dégagée au-dehors. L'architecte avait pris soin d'indiquer les endroits où toute construction était impossible, il avait schématisé un grand nombre d'espaces verts et de plantations. Sur le papier, le projet avait tout pour séduire. Alors, pourquoi éprouvai-je un sentiment d'insécurité ? Parce que nous étions trop proches de la forêt et de la réserve naturelle ? Je sentais confusément qu'il y avait un souci quelque part, mais je n'arrivais pas à voir où. Dans la foulée, Maccallan me saoula de chiffres, allant jusqu'à me sortir le plan de son deuxième projet près du lac Sacandaga, encore plus gigantesque que le premier. Je n'en saisissais pas l'intérêt. Je pouvais admettre que l'on soit à la recherche de nouveaux logements pour des habitants de plus en plus nombreux, mais pourquoi les construire aussi proches de régions protégées ? Au bout d'une demi-heure, j'en savais assez pour comprendre que je détestais ce projet. Ce n'était rien d'autre qu'un délire de personnes friquées pour des personnes friquées, une sorte de ghetto de riches qui désiraient qu'on leur amène la nature à leurs pieds. Il n'existait aucune grosse artère pour mener à ces terrains, ce qui signifiait qu'on ne tarderait pas à construire une autoroute, et comme les résidents du coin voudraient pouvoir se rendre assez vite à New York, voire dans tout l'État, on leur construirait un héliport ou un petit aérodrome privé, avec toute la pollution que cela engendrerait obligatoirement. Au début, on prendrait garde à ne pas toucher à un arbre de la réserve pour ne pas s'attirer les foudres gouvernementales, puis, peu à peu, le béton grignoterait la verdure… À voir le sénateur Maccallan et son maître d'œuvre satisfaits, je compris que jamais je ne pourrais faire partie de leur monde. Je n'avais plus envie de faire semblant. Discuter avec les manifestants ? Pour leur dire quoi, puisque je n'avais aucun désir de leur démontrer que le projet immobilier était une bonne chose ? Ralph Lyons pouvait se targuer d'offrir des opportunités d'emploi aux habitants de la région, est-ce que c'était le plus important ?

– Je vais aller donner aux journalistes un peu de matière pour leur feuille de chou, fit Maccallan avec un sourire. Jed, vous m'accompagnez ? Nous allons rassurer tous ces bons citoyens américains sur le côté vertueux de nos constructions.

L'un des vigiles fit irruption dans le baraquement.

– Excusez-moi, sénateur, mais il y a un des manifestants près du grillage, il souhaite parler…

– Soit ! Qu'il vienne nous rejoindre, nous serons plus à même d'échanger nos points de vue devant les caméras. Il verra que je n'ai rien à cacher.

– Elle verra, monsieur le sénateur. Il s'agit d'une femme. Et elle ne veut pas vous parler, elle veut rencontrer ce monsieur.

Il tendit un index dans ma direction.

– Et uniquement lui, ajouta-t-il.

Chapitre 6

Sans répondre aux sollicitations des chaînes de télévision, je quittai le baraquement et me dirigeai vers la clôture extérieure. Barbara tint à m'accompagner, et je m'imaginai furtivement que c'était pour s'assurer que je n'allais pas médire de son père. Flairant la primeur, plusieurs journalistes nous suivirent, abandonnant le sénateur à sa tribune, visiblement contrarié par la tournure des événements. Mais ne souhaitait-il pas justement que je parle aux manifestants ? Je regrettai le temps où j'avais mon 4×4 et une paire de bottes dans le coffre, j'évitais de me salir à chaque pas. Il était clair que je pouvais dire adieu à mes chaussures. Slalomant entre les engins de terrassement, je traversai la totalité du vaste chantier pour m'approcher du grillage à l'autre extrémité. Une personne m'attendait. Au fur et à mesure que la distance entre nous s'amenuisait, sa silhouette se fit plus précise, si bien que je pus bientôt la détailler. Elle était jeune, à peine vingt-cinq ans, le visage mat au front haut ceint par des cheveux bruns presque noirs qui se divisaient de part et d'autre et étaient maintenus par deux petits lacets de cuir.

Elle portait des jeans et un blouson de daim, et ses pieds étaient chaussés de bottines en peau. Je n'eus aucune peine à deviner qu'il s'agissait d'une Indienne, sans parvenir à savoir si elle appartenait à l'ethnie des Algonquins, celle de *Mingan*. Elle me dévisagea, ainsi que Barbara, son regard se faisant plus hostile à son endroit. Apercevant la meute de journalistes derrière nous, elle leva la main, doigts écartés en signe d'arrêt.

– S'ils avancent encore, je m'en vais.

Je sursautai en reconnaissant la voix : c'était celle de ma mystérieuse interlocutrice au téléphone. Je me retournai pour signifier aux reporters que je ne tenais pas à les voir s'approcher plus près, ce qui les mit en rogne. Je dus mettre fin à leurs remontrances avant qu'ils ne passent outre.

– Si vous voulez que je réponde à vos interrogations, je vous demande d'attendre ici, sinon vous ne tirerez rien de moi.

– Et cette jeune femme derrière le grillage, elle est peut-être d'un autre avis ? On pourrait lui poser la question, non ?

– Cette jeune femme est là pour moi, affirmai-je. Elle ne répondra à aucune de vos questions.

Je les entendis protester, puis ils reculèrent de deux pas sans s'éloigner tout à fait. Je me retournai ensuite vers l'inconnue derrière le grillage.

– Je crois que cette fois nous pouvons parler…

– Qui est-ce ? demanda-t-elle en désignant Barbara du menton, et j'eus l'impression qu'elle n'ignorait rien de son identité.

– C'est mon épouse, Barbara.

– Et je suis la fille du sénateur Maccallan que vous harcelez depuis des mois ! ajouta-t-elle.

L'Indienne lui jeta un regard noir.

– Je ne suis pas là pour discuter avec vous, fit-elle. Mais uniquement avec Jed. Tu peux me rejoindre et nous parlerons, mais tu dois venir seul sinon je ne te dirai rien.

Je n'hésitai qu'une seconde. Empoignant un des panneaux de grillage mal fixé, je l'écartai afin de me faufiler de l'autre côté, sous le regard médusé de ma compagne.

– C'est d'accord !

– Jed ! Mais qu'est-ce que tu fais ?

– Ne t'inquiète pas, Bab's, tout va bien se passer ! Retourne auprès de ton père et explique-lui que je vais parler aux manifestants. C'est ce qu'il désirait après tout. Je ne serai pas long.

– Jed, tu ne connais pas cette fille et tu t'apprêtes à la suivre ? En direction de la forêt en plus ? C'est n'importe quoi !

Je lançai un regard interrogateur à la jeune autochtone, mais elle avait tourné le dos et se dirigeait vers les premiers troncs à quelques centaines de mètres. Barbara avait raison, j'allais faire quelque chose que j'avais refusé de faire durant de longs mois : m'approcher des arbres jusqu'à les toucher. Mon rythme cardiaque s'accéléra, mais malgré cela je fus incapable de me détacher de la silhouette de la fille. Il fallait que je sache. J'étais ce gamin qui monte les marches du plongeoir olympique, sans savoir ce qui l'attend tout en haut, mais malgré tout aimanté par ce morceau de planche suspendu dans le vide. Je ne répondis pas, me contentant d'emboîter le pas à la jeune Indienne en adressant un geste rassurant à ma femme.

– Fais attention à toi ! me cria-t-elle, visiblement inquiète.

Je résistai à l'envie de rebrousser chemin. Au bout de quelques mètres, je rejoignis l'inconnue en quelques enjambées. Elle coula un regard vers moi tout en continuant à marcher droit devant elle.

– Vous êtes la personne qui m'a appelé à mon domicile, n'est-ce pas ? J'ai reconnu votre voix. Comment avez-vous fait pour avoir mon numéro ?

– Il suffit de chercher…

– Ah oui ? Et comment fait-on pour connaître tout mon emploi du temps ?

– Le sénateur est quelqu'un de connu, vous êtes en couple avec sa fille, et vous avez beaucoup fait parler de vous encore récemment.

– Donc vous admettez que vous nous suivez elle et moi…

– Nous te suivons toi, Jedediah. Pas elle. C'est toi qui nous importes.

– Et je peux savoir pourquoi ?

– Parce que tout n'est pas fini… Tu as laissé quelque chose derrière toi à Hope Falls…

Elle refusa de m'en dire plus avant d'atteindre l'orée du bois. Je marquai une pause en contemplant les arbres qui me dominaient comme autant de géants menaçants. En dessous de leurs frondaisons les plus basses, cinq ou six personnes s'étaient regroupées, hommes et femmes à égalité, tous aussi jeunes que mon guide. La plupart me regardèrent avec une curiosité qui me mit mal à l'aise. Ils s'étaient sommairement installés, deux toiles de tente et une table de camping sur laquelle étaient posées une cafetière et des tasses. Tout évoquait la précipitation, mais aussi le temporaire. Ils devaient s'attendre à être délogés à tout moment. Mon guide surprit mon regard sur la banderole rafistolée, car elle s'exprima :

– À part nous intimider, ils ne peuvent rien contre nous. Régulièrement, Ralph Lyons nous envoie les flics en prétextant que nous n'avons pas le droit de camper dans cette forêt, et qu'une simple étincelle risque de mettre le feu. Cette blague ! C'est un menteur, il n'a trouvé que cet argument pour nous nuire, alors que nous ne faisons aucun mal. C'est comme notre banderole, les ouvriers viennent à plusieurs, ils la déchirent, ils l'ont même brûlée, mais on a de quoi la refaire dès qu'ils s'éloignent. Et puis, nous avons ça…

Elle m'indiqua du doigt la petite caméra que tenait en main un des manifestants, un homme qui semblait sortir tout droit des bancs de la faculté.

– Nous filmons tout dès qu'ils viennent, et la vidéo est transmise en temps réel sur nos réseaux. Comme ça, si nous sommes menacés, nous diffusons l'intégralité des images. Maccallan le sait et c'est pour ça qu'il n'est pas intervenu jusqu'à présent.

Elle se rapprocha de moi, quasiment à me coller, pour me dévisager avec gravité.

– Qu'est-ce que tu fais avec sa fille, Jedediah ?

– Barbara a une grande importance dans ma vie ! protestai-je. C'est elle qui m'a soutenu après tous ces événements, elle est là pour moi à chaque instant. Sans elle je ne serais pas devant vous.

– Tu n'as pas besoin d'elle, *oshkaabewis*. Tu aurais su revenir seul. Mais tu n'as pas fini ta mission.

– Comment m'as-tu appelé ?

– *Oshkaabewis*. Le messager. C'est ainsi que *Mingan* t'a appelé un jour, il a dit que tu étais le messager de la nature. C'est pour ça que la forêt ne t'a pas dévoré à Hope Falls. Elle t'a laissé la vie sauve.

– Tu n'étais pas présente quand c'est arrivé. Tu n'as rien vu de cette horreur. Il y a eu des morts, une ville détruite, des personnes définitivement brisées. J'ai failli mourir plusieurs fois durant les événements, je n'ai pu m'en sortir que par un miracle, et là, tu viens me dire que la forêt m'a laissé la vie sauve ? J'ignore tout de toi, de vous tous, à part que vous vous faites appeler « les Enfants de la Feuille d'Érable Rouge », et puisque tu sembles si bien me connaître, tu sais ce que cette feuille représente pour moi. Alors je ne suis le messager de rien, je me demande si je ne suis pas en train de devenir fou.

La jeune autochtone posa la main sur mon bras.

– Je me prénomme June, et je suis l'envoyée de *Mingan*. C'est lui qui t'a protégé. La Feuille Rouge c'est le *gichi-manidoo*, le Grand Esprit de la forêt. Il est très en colère contre ce que vous faites à la nature. Hope Falls était un avertissement, mais ce ne sera pas le seul. Et ici aussi…

Elle indiqua le chantier à quelques centaines de mètres de là. Je remarquai que ses accompagnateurs avaient commencé à remballer leurs affaires.

– Vous partez ?

– Nous avons fait ce que nous devions faire. Désormais, c'est ta mission, Jedediah, tu dois alerter l'opinion, tu dois tout empêcher avant qu'il ne soit trop tard.

– Empêcher quoi ? La construction du complexe ? Tu crois que j'ai assez de poids pour ça ? Je n'ai pas le pouvoir que tu me prêtes, June, je ne suis qu'un pauvre type qui a failli laisser sa peau dans une tragédie.

Une soudaine bourrasque se leva entre les arbres, arrachant quelques feuilles qui se mirent à planer autour de nous. Je m'en écartai de justesse.

– Jedediah, une partie de toi est morte là-bas à Hope Falls. Mais il te faudra encore mourir avant que ton esprit ne comprenne que tu n'as pas le choix. Tu es l'*oshkaabewis*, le messager.

– Qu'est-ce que tu entends par « encore mourir » ?

Pour la première fois dans son regard, un voile de tristesse infini passa, me figeant sur place dans l'attente d'une catastrophe.

– Je suis désolée, Jedediah. Mais nous n'y pouvons rien. L'esprit de la forêt est de plus en plus fort, bientôt plus personne ne pourra le contrôler.

Elle tourna les talons, et, sur un signe de tête, ses compagnons levèrent le camp, m'abandonnant au milieu des reliquats de leur présence. Je voulus la retenir, tout en sachant que je n'y parviendrais pas. Je n'avais même pas eu le temps de lui demander ce qu'était devenu le vieil Indien après la disparition d'Hope Falls. La banderole claqua violemment sous la bourrasque, une de ses attaches se brisa net et un pan de tissu s'envola sous le vent. Je remarquai que les feuilles commençaient à se détacher autour de moi, mais sans s'éparpiller, au contraire elles semblaient s'aligner comme un régiment en ordre de bataille pour glisser droit devant elle. Je regardai en direction du chantier.

– Barbara ! murmurai-je soudain.

Sous les rafales de plus en plus violentes, je me mis à courir en direction des baraquements.

Chapitre 7

Installé sur une estrade de fortune, Ed Maccallan, sûr de son charisme, vendait son projet avec toute la gouaille du bonimenteur patenté. Il prenait le temps d'écouter chaque question avec intérêt pour y répondre avec un accent de sincérité confondant, la main sur le cœur. Il suffisait qu'on évoque les manifestants dans la forêt pour qu'il se mette à vanter la qualité écologique des futures constructions. Les ouvriers qui guettaient mon retour avaient dû le prévenir que les Enfants de la Feuille d'Érable Rouge avaient quitté leur campement, car je l'entendis proclamer avec un brin de fierté dans la voix :

– Ne croyez-vous pas que si ce projet que je porte à bout de bras devant vous était si néfaste, les opposants demeureraient sur place ? Or, vous pouvez le constater par vous-même : ils sont partis ! Même leur stupide banderole s'est détachée, regardez ! Tout cela, nous le devons aussi à l'investissement de Jedediah Lafkin, dont vous avez tous entendu parler, qui en plus d'être mon futur gendre, est un des rescapés de Hope Falls ! Oui, cette ville engloutie dans un raz-de-marée de boues et de feuilles ! Et s'il est là aujourd'hui, à mes côtés, c'est parce qu'il sait que ce projet n'est pas contre nature !

Il tendit la main dans ma direction, entraînant un mouvement des caméras présentes sur les lieux. Me voyant revenir, Barbara se porta à ma rencontre. Je fus rassuré en constatant qu'elle allait bien.

– Que s'est-il passé ? demanda-t-elle. Et qui était cette fille ?

– Elle se prénomme June.

– Et d'où la connaissais-tu ?

– Je ne la connaissais pas, Bab's. C'est juste que c'est elle qui m'a contacté à la maison.

Ses yeux se réduisirent à deux fentes.

– Comment ! maugréa-t-elle. Tu le savais et tu ne m'as rien dit.

– Ce n'est pas la question. Écoute, il va se passer quelque chose. Nous devons avertir ton père.

Je jetai un œil par-dessus mon épaule. Le ciel s'était considérablement obscurci et la cime des arbres commençait à s'agiter.

– Jed ? Vous pouvez me rejoindre une minute ?

Maccallan m'interpella. Je me dirigeai vers lui, le visage crispé. Je détestais être sous le feu des caméras.

– Alors Jed, vous les avez rassurés ? Ils sont tous partis ?

– C'est nous qui devrions partir, sénateur, répondis-je entre mes dents serrées.

– Grands dieux ! Et pourquoi donc ? Nous ne sommes pas bien ici ? Restez avec moi et répondez aux quelques questions de nos amis journalistes !

Les micros se tendirent, les flashs crépitèrent. Je vis une ou deux feuilles tourbillonner au-dessus de leur tête et s'écraser mollement à leurs pieds sans qu'ils y prennent garde.

– Ce projet est une hérésie, murmurai-je, mais mes paroles furent entendues par plusieurs témoins.

– Monsieur Lafkin ! Est-ce que vous pouvez répéter ce que vous venez de dire ?

Le vernis de bonhomie de Maccallan commença à se craqueler. Il m'écarta des micros pour me murmurer :

– Jed ! Qu'est-ce que vous faites ?

– Je ne les ai pas persuadés de partir, sénateur, ce sont eux qui ont décidé de plier bagage…

– Eh bien, c'est encore mieux ! Ils ont fini par comprendre l'inutilité de leur démarche.

– Ils sont partis parce qu'ils imaginent que l'esprit de la forêt est présent et qu'il va réagir dès l'instant qu'il s'estime agressé par l'Homme. Comme sur ce chantier.

– Vous débloquez, Jed ! Faites attention à vos propos !

– Mais c'est vous qui ne faites pas attention ! Vous m'avez demandé de vous dire ce que j'en pensais, en toute honnêteté. Je vous le dis : rien de bon. Ce projet est irréaliste et n'apportera rien. Je vous en conjure, sénateur, vous devriez renoncer, ce serait bien mieux pour tout le monde.

– Ne l'écoutez pas ! intervint Lyons. Cet homme est fou !

– Fou de vouloir préserver la nature face à des constructeurs sans scrupules, oui ! Je vous croyais différent de Vernon Krueger, prouvez-moi que ce n'est pas le seul le profit qui vous intéresse !

Edouard Maccallan tenta une dernière fois de me faire entendre raison. Sous l'œil impitoyable des caméras, il me prit par les bras et me secoua fermement.

– Jed, ressaisissez-vous, vous divaguez ! Qu'est-ce qui vous arrive bon sang ?

Une rafale insidieuse se glissa entre nous, emportant avec elle plusieurs feuilles. L'une d'elles me frôla le visage. Instinctivement, entre la peur et l'écœurement, je la refoulai d'un geste brusque, et de ce fait je repoussai le sénateur en arrière.

– Lâchez-moi ! criai-je.

Il y eut un moment de flottement parmi les spectateurs. Le silence se fit. Les traits de Maccallan se décomposèrent jusqu'à ne former qu'un masque hideux de rage. Longtemps sans doute il regretterait que cette image soit à jamais figée sur les écrans.

– Espèce de..., commença-t-il.

Qu'aurait-il voulu faire ? Je ne le saurais jamais. À ce moment, je remarquai le mouvement de certains journalistes, l'attention focalisée par autre chose que notre incartade, puis l'un d'entre eux poussa un cri :

– Là-bas, regardez ! Qu'est-ce que c'est ?

Nous tournâmes tous la tête dans la direction indiquée, c'est-à-dire la lisière de la forêt. Le vent s'était changé en tempête, soulevant des milliers de feuilles arrachées aux branches, évoquant pour certains le vol de nuées d'oiseaux, pour d'autres la naissance d'une tornade. Le volume de cette incroyable masse végétale en mouvement ne cessait de croître de seconde en seconde, et je savais qu'elle allait atteindre son point de rupture.

– Fuyez ! hurlai-je. Barrez-vous !

Le son de ma voix parut faire réagir les premiers témoins. Deux ouvriers se précipitèrent en direction du baraquement, un caméraman abaissa son objectif pour reculer jusqu'à sa camionnette. Puis brusquement, le flot de feuilles s'incurva et s'élança dans notre direction. En quelques secondes, nous fûmes submergés. La tornade végétale balaya la clôture comme fétu de paille, heurta les engins de terrassement dont la carcasse se mit à grincer sous les assauts furieux. Le ciel fut instantanément obscurci, tandis que la température sembla dégringoler de plusieurs degrés. À moitié aveuglé, je vis passer plusieurs outils, arrachés au sol, dont une pelle qui traversa l'espace devant nous pour s'encastrer dans la tôle d'un véhicule de télévision. Un des ouvriers poussa un hurlement de terreur et fut emporté par le courant ascendant. Il plana un instant avant d'être projeté avec violence contre la façade du premier baraquement, y laissant une fleur sanglante. Le bruit de ses os brisés par l'impact résonna à mes oreilles.

Sur le chantier, ce fut la débâcle. Tout le monde s'était mis à crier. Les gardes du corps du sénateur tentèrent de l'attirer à l'abri du préfabriqué. Ralph Lyons avait depuis longtemps disparu à l'intérieur et se terrait sous la table en claquant des dents. Mais Maccallan ne voulait pas s'abriter, son regard haineux me fit comprendre que d'un seul coup je venais de m'en faire un ennemi.

– Qu'est-ce que vous leur avez raconté ? hurla-t-il. Qu'est-ce que vous leur avez dit de faire ? Tout ça, c'est votre faute !

– Jamais un tel projet n'aurait dû voir le jour ! Vous vous trompez de coupable, c'est vous le responsable, Maccallan !

– Vous me paierez ça, je vous le garantis ! Barbara, viens avec moi !

Ma compagne hésita sur la marche à suivre. Elle s'efforçait de ne pas céder à la panique sans y parvenir. Sous la puissance d'une rafale, les feuilles se glissèrent sous une pelleteuse, la soulevèrent et la retournèrent comme s'il s'était agi d'une simple cagette. Les vitres d'un scraper explosèrent en projetant du verre partout, sa lame se désolidarisa de la structure métallique et roula dans la boue, arrachée. Je revivais le cauchemar d'Hope Falls et je ne voulais pas y croire.

– Tout le monde doit évacuer le chantier ! Sinon nous allons tous mourir !

– Allez au diable ! hurla Maccallan.

Il tendit la main vers sa fille. N'écoutant que ma terreur, j'arrachai Barbara à l'estrade et l'entraînai à ma suite en direction de la voiture. Elle tenta de se libérer de mon étreinte, complètement paniquée.

– Mon père a raison, on doit se mettre à l'abri !

– Pas dans cette bicoque en tôle ! D'une seconde à l'autre tout va s'envoler !

Je pus atteindre le parking, à moitié aveuglé. Les feuilles s'infiltraient dans le moindre interstice, nous griffaient la peau du cou, du visage, cherchaient à forcer nos lèvres pour s'engouffrer dans notre bouche. Je réussis à empoigner la clé de contact, déverrouillai la portière et poussai Barbara sur le siège arrière, puis tentai d'ouvrir la porte conducteur. Une colonne de feuilles refoula mes doigts, s'abattit sur la tôle pour maintenir l'issue fermée. Je dus m'y reprendre à vingt fois avant de parvenir à me glisser à l'intérieur, exténué. Les végétaux firent irruption à leur tour, je claquai la porte, nous isolant pour quelques instants. Je ne pris pas le temps de respirer. À tâtons, je cherchai l'orifice sous le volant, y glissai la clé, mis le moteur en route. La Ford toussa, le pot d'échappement étouffé par les feuilles. Je réussis enfin à démarrer et à la faire rouler à l'aveugle.

– On ne voit rien ! Tu vas nous tuer ! hurla Barbara.

Je heurtai un véhicule en stationnement, et évitai de justesse une camionnette de télévision au milieu de la tempête. Perdant tout degré de prudence, j'accélérai brutalement en faisant vrombir le moteur. Les phares allumés et les essuie-glaces à pleine vitesse ne parvenaient pas à m'éclaircir le passage. Je repérai vaguement la chaussée qui s'ouvrait devant moi, je me courbais sur le volant pour maintenir ma trajectoire. Le vent donnait des coups de boutoir qui déséquilibraient la Ford. Une des vitres se fissura. Une ombre passa au-dessus de notre tête pour s'écraser quelques mètres plus loin, et je reconnus avec effroi une partie d'un des baraquements du chantier. Barbara se mit à hurler en appelant son père. J'accélérai encore, la Ford Fusion s'enfonça dans la masse végétale qui me parut soudain moins dense. Au-delà, je pouvais distinguer le ciel, la route dégagée.

– On va s'en tirer ! criai-je à Barbara.

Je me trompai. Alors que j'allais sortir du maelström, les feuilles se regroupèrent pour s'élancer à ma poursuite et entraver ma fuite. J'avais dépassé les stades ultimes de la terreur, mais je ne pus m'empêcher de brailler en les voyant dans le rétroviseur former comme un visage, celui de la colère et de la haine la plus abjecte. Je devais leur échapper.

Un objet heurta le pare-brise avec un bruit mat. Étalée sur la vitre, *la* feuille d'érable rouge venait de se matérialiser. Je savais qu'elle était là, je n'avais pas rêvé, depuis le début elle cherchait à me retrouver. Qu'avait dit June ? Que j'avais laissé quelque chose derrière moi ? Elle ne pouvait parler que de cette maudite feuille. J'eus un réflexe que je n'aurais pas dû avoir, je braquai le volant d'un coup sec, déportant la Fusion sur le côté.

Ce fut comme si le monde se mettait à fonctionner au ralenti, comme si je visionnais les événements à l'aide d'une caméra à une image/seconde. La roue avant gauche quitta la chaussée, puis la roue arrière, et la voiture bascula sur le flanc pour commencer une série de tonneaux. Un, deux, trois. Ma tête ballottée dans tous les sens cessa de compter. Le visage de Barbara se matérialisa à mes côtés, déformé par l'horreur, avant que le pare-brise n'achève d'éclater sous l'impact de son crâne. L'instant d'après, elle avait disparu, comme dans un rêve, ou plutôt un cauchemar. J'essayai de crier son nom sans y parvenir, je n'arrivais pas à tourner la tête pour lui dire que j'allais la tirer de là, qu'elle ne s'inquiète pas. La voiture craqua de partout, l'habitacle écrasé contre le sol par les chocs et par les rafales de feuilles toujours violentes. Elles avaient accès maintenant à l'habitacle, elles s'engouffrèrent de plus belle pour venir m'étouffer. Après une ultime roulade, le véhicule s'arrêta, le toit dans la boue grasse d'un ruisseau. Le silence qui succéda au vacarme de l'intempérie fut encore plus terrible. J'eus la vague conscience que la voiture s'enfonçait dans la terre meuble. J'avais le visage recouvert de liquide visqueux, et, lorsque j'y portai mes mains, elles revinrent rouges comme cette foutue feuille d'érable. Du sang. Mais la feuille n'était plus là.

Je ne pouvais plus bouger.

– Barbara ? appelai-je péniblement.

Seul le bruissement de quelques limbes de feuilles comme un ricanement étouffé me répondit.

Chapitre 8

Je naviguais dans un univers immaculé, fait de blanc et de beige. La propreté et le calme des lieux contrastaient avec toute cette fureur, cette tempête, ces feuilles qui m'avaient agressé. Je devais être mort, mon esprit ne parvenait plus à faire la différence entre le rêve et la réalité. Le peu de conscience que j'avais me signalait que je n'étais ni dans la voiture, ni dans mon appartement. Lors de mes phases d'éveil, mon corps me hurlait des douleurs insoupçonnées qu'on tentait d'enfouir à grand renfort de sédatifs. Je finis par comprendre que j'étais dans une chambre d'hôpital, sous perfusion, et que le médecin qui s'occupait de moi devait avoir la clé de la réserve de dope. Je planais en continu, et je voyais danser d'étranges formes sur les murs, comme un joyeux foutoir kaléidoscopique. Mais parmi elles il y en avait de parfaitement reconnaissables. Des feuilles. Elles rampaient depuis le sol jusqu'au plafond, guettant le moindre signe de faiblesse de ma part pour se précipiter sur moi, se laisser tomber sur mon corps immobile et se glisser dans ma gorge. Je les apercevais surtout le soir, lorsque la lumière était éteinte. Dans la journée elles devaient se terrer sous le lit ou au fond de l'armoire. Mais dès que le jour baissait, j'entendais les petits crissements des nervures de leurs limbes foliaires gratter le revêtement mural pour s'y accrocher. La panique fut telle que je me mis à hurler et à me débattre. J'étais persuadé que l'une d'entre elles, rouge, finirait par apparaître.

– Où suis-je ? fut la première question que je parvins à articuler au bout de je ne sais combien de temps.

Le personnel m'apprit que j'étais à l'hôpital, ce que j'avais fini par comprendre. En revanche, ma mémoire me jouait des tours. J'avais été victime d'un très grave accident, j'avais dérapé et perdu le contrôle de mon véhicule qui après plusieurs tonneaux s'était retourné dans un ruisseau. Une chance pour moi, quelqu'un était passé juste après et avait pu prévenir les secours. La voiture était dans un tel état que c'était un miracle si j'avais survécu. Je souffrais de commotion, de contusions multiples, mais je n'avais aucune fracture grave.

– Je n'étais pas seul… ma femme, Barbara…

On ne savait pas. J'étais arrivé inconscient. On m'avait pris en charge aussitôt. Les urgences avaient été saturées, un incident grave s'était produit à quelques kilomètres de là. Un ouragan aussi subit que violent avait dévasté un chantier de construction, saccageant tout sur son passage. On déplorait cinq morts et une vingtaine de blessés, les baraquements et les engins avaient tous été détruits. Personne n'était capable d'expliquer comment une tornade avait pu prendre naissance brusquement à cet endroit et disparaître aussitôt après. Sauf que ce n'était pas qu'une tornade. C'étaient les feuilles. Mais on ne m'écouta pas, on prit mes propos pour des divagations. Pendant ce temps, j'étais torturé par l'angoisse. Où était Barbara ? Était-elle dans le même établissement, ou avait-elle été transférée ailleurs ? Une image me revenait sans cesse, celle de son visage heurtant le pare-brise avant de disparaître. Je devais sortir de cette chambre pour la retrouver. Je tentai de m'extirper des draps sans y parvenir.

– Vous ne pouvez pas partir, me signifia un médecin.

C'était un jeune type qui venait de finir ses études, le visage rosi par le feu du rasoir, les cheveux couleur de paille. Les traits tirés par la fatigue, il me prenait pour un emmerdeur.

– Vous avez eu un accident très sérieux avec un violent choc au crâne. Vous devez demeurer sous surveillance.

– Mais pourquoi ?

– Monsieur Lafkin, une enquête de police est en cours pour ce qui s'est passé sur le chantier de construction. Vous étiez présent, n'est-ce pas ?

– Oui, mais je suis parti…

– Les prélèvements sanguins effectués chez vous retrouvent des traces anormalement élevées de tranquillisants.

– C'est mon psychiatre qui me prescrit des médicaments. Je suis atteint de dendrophobie… Ça a un rapport avec mon passé.

– Vous n'étiez *a priori* pas en état de conduire un véhicule, qui plus est sous la tempête. Vous avez perdu le contrôle de votre voiture sous l'emprise de molécules qui ont diminué vos réflexes.

– Mais ce n'était pas ma faute, balbutiai-je. C'étaient les feuilles !

– Les feuilles ?

– Oui, elles étaient là, peut-être par millions. Elles se sont jetées sur la Ford et l'ont retournée. Comme tous les engins sur le chantier. Je les ai vues arracher la pelle d'un scraper, et projeter un pauvre type contre la façade d'un baraquement.

– Vous dites que ce sont des feuilles qui ont provoqué votre accident ?

– Il y en avait une surtout. Elle est toujours là depuis Hope Falls. C'est elle la responsable. Elle provient d'un érable, elle est rouge sang.

– Une feuille rouge sang, répéta le médecin en hochant la tête.

– Bon Dieu, je sais ce que je dis, je ne suis pas fou ! Vous n'avez qu'à interroger toutes les personnes blessées dans votre hôpital, vous verrez si je mens !

– Monsieur Lafkin, les victimes de la tornade parlent de vents violents qui ont soudainement balayé le chantier en renversant tout sur leur passage, mais aussi des engins retournés et brisés.

– Vous voyez bien !

– Si l'on s'en tient strictement à la puissance des bourrasques, j'imagine qu'elles devaient charrier des tas de détritus avec elles, donc des feuilles. Mais personne ne m'a parlé d'une agression par des végétaux possédés par je ne sais quel démon. Vous lisez trop de romans de Stephen King ! Et d'ailleurs, c'est quoi, Hope Falls ?

– Une ville, à la frontière canadienne. C'est là où je vivais. Elle a été entièrement détruite. Ils prétendent aujourd'hui que c'est à la suite d'une inondation, une coulée de boue venant du lac qui a débordé, mais je sais que ce sont les feuilles. Même Ed Maccallan est au courant.

– Ed Maccallan ? Vous voulez parler du sénateur ?

– Oui. C'est mon beau-père... enfin, presque. Il était sur le chantier avec son entrepreneur, un certain Ralph Lyons. Est-ce qu'ils sont...

– Je crois qu'ils sont passés par les urgences. Blessures légères.

Je me laissai retomber contre mon oreiller, épuisé. Les larmes me vinrent aux yeux.

– Écoutez, docteur... je suis fatigué de tout ça. Je voudrais que vous retrouviez Barbara. Ma femme. Me dire où elle est, comment elle va, si elle est blessée. C'est tout ce que je demande. Je suis prêt à rester quinze ans dans votre foutu hôpital s'il le faut, du moment que j'ai des nouvelles.

Je vis son visage se crisper. Son attitude m'alarma. Il savait quelque chose qu'il n'avait pas voulu me dire jusqu'à présent. Mon cœur s'accéléra, ma respiration devint courte, je me sentis défaillir.

– Quoi ? Qu'est-ce qu'il se passe ?

Un brouhaha dans le couloir. Des cris de colère. La porte de la chambre claqua avec fracas contre le mur, presque arrachée de ses gonds, pour laisser apparaître le sénateur Maccallan. Son visage écarlate portait les traces de multiples coupures. Il s'arrêta une seconde devant le lit, les yeux gonflés, puis il se précipita vers moi, les deux mains tendues.

– Qu'est-ce que tu as fait, espèce de salopard ? Qu'est-ce que tu lui as fait ? Tout ça, c'est de ta faute ! Toi et tes copains de la Feuille d'Érable, je suis sûr que vous étiez de mèche ! Qu'est-ce que tu as fait, ignoble pourriture ? À cause de toi je l'ai perdue !

Ses doigts se refermèrent sur ma gorge et commencèrent à serrer sans que j'esquisse le moindre geste de défense. Il avait prononcé le mot « perdue ». Un voile s'abattit sur mes yeux tandis que sa pression se faisait plus forte, empêchant mon cerveau de s'oxygéner correctement. Debout à côté de lui, le médecin lui martelait les poings pour l'obliger à me lâcher. Une infirmière vint à son aide, puis deux brancardiers qui finirent par faire lâcher prise à mon agresseur.

– Sortez-le d'ici ! hurla l'urgentiste.

Les brancardiers traînèrent Maccallan au-dehors, toute violence retombée. Il sanglotait.

– Ma petite fille ! Ma chérie ! Qu'est-ce qu'il t'a fait ?

L'air que j'inspirais avait un goût métallique. Le médecin examina mes marques sur mon cou, s'assura qu'il ne m'avait pas brisé l'os hyoïde. Je le repoussai d'un geste.

– Barbara ! râlai-je.

Son regard croisa le mien. J'y lus toute la commisération du monde.

– Votre femme… je suis désolé. Elle n'avait pas attaché sa ceinture. Elle a été éjectée à travers le pare-brise et la voiture lui est retombée dessus. Elle… elle est morte sur le coup… Je pense qu'elle n'a pas eu le temps de souffrir.

Il répéta encore une fois « je suis désolé », et encore, et moi je ne voyais que le visage tétanisé de Barbara alors qu'elle heurtait la vitre, et cette feuille rouge qui envahissait tout l'espace. Ce n'était pas moi qui l'avais tuée ! Non, ce n'était pas moi ! C'était la feuille !

– La feuille ! La feuiiiilllllleee !

L'ÉVASION
DEUX ANS PLUS TARD

Chapitre 1

La pièce mesurait exactement douze mètres carrés vingt-cinq. C'était un rectangle parfait. Les murs étaient blancs, enfin, ils l'avaient été, le temps avait fait son œuvre et diverses marques et auréoles tatouaient le revêtement granuleux qui les recouvrait. J'imaginais que chaque tache avait une histoire à raconter. Combien de personnes avaient séjourné en ces lieux avant moi ? J'avais dû poser la question, mais je ne me souvenais pas de la réponse. L'une m'évoquait un visage. En fonction de la lumière du jour, il changeait, tantôt on aurait dit un lutin, tantôt c'était un visage plus sérieux qui se manifestait. Je connaissais ces traits sans arriver à me les remémorer. C'étaient ceux d'un vieil Indien... Quand avais-je vu un membre de la Première Nation pour la dernière fois ? Mes souvenirs étaient embrouillés, comme si j'observais le monde à travers une chape de brume impossible à disperser.

Je ne savais même plus pourquoi j'étais ici.

Comme chaque matin lorsque j'ouvris les yeux, mon regard tomba sur mon lieu de vie. Pour tout meuble, je possédais un lit avec un chevet, une table et deux chaises, une petite armoire où ranger mes maigres affaires. Tout un coin de la pièce était occupé par un espace toilette et douche. La fenêtre se résumait à une lucarne assez haut placée, qui s'ouvrait sur un ciel gris, et il me fallait monter sur une chaise pour espérer apercevoir quelque chose au-dehors. Essentiellement des immeubles. J'étais donc en ville, et il me semblait que c'était New York. Je vivais à New York depuis longtemps… mais avant je vivais… ailleurs…

Un frisson me parcourut l'échine lorsque je quittai la chaleur de la couverture pour me retrouver assis sur le bord du lit. Mes pieds effleurèrent le sol glacé, s'y attardèrent après un moment d'hésitation. Je suivis les dessins d'usure du linoléum comme les frontières d'une carte routière étalée devant moi. Certaines couleurs sombres auraient pu passer pour de la terre, ou des champs, d'autres pour de la forêt. Sans que je sache pourquoi, ce terme me mit mal à l'aise. Je finis par me lever, chancelant, pour me diriger vers les toilettes. Ma bouche pâteuse me rappela combien j'avais soif, et je me servis du verre à dents pour avaler deux pleines gorgées d'eau glacée. Certaines choses étaient immuables : dormir, pisser, manger, se laver. J'accomplissais ces gestes tous les jours sans savoir pour quoi ou pour qui.

La douche acheva de réveiller mon corps, pas mon esprit. Je me traînai vers la table, m'assis et attendis, l'œil rivé sur la pendulette fixée au mur. Un truc moche, en plastique orange, auquel le créateur pour faire bonne mesure avait ajouté une citation en italique : *Sed fugit interea, fugit irreparabile tempus, singula dum capti circumvectamur amore.* Virgile… le datomètre indiquait deux chiffres : 18. De quel mois, je l'ignorais. Je n'eus pas à patienter longtemps avant d'entendre une clé tourner dans la serrure, puis la porte s'ouvrit pour laisser place à un homme habillé en blanc, en tenue d'infirmier, un plateau à la main. Il était grand, costaud, les cheveux coupés court presque de façon militaire. Je savais qu'il s'appelait Bill, tout le monde le prénommait ainsi, m'avait-il assuré au début. Je le regardai sans bouger tandis qu'il posait le plateau devant moi.

– Petit déjeuner ! claironna-t-il. Bon appétit !

Une tasse de café fumant, un verre de jus d'orange, des gâteaux. Avant, j'adorais le café noir, ici il était proprement dégueulasse. Et les biscuits trop secs.

– Mais d'abord, poursuivit Bill, tu vas me faire le plaisir d'avaler tes sucreries !

Je détestais le son de sa voix, trop aiguë pour une personne de son gabarit. Bill sentait le déodorant bon marché, et l'after-shave de grande surface masquait mal les relents de transpiration qu'il traînait avec lui. Il s'était rasé, et coupé. Tous les matins je l'observais en douce afin de regarder quel nouvel endroit il avait pu se trancher avec son rasoir. Le mien était électrique. Interdiction d'avoir une lame, comme un couteau d'ailleurs. Les couverts en plastique étaient si peu fiables qu'ils se brisaient si la viande était trop dure. Mais c'étaient les ordres du médecin.

L'infirmier me tendit une petite boîte remplie de pilules. J'y jetai un regard désabusé sur lequel il se méprit.

– Tu ne vas pas faire de problème, hein ?

Dans la douceur de sa voix, il y avait comme une menace. Je savais ce que je risquais avec un type comme lui. Par le passé j'avais regimbé… et ça s'était mal terminé. J'avais de vagues souvenirs de cellule d'isolement et d'attaches sur le lit.

– Non Bill, c'est juste que je me demande… à quoi ça sert…

Il me tapota l'épaule d'un geste protecteur.

– Ce n'est ni à toi ni à moi de décider, mais au docteur. Moi je fais ce qu'on m'ordonne, et toi aussi, d'accord ?

Je ne répondis pas, me contentant d'ouvrir la boîte pour la vider au creux de ma main. Six cachets de toutes les couleurs. Je pris une profonde inspiration, les fis glisser dans ma bouche et avalai une gorgée de café. Bill se détendit aussitôt.

– Brave garçon, fit-il, comme s'il félicitait un animal de cirque. Mange bien, je repasse te chercher dans une heure pour ton rendez-vous.

– Mon rendez-vous ?

– Avec le Dr Fredrikson, voyons Jed ! Tu l'as oublié ?

Sans attendre la réponse, il referma la porte derrière lui, me laissant seul dans ma chambre. Ou ma prison. Lentement, la chimie ingurgitée brouilla mes sens, m'empêchant de réfléchir. C'était peut-être mieux ainsi.

– Alors, Jedediah, comment vous sentez-vous aujourd'hui ?

Fidèle à son habitude, Charles Fredrikson m'accueillit dans son bureau entièrement meublé en bois sombre. Un confort feutré, intimiste, qui aurait convenu à un salon-bibliothèque ou à un fumoir. Entre les étagères chargées de livres médicaux, de grands cadres représentaient les montagnes enneigées. Fredrikson était un fou de ski, un passionné d'altitude. Bien campé dans son immense fauteuil en cuir noir pivotant, il jouait avec son stylo-plume en or, un sourire bienveillant sur les lèvres. Mais avec le temps j'avais appris à me méfier des apparences. Il me recevait en moyenne une fois par mois, parfois plus rarement, jamais plus souvent, sauf à ma demande, ce qui ne se produisait jamais. Le psychiatre ressemblait à une araignée immobile guettant le papillon qui se débat dans la toile. Il m'indiqua un siège devant lui, et congédia Bill d'un signe de tête. Néanmoins, je devinai la présence de l'infirmier pas très loin. Je m'installai sans répondre. Son bureau bénéficiait d'une large baie vitrée donnant sur une cour intérieure arborée. C'était l'heure de sortie, plusieurs personnes déambulaient dans les allées aménagées, sous la surveillance des collègues de Bill. Sentant le poids du regard du médecin, je finis par détourner la tête.

– Savez-vous que nous sommes un jour spécial, Jedediah ? Cela va faire exactement deux ans que vous êtes ici, avec nous. Est-ce que vous vous souvenez de votre arrivée ?

– Non, pas vraiment…

C'était la vérité. Deux ans, ça aurait pu être vingt siècles. Je n'avais aucun souvenir précis de ma vie antérieure, ou alors quelques bribes, et ce que je percevais était suffisamment effrayant pour le refouler aussitôt.

– Nous sommes le 18, poursuivit Fredrikson. Le 18 du mois de septembre. Est-ce que vous savez ce que cela signifie, Jedediah ?

– Pour moi, vous voulez dire ? Un an de plus à vous tenir compagnie, j'imagine.

– Dans quelques jours, c'est l'automne.

– L'automne…

– Oui, Jedediah. Est-ce que cette saison évoque quelque chose pour vous ?

Je me raidis et mon geste n'échappa pas au psychiatre. Je devais ma présence en cet endroit à cette saison, j'en étais à peu près sûr. Maudits cachets qu'il me forçait à avaler ! Était-ce seulement pour me calmer, pour me faire oublier ?

Ou pour me faire taire ?

Je laissai mes yeux se balader le long des murs de la pièce. Nous étions dans un hôpital psychiatrique fermé. J'en étais l'un des pensionnaires depuis deux ans, mais je n'arrivais plus à me souvenir pour quel motif. Le matin, lorsque je m'éveillais pour me traîner jusqu'au miroir de ma minuscule salle de bains, je voyais les traits d'un inconnu. Bouffi, les cheveux ternes, les paupières lourdes et le regard vague. Je ressemblais à une motte de beurre trop exposée aux rayons du soleil. J'étais sûr d'avoir été quelqu'un d'autre avant.

– Combien de temps vais-je rester encore dans cet hôpital, docteur ?

– Le temps qu'il faudra, Jedediah. L'important pour vous, c'est de guérir, ne pensez-vous pas ?

– Et si je ne guérissais jamais ? Cela fait deux ans que je suis ici, alors comment pourrais-je croire que je vais guérir ?

– Il faut du temps, ne soyez pas pressé.

– Merde ! explosai-je. Deux ans, ça ne vous suffit pas ? Et tous ces cachets que j'avale, je ne suis pas censé aller mieux ?

Fredrikson appuya sur un bouton sous le plateau de son bureau. Sous son air bonhomme, avec sa chevelure châtain permanentée sans une mèche rebelle et son long visage osseux, l'inquiétude fit place à la sérénité. Derrière moi, la porte s'ouvrit sur Bill. Je n'eus pas besoin de me retourner pour comprendre qu'il avait la main posée sur sa matraque. Il en portait toujours une à la ceinture. Je m'accrochai au rebord du bureau, m'efforçant de rester calme.

– Je veux savoir, Dr Fredrikson. Tout est confus dans ma tête, je n'arrive pas à me remémorer la raison pour laquelle je suis ici. Pourquoi suis-je toujours tout seul ? Pourquoi je ne reçois pas une seule visite ?

– Vous vous souvenez de votre famille, Jedediah ? me demanda-t-il.

La question me perturba. D'un geste las, je me rassis, éloignant le danger de la matraque. Je fermai les yeux et pressai les poings contre mes tempes. Je tentai désespérément de me souvenir, mais tout ce que mon esprit accepta de me montrer, ce fut de vagues ombres. J'entrevis deux personnes âgées, le visage bienveillant.

– Je crois… que j'avais mes parents…

– C'est exact, Jedediah. Votre mère, Rosemary Eleanore Lafkin, est morte à soixante-cinq ans, le 20 juin 1998 à l'hôpital de Minneapolis d'un cancer des ovaires métastasé. Et votre père Jonathan est décédé trois ans plus tard en 2001, d'une crise cardiaque pendant son sommeil. Mais vous rappelez-vous d'autres personnes encore ?

Il y avait quelqu'un qui avait été proche de moi. Une femme… mon épouse ? Je ne parvenais pas à me souvenir, toujours ce maudit mur blanc impossible à abattre. Je levai les yeux vers le psychiatre.

– Que m'avez-vous fait ?

– La question est plutôt : qu'est-ce que vous avez fait, Jedediah ? Quelque chose d'horrible qu'il fallait vous faire oublier. Pour votre santé mentale, croyez-moi. Maintenant, vous pouvez rentrer dans votre chambre. Tout ira bien, soyez rassuré.

Je me levai sous la pression de Bill qui se voulait amicale, traînai les pieds en direction de la sortie. Au moment où il refermait le battant sur moi, j'entendis distinctement la voix du psychiatre. Il était au téléphone.

– Oui, sénateur Maccallan. Comment ? Mon Dieu, non je l'ignorais ! Mais quand ? Non, il est toujours ici, et il n'en sortira pas… c'est un vrai légume, soyez sans crainte…

Maccallan. Le nom éclata comme un pétard. Je savais qui c'était ! J'avais su du moins. Je devais me souvenir. Mais comment y parvenir dans ce brouillard chimique ?

– Ne lambine pas tant, grogna Bill en me poussant dans le dos. Je n'ai pas toute la journée !

Chapitre 2

De retour dans ma chambre, je me laissai tomber sur une des chaises, à contempler sans la voir la surface rayée de la table. Tout était à nouveau embrouillé dans mon esprit, j'aurais voulu y voir plus clair. Le dernier nom prononcé par Fredrikson tournait dans ma tête comme une litanie, mais, chaque fois que je tentais de le saisir, il m'échappait. J'étais sûr de l'avoir déjà entendu. Ce qu'il évoquait par contre n'avait rien de réjouissant, il était même lié à un drame auquel j'étais mêlé.

Maccallan. J'avais connu quelqu'un portant ce nom. Le psychiatre avait parlé de sénateur, mais ce n'était pas la première chose qui m'était venue à l'esprit en l'entendant prononcer. Je pensais à une femme. La mienne ? En observant mes mains, je n'y voyais aucune trace d'alliance, je n'étais sans doute pas marié. D'un pas pesant, je me dirigeai vers le miroir fixé au-dessus du lavabo, m'arrêtai devant pour contempler la silhouette grotesque qui s'y reflétait.

– Je m'appelle Jedediah Lafkin, murmurai-je. Mes parents étaient Jonathan et Rosemary Lafkin. Ils sont morts tous les deux. Avant d'être ici, j'habitais…

Toujours ce maudit mur blanc ! J'étais conscient que la quantité invraisemblable de comprimés qu'on me faisait avaler chaque jour avait ruiné ma mémoire. J'aurais dû me révolter, me dire que j'allais interrompre le traitement pour faire la lumière sur ce qu'on cherchait à me faire oublier. Et l'instant d'après, je me mettais à paniquer. Le confort que j'obtenais avec toute cette chimie prévalait sur tout le reste. En fait, je me sentais lâche. Je n'étais pas prêt à abandonner les nuits sans mauvais rêves, les journées à réfléchir. Peu importait finalement que je sois volontairement drogué, du moment que je connaissais la paix. Mon corps portait des cicatrices dont j'ignorais l'origine : bras, torse, jambes. J'avais été victime d'un accident assez sévère, probablement en voiture. Étais-je seul, étais-je responsable ? Parfois, certaines nuits, je percevais des cris et des bruits de métal froissés. J'avais quasiment tout oublié une fois réveillé, y compris la raison pour laquelle j'étais enfermé dans un établissement psychiatrique sans aucun espoir de sortie. J'avais hésité à en parler à Fredrikson, mais au dernier moment un réflexe m'avait retenu. Peut-être parce qu'une infime parcelle de mon esprit s'était imaginé qu'il allait traiter ça par une nouvelle cargaison de comprimés.

La porte de ma chambre s'ouvrit à nouveau sur Bill, accompagné d'une femme portant un plateau-repas. Je l'avais déjà vue à plusieurs reprises, le service était assuré par quatre d'entre elles. Brune, petite, le visage revêche, elle ne m'avait jamais adressé le moindre mot. J'imaginais qu'elle ne pouvait pas s'abaisser à parler avec un pensionnaire de l'endroit.

– C'est l'heure de la bouffe, Jed ! Tu vas encore te régaler !

Je levai les yeux sur l'horloge. Il était midi passé. Je n'avais pas vu les heures défiler, j'avais l'impression que mon entretien avec le psychiatre venait à peine de s'achever. Encore un effet des médicaments. La serveuse partie, Bill tira de sa poche une boîte en plastique qu'il agita sous mon nez.

– Je t'apporte l'apéritif.

Il attendit que je tende la main, et comme je ne bougeais pas, il renversa le contenu sur la table à côté de l'assiette. Encore six, certains étaient identiques à ceux du matin, d'autres étaient différents.

– Prends-les, Jed, je n'ai pas que ça à faire.

– Je ne sais même pas à quoi ils servent, à part me vider le cerveau. Est-ce que ça fait deux ans que j'avale tout ça ?

– Ce n'est pas mon problème... ni le tien. Dis-toi juste que c'est pour ton bien sinon tu ne les avalerais pas, d'accord ?

– Dix-huit comprimés par jour, Bill. Trois cent soixante-cinq jours par an, pendant deux ans... ça fait... treize mille cent quarante pilules.

– C'est bien, tu sais compter. Maintenant, avale-moi ça, grouille ! Et peut-être que tu auras le droit d'aller faire un tour dehors.

– Ça représente quoi, l'automne, pour toi, Bill ?

– Une putain de saison, éructa-t-il. C'est le moment où il commence à flotter, à cailler, et en plus tu as toutes ces saletés de feuilles qui tombent. Elles collent sur le sol, tu glisses pire que sur du verglas.

– Et le sénateur Maccallan ? Pourquoi est-ce que j'ai l'impression de connaître ce nom ?

Mon infirmier se raidit, je sentis que je venais de faire s'envoler sa bonne humeur pour la journée. D'un index épais, il tapota sur la table à côté de mon assiette.

– Je n'en sais rien, et pour tout te dire, je m'en fous, Jed ! Alors, ou tu prends tes médocs, ou je vais le signaler à Fredrikson, et tu sais qu'il ne va pas du tout aimer ça. Je n'ai pas besoin de te faire un dessin.

Une à une, je pris les petites pilules pour les mettre dans ma bouche. Je ne pus m'empêcher de faire une grimace : deux d'entre elles étaient amères.

– Avale tout ça avec un verre d'eau maintenant !

Je fis ce qu'il attendait de moi. Pour être tranquille, pour ne pas avoir à affronter sa vindicte ou celle du psychiatre. Avec un sourire satisfait, Bill me tapota sur l'épaule, un geste qu'il aimait décidément beaucoup.

– Allez, je te laisse manger, je viendrai te chercher tout à l'heure.

La cour intérieure du bâtiment était un vaste espace clos, aux murs si hauts qu'on pouvait imaginer que nul monde n'existait au-delà. Bill m'avait dit que c'était pour éviter les cauchemars de ce qui pouvait nous attendre dehors. Il ne m'avait pas convaincu. Entre ces quatre murs, on trouvait des bancs, des allées de promenade en gravillons toujours immaculés, des massifs de plantes et de fleurs.

Et des arbres. Chaque fois que je sortais dans ce jardin artificiel, créé pour détendre les pensionnaires de l'établissement, j'éprouvais une crainte instinctive en apercevant les troncs pourtant inoffensifs. Ils étaient une dizaine, répartis sur tout le périmètre, et le plus grand devait mesurer trois mètres au maximum. L'administration avait choisi des plantes décoratives, mais on comptait deux pommiers qui chaque année se chargeaient de fruits. C'était le seul côté ludique de ce parc clos, pouvoir cueillir une pomme et la manger directement. Afin de sécuriser au maximum les allées et venues, nous n'étions jamais plus de cinq dehors, toujours les mêmes, ce qui fait que j'ignorais combien nous étions exactement. J'avais posé la question à plusieurs membres du personnel, y compris au médecin, qui m'avaient répondu que ça ne me concernait pas.

– Allez, Jed ! Va prendre un peu le frais !

L'infirmier venait de pousser ma porte. Mes seuls contacts se résumaient donc à lui, à Fredrikson et à une ou deux aides-soignantes. Je me levai de mon siège pour le suivre docilement. La dernière fois que j'avais voulu protester, réclamer un droit de sortie, que j'avais refusé de prendre mes médicaments, ça ne s'était pas bien terminé. J'avais bénéficié d'un petit séjour d'isolement dans le noir, attaché à mon lit, sans manger, juste à boire et à avaler ces foutus cachetons. Et quand Fredrikson avait jugé que j'avais assez mariné dans ma pisse, il avait accepté de me libérer pour me faire nettoyer la pièce et me demander si j'avais envie de recommencer. Inutile de dire que j'avais filé droit depuis. Il m'avait semblé que le psychiatre obéissait à des ordres reçus, ce qui, au-delà de la sanction, m'avait fortement ébranlé. Qui pouvait avoir intérêt à exiger une punition de la sorte ?

J'effectuai quelques pas hésitants sous le vent. Il y avait trois pensionnaires dans la cour. Les branches d'un petit cerisier du Japon frémirent sous une bourrasque, et plusieurs feuilles se détachèrent pour venir tourbillonner à mes pieds. Je les regardai tomber avec une sensation de malaise. Un instant, une image s'imposa à moi, aussi brève qu'un flash d'appareil photo, mais avec cette désagréable sensation de persistance rétinienne. Je vis un mur végétal s'avancer vers moi, prêt à m'écraser, m'obligeant à reculer. Mon regard se porta à nouveau sur les quelques feuilles éparses sur le sol gravillonné, et on aurait cru qu'elles cherchaient à me parler, comme si cette vibration, inaudible pour le commun des mortels, mais qui l'était parfaitement pour moi, n'était en réalité qu'un murmure d'avertissement. L'une d'entre elles se décolla pour venir effleurer la pointe de ma chaussure, et je reculai d'un bond.

Je détestais le vert. Je détestais cette couleur. Mais je détestais également les feuilles des arbres.

– Attention ! s'écria une voix aigrelette dans mon dos.

De tous les pensionnaires qui fréquentaient l'établissement de ce bon Dr Fredrikson, Douglas Sweeney était celui que j'appréciais le plus. Je n'avais jamais su lui donner un âge, il avait probablement dans les soixante-dix ans. Petit, les cheveux blanchis comme les sourcils et les yeux proéminents, il me rappelait quelqu'un que j'avais connu il y avait longtemps… enfin, je le pensais. Bill le surnommait « Doc Brown », parce qu'il soutenait qu'il ressemblait au Dr foldingue du film *Retour vers le futur*, mais chaque fois que j'entendais prononcer ce nom, j'éprouvais un pincement douloureux dans ma poitrine. Qui était cette personne qui avait fait partie de ma jeunesse ? Sweeney m'observait, souriant, la tête légèrement inclinée sur le côté.

– Bonjour Lafkin !

– Bonjour Sweeney. Désolé, j'étais un peu dans la lune.

Sweeney leva les yeux vers le ciel.

– On dirait que le temps change, n'est-ce pas ? Je ne serais pas surpris qu'on ait un orage !

Sweeney était un passionné de météo. Il pouvait vous entretenir de la forme des nuages, de leurs noms, de pluviométrie ou d'ensoleillement pendant des heures, sans jamais se lasser. Il n'était jamais aussi heureux qu'au printemps ou en hiver.

– Cette fois, me dit-il, l'automne est bien arrivé !

Je me tournai lentement vers lui.

– Qu'avez-vous dit ?

– Que c'est l'automne, Lafkin ! Je le vois bien, le temps change ! Regardez, les feuilles tombent, elles vont bientôt tout recouvrir !

Je ne saurais dire si c'était le froid ou la peur qui me fit frissonner. Je reculai, abandonnant Sweeney à sa contemplation extatique, le cœur au bord des lèvres. Je ne désirais qu'une chose, rentrer dans ma chambre, m'y enfermer, ne penser à rien. J'étais en danger dans cette cour. Comme si elles s'étaient donné le mot, les feuilles des arbres se détachèrent, quasiment toutes en même temps, arrachant au vieux Sweeney un cri de joie. Et elles se précipitèrent sur moi. Je n'avais pas prévu ça. En quelques secondes, elles se collèrent à mes vêtements, cherchèrent à s'infiltrer dans ma bouche, mes narines et mes oreilles. Je me débattis en hurlant d'effroi, redoublant d'efforts pour échapper à ces infimes particules végétales dont je sentais le contact froid et gluant. Les yeux fermés et les mains tendues, je me précipitai vers la sortie. Je butai contre le rebord d'une plate-bande, m'étalai de tout mon long. Mes genoux heurtèrent violemment le sol, mes paumes se déchirèrent sous les arêtes coupantes du gravier. Une douleur fulgurante me vrilla le visage lorsque mon front et mon nez rencontrèrent un peu trop brutalement la surface pavée. Une feuille en profita pour se glisser dans l'interstice de mon col, et ses rebords crantés comme autant de minuscules petites pattes se mirent à courir sur ma peau. J'étais sûr qu'elle allait se frayer un chemin à travers moi, infiltrer mon derme et venir se loger dans mon organisme.

Quelque chose m'arracha brutalement du sol, et je reconnus la voix aiguë de l'infirmier lorsqu'il me hurla dans l'oreille.

– Ça suffit Jed !

Je n'entendis pas le reste. Je perdis connaissance.

Chapitre 3

Fredrikson avait la mine des mauvais jours. Sa joue droite était parcourue d'un tic nerveux, un muscle qui était doué de vie propre et qui cherchait à sortir de son visage. Il ne cessait de faire tourner le corps de son stylo-plume entre ses doigts, de plus en plus rapidement, laissant échapper quelques gouttes d'encre au passage. Je les vis voltiger, planer un bref instant avant de venir s'écraser sans bruit sur la surface de son sous-main immaculé. Il n'y prêta pas attention. Derrière moi, les bras croisés, Bill me toisait, entre colère et dégoût. Le psychiatre finit par reposer son stylo, et poussa un soupir de découragement.

– Bon sang, Jedediah, qu'est-ce qui est arrivé ? Est-ce que vous réalisez ce que vous avez fait ? Vous avez terrorisé les autres pensionnaires du centre, y compris ce pauvre Sweeney qui ne ferait pas de mal à une mouche ! C'est n'importe quoi !

– Je suis désolé… ce sont…

– Quoi ? me coupa-t-il brutalement. Ce sont quoi ? Quelle excuse allez-vous encore inventer ?

– Je les ai vues. Elles se sont jetées sur moi, elles ont essayé de m'étouffer…

– Bon sang, Jedediah ! répéta-t-il. Vous n'allez pas recommencer avec cette histoire ? Il ne s'est rien passé dans la cour ! Vous vous êtes précipité en vociférant je ne sais quoi, vous vous êtes pris les pieds dans le rebord d'une plate-bande et vous êtes tombé ! Le résultat, ce sont des écorchures aux mains et aux genoux, et une bosse sur le front. Vous avez de la chance de ne pas vous être fracturé le nez !

– Mais je n'ai pas rêvé ! protestai-je. Je sais ce que j'ai vu ! C'était comme… comme…

Un nom me vint à l'esprit. Il surgit de ténèbres si épaisses qu'elles me semblaient infranchissables, jusque-là. C'était une déchirure dans ce mur qui m'interdisait l'accès à mes souvenirs. Fredrikson se pencha sur son bureau, l'air contrarié.

– Comme quoi, Jedediah ?

– J'ai l'impression d'avoir vécu cette situation auparavant. Il y a longtemps, dans une petite ville. Je vois son nom… Hope Falls ? Est-ce que j'ai réellement habité là-bas ?

Le psychiatre sembla se fermer totalement comme une huître.

– Hope Falls n'existe pas, Jedediah. C'est quelque chose que vous avez inventé.

– Pourtant…

– Il n'y a pas de pourtant ! hurla-t-il soudain dans une pluie de postillons. Hope Falls n'existe pas, vous comprenez ! Ça n'a jamais existé, ce n'est même pas un concept, c'est une idée idiote issue de votre cerveau malade !

– Bon Dieu, Fredrikson, est-ce que pour une fois dans votre vie vous pourriez écouter vos patients ? Je ne vois pas pourquoi j'aurais inventé un nom pareil ! Je suis persuadé que cet endroit a un rapport avec mon passé, je vois des millions de feuilles qui recouvrent tout. C'est vous le psychiatre, vous devriez savoir interpréter ce rêve.

– Il n'y a pas de rêve, Jedediah. Vous avez été admis dans mon établissement en raison de graves troubles psychologiques, votre état était une menace pour la sécurité d'autrui. Vous avez été interné pour cette raison.

– Et qui vous a demandé de m'interner ? Maccallan ?

Fredrikson lança un regard en direction de l'infirmier. Le temps que je réalise, Bill avait sorti sa matraque et me l'avait passée autour du cou, pour me tirer en arrière et me plaquer contre le dossier du fauteuil. Je tentai une manœuvre désespérée pour me libérer, essayant d'arracher la barre de bois qui m'étranglait, mais la prise était trop bien exécutée.

– Ne bouge pas, sinon tu auras encore plus mal, prévint Bill.

Le Dr Fredrikson se leva, sortit une clé de sa poche pour ouvrir un petit secrétaire. Il récupéra un flacon et une seringue, remplit cette dernière d'un liquide clair et s'approcha de moi. Je voulus encore me débattre, mais l'infirmier maintint plus fermement sa prise, m'étouffant à moitié.

– C'est pour votre bien, Jedediah. Vous devez oublier tous ces mauvais rêves, croyez-moi, ça ira mieux après.

D'un geste sec, il fit signe à Bill de me faire pivoter sur le côté, puis empoigna le pantalon de toile et le tira vers le bas. Ce fut à peine si je sentis l'aiguille pénétrer dans mes chairs et le produit me brûler le muscle. Son injection effectuée, Fredrikson se redressa, et l'air repassa à travers ma gorge endolorie.

– Veuillez raccompagner Jedediah à sa chambre, Bill. Surveillance stricte, interdiction de sortie pendant une semaine, je dois revoir son traitement.

L'infirmier me poussa dans le couloir. Je tenais à peine debout. Comment réussis-je à me traîner jusqu'à ma chambre ? Cela restera un mystère. Je me laissai tomber sur le lit, la tête déjà ailleurs. Tout était perturbé, mon champ de vision, mon audition. D'une bourrade, Bill me repoussa contre le mur.

– Espèce de connard ! Il fallait bien que tu recommences à faire ton cirque ! On était tranquilles depuis trop longtemps. Résultat, je vais devoir à nouveau te surveiller sans arrêt et tu sais bien que j'ai horreur de ça !

Nouvelle bourrade.

– Foutu abruti ! Crois-moi que je vais t'en faire baver ! Tu vas regretter chaque seconde de ton numéro, et tu pleureras quand j'en aurai fini avec toi !

– Bill, je te jure, bafouillai-je, je ne t'ai pas menti. Les feuilles, dehors… il y a quelque chose…

Je me tus et faillis m'étouffer. Profitant de ce que j'étais dans le cirage, il sortit une poignée de limbes humides qu'il m'écrasa sur la figure d'un geste rageur.

– Tiens, les voilà ! Savoure-les !

Je ne savais pas ce qu'il m'avait administré, mais je repris contact avec la réalité relative au bout de trois jours. J'avais un énorme mal de tête et la bouche sèche. La première chose que je parvins à faire après m'être levé fut de prendre une douche. Je sentais mauvais. J'eus un hoquet d'horreur en découvrant quelques feuilles au pied du lit, je m'empressai de les ramasser avec une serviette pour les jeter à la poubelle. Je me mis à réfléchir même si cela m'était pénible et compliqué. Je ne parvenais plus à me concentrer de façon suffisante bien longtemps, j'étais comme une ampoule en fin de vie qui ne dispense plus qu'une faible lueur en s'obstinant à ne pas mourir. Mes maigres capacités de raisonnement devaient me servir à écrire quelques mots sur une page de papier – j'avais au moins ce droit, posséder quelques crayons gras inoffensifs et un carnet. Que devais-je noter avant d'oublier ? Des noms. Maccallan. Hope Falls. Un docteur qui ressemblait à Emmett Brown. Et des feuilles, par milliers. Que pouvais-je faire de ça ? Je déchirai la page et la roulai pour la dissimuler. Il était hors de question que Bill ou Fredrikson la découvrent. Ensuite, j'eus de nouveau un blanc qui dura plusieurs heures. Je me souvins du passage du plateau-repas, puis d'un autre plateau, sans doute celui du soir, de l'infirmier m'obligeant à avaler mes cachets, et cette fois ce bon Dr Fredrikson avait pris ses précautions en en ajoutant trois nouveaux à ma collection. Je les avalai machinalement avant de contempler le repas d'un œil morne. Lorsque je repris pied, j'étais couché, la petite lucarne en haut du mur ne diffusait plus d'un rectangle indigo zébré d'éclairs. Il pleuvait. La pluie et le vent venaient battre la vitre avec une telle violence que je redoutai un instant qu'elle ne se brise. Je ne savais pas quelle heure il pouvait être. La drogue qui distillait son poison dans mes veines était si puissante qu'elle ne m'accordait guère que cinq minutes de pure conscience toutes les heures. Entre ces réveils, je cauchemardais, je rêvais de montagnes de feuilles mortes qui m'ensevelissaient sans que je puisse me défendre. Je suffoquai à plusieurs reprises. Il me sembla que je criais à pleins poumons, mais comme le veilleur de nuit ne se présenta pas, j'en déduis que j'avais encore une fois rêvé.

Ces brefs moments de conscience me permirent d'entendre des bruits de pas dans le couloir. Ils étaient si ténus que je me crus victime d'une hallucination. Ils finirent par s'arrêter devant ma porte, laissant le silence se rétablir. Je tendis l'oreille, soudain inquiet. Et si Bill avait décidé, pour une raison connue de lui seul, de venir me caresser les côtes avec sa matraque ? Je savais ce type prêt à tout, sans aucune once de pitié. Mais au lieu de cela, je perçus un raclement contre le bas de ma porte, comme si quelque chose se glissait en dessous. Le frottement cessa alors que les pas s'éloignaient rapidement. J'allumai la lampe fixée au-dessus de mon lit, clignant des yeux sous l'agression lumineuse, et observai le battant clos. Mon attention fut attirée par un carton rectangulaire sur le linoléum. Quelqu'un était donc venu en pleine nuit pour m'apporter quelque chose le plus discrètement possible. Je réussis à me lever, profitant encore des quelques moments de répit que m'offraient les cachets de Fredrikson, et m'emparai du rectangle. Il s'agissait d'une photographie représentant un bâtiment de briques rouges en forme de L, et dont la façade s'ornait d'un large balcon soutenu par des colonnes de granit. Un escalier monumental, disproportionné, hésitant entre le style colonial et le moderne, permettait d'accéder à l'intérieur. Ce devait être le printemps. De multiples rosiers étaient en fleurs. Je connaissais cet endroit, j'en étais sûr, j'y étais entré à maintes reprises. Là encore, un nom me vint, surgi du néant.

– La « Maison Rouge » ! murmurai-je en retournant la carte postale. C'était ainsi qu'on surnommait le bâtiment, par analogie avec la Maison-Blanche.

La légende indiquait : *Hope Falls – L'hôtel de ville.* Quelqu'un avait ajouté à la main : *Là où tout a commencé. Jed Lafkin, nous vous avons enfin retrouvé. Si vous voulez savoir, arrêtez d'avaler vos médicaments, et tenez-vous prêt. Le temps est venu d'affronter définitivement votre destin. P-S : Détruisez cette carte après lecture.* Ce n'était pas signé, du moins je ne remarquai pas de signature manuscrite, jusqu'à ce qu'un symbole attire mon attention. Plus tard, je devais penser que mon esprit l'avait volontairement occulté. Un peu plus petit qu'un penny, soit environ un centimètre et demi, il représentait une feuille palmatilobée et pourvue de pétiole, enchâssée dans un cercle grossier autour duquel on pouvait lire ces mots : *Red Maple Leaf Children,* « Les Enfants de la feuille d'érable rouge ». Le tout, dans un rouge écarlate, sanglant, dégoulinant.

La carte postale m'échappa des mains pour tomber sur le sol, tandis que j'enfonçai mes poings dans ma bouche en les mordant pour ne pas hurler. Les Enfants de la Feuille d'Érable Rouge. Ce n'était pas possible. C'était un cauchemar. Elle avait désormais ses adorateurs. Elle m'avait retrouvé après tout ce temps, et je la revis frapper la vitre de la baie, se glisser à l'intérieur de cet appartement sécurisé situé au quinzième étage, et s'étaler sur le canapé immaculé.

Tu m'as manqué.

Chapitre 4

Les bons soins du Dr Fredrikson, l'ami de la famille Maccallan… Sa clinique privée aussi sécurisée qu'une forteresse… Après l'accident et le décès de Barbara, je fus déclaré mentalement irresponsable, bien que jugé coupable d'avoir conduit sous l'emprise de médicaments et d'avoir causé involontairement la mort de ma compagne. Une injonction de soins me fut signifiée, et ce fut Fredrikson qui se chargea de l'appliquer, poussé en sous-main par le sénateur. Je n'obtins pas l'autorisation d'assister aux obsèques de ma bien-aimée, ses parents s'y opposant farouchement. En fait, l'aurais-je souhaité que j'en aurais été incapable. J'avais perdu l'esprit. Maccallan désirait me tuer à petit feu, mais en même temps il voulait que l'on m'oublie, que plus personne ne se souvienne du nom de Jedediah Lafkin. Je piquais des crises de démence à me jeter la tête contre les murs dès que je voyais ce qui ressemblait de près ou de loin à un végétal, comme au début, lorsque j'avais survécu à l'effondrement de Hope Falls. Mais Barbara n'était plus là pour m'aider. Je finis par disparaître. C'était peut-être cela, mourir plusieurs fois. Le peu de pensées cohérentes qui m'animait encore fut dissous par les dizaines de pilules que j'avalais chaque jour, aussi sûrement qu'un acide ronge le métal. En quelques mois, il ne resta plus rien de moi. J'étais devenu le cobaye parfait pour le psychiatre, le testeur officiel de ses mélanges chimiques, le goûteur en quelque sorte. Au début, il m'arrivait de refuser, de me rebeller, mais j'eus tôt fait de rentrer dans les rangs après avoir apprécié l'isolement et la matraque de ce cher Bill. L'infirmier, âme zélée de Fredrikson, qui tapait d'abord et soignait ensuite, sans aucun remords. Ses ordres étaient simples, j'étais quelqu'un de potentiellement dangereux donc je devais être traité comme tel. Peu lui importait que j'aie l'énergie et la résistance d'une nouille trop cuite, on lui disait de me mater, il s'exécutait.

Barbara me manquait horriblement. Chaque heure, chaque minute, chaque seconde. Je m'éveillais parfois les nuits, si les cachets me le permettaient, totalement déboussolé, cherchant mes repères, et je ne reconnaissais plus notre lit, je ne sentais plus son corps contre le mien. La femme que j'aimais était morte et je l'avais tuée. Ed Maccallan avait raison, j'étais le seul responsable. Et puis, son visage qui me souriait s'atténuait peu à peu, pour laisser place à un masque grimaçant de douleur dont la peau se déchirait, mettant les chairs à nu, puis les os, qui à leur tour éclataient pour laisser la place à une feuille, toujours la même. Je me réveillais alors en hurlant et en me débattant, jusqu'à ce que Bill s'annonce, matraque à la main. Parfois il se contentait de me caresser les côtes pendant quelques minutes en me criant dessus : « Tu vas fermer ta gueule,

Jed ? », mais le plus souvent, heureusement pour moi, il débarquait avec une aide et une seringue au poing. Avec le temps, j'en étais venu à espérer cette seringue qui me permettait d'oublier tout, je le suppliais presque de me piquer, comme un junkie en manque. Parce que c'était ce que j'étais devenu, totalement accro. Puis les cauchemars finirent par s'estomper peu à peu, les contours du visage de Barbara se firent moins nets, mes souvenirs furent lavés au karcher de la thérapeutique de Fredrikson. Ne resta plus que l'indifférence et une mémoire en lambeaux que je ne cherchai pas à rafistoler.

Jedediah Lafkin était bel et bien mort.

Cela avait duré deux ans. Jusqu'à aujourd'hui.

Pourquoi mes souvenirs me revenaient-ils maintenant ? Et quel pouvait être l'objectif des Enfants de la Feuille d'Érable Rouge en m'envoyant cette carte postale ?

Il me fallut de longues minutes avant d'oser reprendre la carte tombée sur le sol. J'observai les traces de dents sur mes poings, là où je m'étais mordu presque jusqu'au sang. Si Bill ou Fredrikson les découvraient, ils concluraient que j'avais eu une crise durant la nuit et ils me forceraient à avaler une dose supplémentaire de médicaments. Et c'était bien la dernière chose que je souhaitais. Je me sentais plus lucide que je ne l'avais été depuis deux ans, comme si je venais de me réveiller. Ce ne pouvait être qu'un signe… Je finis par me pencher pour récupérer la carte, évitant de toucher le symbole à la feuille. Et pourtant, quelque chose me disait que je n'avais rien à craindre ! Il y avait de cela très longtemps, j'avais rencontré des membres de ce groupe, ils n'étaient pas des terroristes, ils ne prônaient pas la violence. Comment se nommait celle qui m'avait conduit à eux ? Peut-être était-ce elle qui avait glissé cette photographie sous ma porte ?

Je mis un moment à la détruire. J'étais fasciné par l'image qui me rappelait tant de choses. Presque à regret, je la découpai en milliers de petits morceaux que j'éparpillai dans les toilettes avant de tirer la chasse. Une boule de terreur me serra la gorge parce que je savais que j'allais me souvenir de tout, d'un instant à l'autre, et que le réveil allait être douloureux. J'allais revoir le visage de Barbara… son prénom me heurta violemment et je me laissai tomber sur le sol pour pleurer toutes les larmes de mon corps. Toutes ces années à l'occulter, sans doute par remords, pour me protéger, pour ne plus penser au drame que j'avais vécu. Il fallait que je pleure silencieusement, là où j'aurais voulu brailler, sortir tout ce que j'avais accumulé durant ces longues années. Mais si je faisais trop de bruit, l'infirmier ne tarderait pas à débarquer pour voir ce qu'il se passait.

Quelque chose monta en moi, de très loin. Une vague intérieure immense, un tsunami de souvenirs qui afflua en forçant les ultimes barrages que mon cerveau avait dressés, volontairement ou non. Le choc fut si violent que je me cabrai, basculai en arrière et me roulai sur le sol, en proie à ce qui ressemblait à une convulsion. Je clignai des yeux, mes dents claquèrent, je me mordis la langue, le sang chaud coula de ma bouche et se mêla à celui de mes narines. C'était comme de se noyer. Tout me revenait, depuis ce premier jour d'automne où la délicieuse Abigaïl Merryn, ma voisine, m'avait salué, et même avant, où on avait découvert le corps sans vie de Milton Hoggs sous les feuilles. J'avais désormais à l'esprit tous les noms, tous les événements, jusqu'à ce jour fatidique où la Ford Fusion de Barbara Maccallan avait quitté la route pour effectuer une série de tonneaux, tuant ma compagne et le bébé qu'elle portait en elle. Les images se succédaient à une cadence infernale, stroboscopique, et j'en oubliais de respirer, j'étouffais.

Puis tout cessa.

L'air s'engouffra à nouveau dans mes poumons, avec un bruit de vieille pompe, et je me sentis tel un apnéiste remontant à la surface après une longue plongée en immersion libre. Je demeurai recroquevillé sur le lino, les genoux contre la poitrine, les bras serrés, attendant que mon cœur se calme. Un rayon de lune atteignit la petite lucarne de ma chambre, projeta son image éclatante sur le mur trop intensément pour pouvoir la soutenir. Alors que je fermais à nouveau les yeux afin d'éviter l'éblouissement, je vis apparaître une forme mouvante en son centre. C'était le visage d'un homme âgé à la peau tannée comme une vieille outre, à la chevelure argentée, au nez busqué remontant haut entre deux sourcils en arc de cercle, couvrant deux paupières un peu lourdes qui tombaient sur des pupilles sombres, vives et intelligentes.

– *Mingan !* murmurai-je.

Le *Mishòmis* me sourit avec douceur et bonté. Ses lèvres s'écartèrent, et bien qu'il ne s'agisse que d'une image sans doute projetée par mon esprit, je l'entendis distinctement.

– Jedediah, tu es mort deux fois et te voilà à nouveau parmi nous.

– Vous m'avez tellement manqué, *Mingan* ! Je n'ai jamais eu de vos nouvelles, moi aussi j'ai cru que vous étiez mort !

– Tu as erré longtemps dans la vallée de l'oubli, tu as laissé divaguer ton cœur et ton esprit, et tu as failli capituler. Le *gichi-manidoo* en a profité. Il était bon, mais les Hommes l'ont perverti et en ont fait ce qu'il est devenu. Il hurle sa colère et son désir de vengeance. Il a failli t'anéantir, et j'ai fait tout ce qui était en mon pouvoir pour te sauver. Cette fois, il est de retour. Tiens-toi prêt, *oshkaabewis* ! Nous avons besoin de toi !

– Je suis prêt, *Mingan*…

L'apparition me sourit encore une fois et disparut, absorbée par un nuage. Je demeurai longtemps face au mur, comme s'il allait se manifester à nouveau, jusqu'au petit matin, où Bill me trouva assis par terre.

– Alors Jed, tu te mets à la méditation maintenant ? Tu as raison, si ça peut t'éviter tes crises. Allez, prends ton déjeuner et file sous la douche si tu ne veux pas que je t'astique la peau à la lance à incendie. Tu pues comme un bouc !

Je me levai docilement et m'assis à table. L'infirmier ouvrit le petit flacon de plastique contenant les pilules. Je le plaçai une à une dans ma bouche, puis avalai un grand verre d'eau.

– C'est parfait ! approuva Bill avec le sourire. Continue comme ça !

J'attendis que la porte soit verrouillée, que ses pas se soient éloignés dans le couloir. Alors j'ouvris ma main et recrachai un à un tous les cachets que j'avais glissés contre ma joue. Je les contemplai un instant avant de les jeter dans les toilettes.

Le temps était venu pour moi de me réveiller.

Chapitre 5

Je n'avais pas prévu un détail, pourtant évident : le sevrage.

On n'interrompt pas un traitement psychiatrique avalé depuis deux ans sans dommage pour le corps et l'esprit. Très vite, les effets se firent sentir : sueurs froides, nausées, douleurs abdominales, tachycardie, attaque de panique. Je me mettais à transpirer à grosses gouttes, aussi trempé que si j'avais pris une douche tout habillé. Le plus difficile était de dissimuler cet état au personnel de l'hôpital. Chaque jour, je me préparais psychologiquement à recevoir les médicaments et à masquer le fait que je les recrachais. Je les observais au creux de ma main, tandis qu'une petite voix insistante me susurrait : « Rien qu'une seule fois ! Tu verras, ensuite tu te sentiras bien mieux ! » Je plongeai même une fois les doigts dans les toilettes pour les récupérer, interrompant mon geste de justesse en me dégoûtant moi-même. Jamais je n'aurais pensé que ce serait si difficile.

Depuis cette nuit où mon mystérieux visiteur était venu m'apporter cette carte postale, je n'avais plus eu de contact.

L'insomnie était désormais courante, ce qui me permettait sans me forcer d'avoir l'air épuisé au matin. Je restais insensible aux blagues de Bill, arborant une parfaite tête d'accro aux pilules miracles. Je me demandais quand mon visiteur redonnerait signe de vie. Maintenant que je ne prenais plus ces foutus médicaments, l'inaction me pesait, je ne désirais plus qu'une chose, qu'enfin cela bouge. Mais dans une pièce de douze mètres carrés vingt-cinq, qu'espérais-je ? Il fallait que je sorte d'ici. Que je m'échappe.

– Bill, murmurai-je alors que l'infirmier venait me livrer mon repas du soir. Je peux vous poser une question ?

– Je t'écoute, Jed, fit-il en me regardant d'un air soupçonneux.

– Je voudrais… vous savez… j'aimerais…

– Tu aimerais quoi ? Accouche, je n'ai pas toute la nuit.

– Je crois que je peux sortir. Dans la cour. Maintenant.

– Pour te mettre à hurler comme un cinglé ?

– Je ne crierai plus, Bill, je vous le promets. J'ai besoin d'air.

Il ricana.

– C'est la meilleure ! Moi aussi j'ai besoin d'air, figure-toi, j'ai envie de ne plus voir vos tronches, à toi et tes petits copains mabouls ! Et tu crois une seconde que j'ai le choix ? Non, je suis obligé de rester ici, pour un salaire de merde en plus !

– Je suis désolé.

– Non tu n'es pas désolé. Un débile comme toi ne peut pas être désolé.

Je regrettai que les couverts soient en plastique. Il était assez proche de moi pour que je sente son odeur de transpiration, assez près pour que je lui plante la fourchette dans le cou. Mais le plastique n'était pas assez solide. Je serrai les poings sous la table.

– Vous pourriez en parler ? Au Dr Fredrikson ? S'il vous plaît ?

– Ouais, grogna-t-il. On verra bien. En attendant, tu bouffes, tu te couches et tu dors !

Il s'arrêta un moment sur le pas de la porte, m'observant sans rien dire. Je me contentai d'abaisser ma fourchette dans l'assiette de façon mécanique, sans tourner la tête. Les cachets étaient tous coincés contre ma gencive et je les sentais se déliter lentement au contact de ma salive. Si cet abruti demeurait trop longtemps ainsi, je les avalerais contre mon gré. Heureusement pour moi, il finit par claquer le battant derrière lui tout en maugréant à propos des cinglés qu'il ne comprendrait jamais. Je m'empressai de tout recracher et de me rincer la bouche le mieux possible.

– Amène-toi ! me lança-t-il le lendemain, alors que je venais de me lever.

– Où ça ?

– Le docteur veut te voir.

– Mais je ne suis pas lavé ni habillé…

– Tu as cinq minutes pour te savonner le vermicelle et sauter dans ton pantalon ! Magne-toi !

Je fus tenté de bondir, mais je me rappelai que j'étais censé être sous comprimés. Je me redressai péniblement, commençai à me déshabiller avant de m'arrêter pour le regarder.

– C'est bon, si tu crois que je vais reluquer ton cul tu te goures ! Tu n'es pas mon genre !

Je passai sous la douche et j'enfilai mes vêtements, puis je le suivis jusqu'au bureau de Charles Fredrikson. Il jouait encore avec son stylo-plume en le faisant tourner entre ses doigts, et je me rappelai soudain qu'il accomplissait déjà ce geste lorsque nous nous étions rencontrés la toute première fois.

– Alors Jedediah ? Comment allons-nous ce matin ? me demanda-t-il d'un air bonhomme.

Je pris le temps de la réflexion pour me gratter la tempe.

– Bien, docteur. Enfin, je crois.

– Bill m'a dit que vous vouliez sortir ? Vous vous souvenez que ça ne s'est pas bien passé la dernière fois. Ce pauvre Sweeney en est encore tout retourné.

– Je suis désolé pour lui, je ne tenais pas à lui faire peur.

– Bon, je l'entends bien et c'est parfait d'éprouver des remords. Mais comment puis-je être sûr que vous n'allez pas recommencer ?

– Je... je voudrais prendre l'air. J'en ai besoin...

– Oh ! Vous avez un besoin ! Je suis ravi de voir que vous faites preuve de *desiderata* ! Vous vous sentez vraiment mieux ! C'est la première fois depuis longtemps que votre réponse est claire. Seraient-ce les effets des médicaments ?

– Je ne sais pas...

– Voyons, Jedediah, ne me décevez pas !

Il était en train de me jauger. Je sentis la panique me gagner, je retins à grand-peine mes mains qui tremblaient. Même après la douche, je devais avoir mauvaise mine, celle qu'ont les patients sevrés. Et Fredrikson me connaissait suffisamment pour savoir ce que je cachais. Il pouvait lire en moi comme dans un livre ouvert. Du coin de l'œil, j'observai la porte, mais elle s'était refermée sur Bill, et, à moins que le psychiatre ne plonge sur son bouton de sonnette, il ne risquait pas de refaire surface. J'allais devoir jouer serré.

– Après mon épisode de panique, dehors, au moment où Bill m'a emmené de force dans ma chambre, j'ai entendu votre conversation au téléphone, avec un certain Maccallan.

Les traits de Fredrikson se figèrent et le crayon resta suspendu dans les airs.

– Continuez.

– Après, j'en ai parlé à l'infirmier qui n'a pas voulu répondre, et je vous ai demandé si c'était lui qui vous avait dit de m'enfermer ici. J'ai cherché qui pouvait être cette personne, j'ai eu du mal, ma mémoire me joue des tours. Et puis j'ai eu ce flash. Je me vois dans une voiture, une Ford Fusion, je fuis la tempête, et soudain la voiture se retourne. Il y avait quelqu'un avec moi, ma femme, Barbara. Et elle était la fille du sénateur Maccallan.

Je sentis monter les larmes, sans avoir à faire d'efforts. Les années de consommation médicamenteuse avaient rendu des réactions excessives. Fredrikson laissa tomber le stylo. Je crus qu'il allait appuyer sur le bouton d'alerte. Par réflexe, je reculai d'un pas, les yeux agrandis, la main tendue en avant.

– Non ! S'il vous plaît !

Mais il ne le fit pas.

– Jedediah, me dit-il. Vous souvenez-vous de tout ce qu'il s'est passé ce jour-là ?

– Je crois…

– Je suis surpris que la mémoire vous revienne aussi vite, mais je pense avoir compris comment. Il me suffit de vous regarder. Vous avez les traits tirés, vous tremblez, vous ressemblez à un junkie en manque. Même ce bon à rien de Bill a été capable de remarquer ce détail.

Il fit une pause, le temps de reprendre son stylo. Même si ce geste m'horripilait, il avait le mérite d'éloigner ses doigts du bouton.

– Jedediah, vous avez été reconnu coupable de conduite sous l'effet de médicaments stupéfiants. Le compteur de votre voiture bloqué au moment de l'impact indiquait une vitesse proche des cent vingt kilomètres-heure. Votre compagne n'avait pas sa ceinture de sécurité, mais cela ne vous dédouane pas de votre attitude irresponsable.

– Je voulais fuir la tempête, me justifiai-je, mais Fredrikson m'arrêta.

– Plusieurs témoins ont déclaré que vous avez eu des gestes agressifs à l'égard de son père, le sénateur Maccallan, en le repoussant brutalement. Et alors qu'il cherchait à inviter sa fille à se mettre à l'abri, vous l'avez entraînée de force pour la faire monter dans la voiture. La suite, vous la connaissez.

– J'ai vu la tornade balayer le chantier, et retourner les engins de terrassement, comme de simples cartons. Une tôle est passée sous mon nez, elle aurait pu me couper la tête. J'ai cru que le baraquement n'y résisterait pas. J'ai choisi de fuir en voiture, j'ai pensé que c'était la meilleure solution.

– Le sénateur a porté plainte contre vous pour homicide volontaire. Le juge l'a suivi.

– Il a essayé de m'étrangler ! le coupai-je. Je me souviens, à l'hôpital, il a tenté de m'étrangler alors que je ne pouvais pas me défendre !

– Mais au dernier moment, reprit Fredrikson comme s'il n'avait rien entendu, il a demandé que votre peine soit commuée en hospitalisation d'office. Votre attitude dans votre chambre, vos cris, cela leur a suffi. Vous avez évité la prison.

– Comment appelez-vous cet endroit ? Moi je ne fais aucune différence entre ici et une cellule. Je suis enfermé sans aucune possibilité de sortie, personne ne peut me rendre visite.

– Citez-moi un ami qui pourrait venir vous voir, Jedediah ? Vous êtes tout seul, définitivement seul. En deux ans, tout le monde a oublié jusqu'à votre existence. Et ne vous plaignez pas trop, si le sénateur l'avait voulu, vous seriez en train de croupir au fond d'une cellule. Qui sait ? Avec votre petite gueule, vous auriez pu servir de mignon à un type en mal de compagnie…

– Ne soyez pas vulgaire, Fredrikson, vous n'êtes pas crédible.

Le visage du psychiatre se crispa.

– Vous n'avez pas l'air de comprendre, Jedediah. Les Maccallan sont mes amis. Je connaissais leur fille Barbara depuis sa naissance. Personnellement, que vous soyez ici ou ailleurs, je m'en fous, mais le sénateur a insisté. Faites-vous une raison : vous ne sortirez pas. Que vous vous sentiez guéri ou pas.

– Combien Maccallan vous a-t-il payé pour me faire disparaître ?

Fredrikson me sourit.

– Disons que je ne dirai rien à l'infirmier à propos des médicaments. Ça restera notre petit secret. Vous pouvez aller faire un tour dans la cour si ça vous chante, l'air frais vous fera le plus grand bien !

Il appuya cette fois sur l'interphone fixé sur le plateau devant lui.

– Bill, Jedediah a besoin de changer d'atmosphère, accompagnez-le dehors !

L'infirmier pénétra dans la pièce dans la seconde qui suivit. Avant qu'il ne referme la porte, j'entendis encore Fredrikson me lancer d'un ton moqueur :

– N'hésitez pas à venir me parler, Jedediah ! Votre compagnie m'est agréable.

Désormais, j'allais vivre avec cette idée que je ne sortirais plus jamais d'ici, et plutôt que de m'endormir à nouveau, ce cauchemar semblait faire jubiler le psychiatre comme s'il se vengeait personnellement.

Chapitre 6

Durant les jours où j'avais été privé de sortie, l'automne s'était bien installé, et malgré la hauteur des murs, le vent avait réussi à trouver un chemin pour faire tomber les feuilles. Il ne restait que les troncs nus. Les préposés au nettoyage avaient fait du bon boulot. Je traversai la cour jusqu'à l'endroit opposé à l'entrée et m'assis sur le premier banc. J'avais envie de hurler ma rage et mon désespoir. Que m'importait de stopper les médicaments si c'était pour réaliser à quel point j'étais condamné ? Je ne pouvais pas escalader ces murs, je ne pouvais pas voler un trousseau de clés et m'enfuir en passant simplement par la sortie. J'aurais bien fichu le feu à tout le bâtiment en espérant qu'on nous évacue, le temps que les pompiers parviennent à circonscrire l'incendie, mais même si je mettais la main sur des allumettes, je n'aurais que mon matelas à flamber. Je devais trouver autre chose.

Totalement perdu dans mes idées, je ne remarquai pas la personne qui s'approchait de moi. Ce fut seulement lorsqu'elle se retrouva dans mon dos que je fus tenté de me retourner, mais sa voix m'en empêcha.

– Non ! Reste comme tu es ! Surtout, ne bouge pas !

Je l'entendis qui se baissait pour ramasser quelque chose sur le sol et le fourrer dans un sac. La voix était jeune, féminine, elle évoqua aussitôt des souvenirs pour moi.

– Nous avons eu beaucoup de mal à te retrouver, *oshkaabewis*. Ils ont dit que tu étais mort.

– June ? C'est vous ?

– Dans ta chambre, sous ton matelas. Lis et tu comprendras. Le temps est venu, Jedediah.

Elle s'éloigna en poursuivant sa tâche. Au bout de quelques instants, je me risquai à tourner la tête dans sa direction. Je ne vis qu'une jeune femme vêtue d'une blouse réglementaire, les mains gantées et tenant un sac-poubelle. Ses cheveux étaient attachés en chignon, mais quelque chose me disait qu'ils devaient être longs. Pas un seul instant elle ne tourna la tête pour que je puisse identifier son visage, mais j'étais sûr que c'était elle. Je finis par me lever pour effectuer le trajet dans l'autre sens, marchant lentement et un peu au hasard. Bill me surveillait du coin de l'œil, même s'il conversait avec une de ses collègues. Je me raidis lorsque je le vis interpeller June, mais il se contenta de lui glisser quelques mots auxquels elle répondit avant de disparaître dans le bâtiment. Je dus lutter contre l'envie de me précipiter à sa suite, j'évitai de passer trop près de ce pauvre vieux Sweeney en contemplation du ciel. Je ne voulais pas le terroriser.

Fredrikson avait raison sur un point : l'air frais me fit du bien. J'oubliai presque à quel point le manque se faisait ressentir. C'était impossible que l'infirmier ne se soit rendu compte de rien, ou alors il faisait semblant pour voir jusqu'où je pourrais tenir, avant de m'effondrer en loques et de le supplier de me donner ma dose. Si encore j'avais pu identifier toutes ces pilules et trier celles qui m'étaient le moins néfastes ! J'aurais pu en prendre une ou deux, le temps que l'intoxication se passe ! Mais je n'y connaissais strictement rien et dans le doute je préférais m'abstenir.

S'infliger soi-même une torture est quelque chose d'horriblement pervers. Je n'avais qu'à déglutir une seule fois. Chaque matin, chaque midi, chaque soir, je regardais ces médicaments dans leur boîte en plastique, j'admirais leurs couleurs. D'une banale chose enrobée je faisais presque une œuvre d'art, un objet rare à collectionner et à mettre sous cloche. Qu'y avait-il de plus facile que de tendre la main, de les attraper pour les glisser sur la langue ? Ce qu'il y avait de terrible, c'est que j'avais espéré que l'infirmier ne remarque rien. J'avais perfectionné ma technique pour coller les pilules contre ma gencive, j'étais devenu un vrai prestidigitateur. J'imaginais la tête de Bill lorsqu'il refermait la porte sur moi, prenant un malin plaisir à attendre l'ultime seconde pour que je puisse enfin recracher tout ce que j'avais dans la bouche.

– T'as une sale gueule, Jed ! me lança-t-il comme je passais devant lui. Tu veux que je revoie tes médocs avec le Dr Fredrikson ?

– Non ça va, merci.

– Tu ne serais pas malade au moins ? Je n'ai pas envie que tu nous couves quelque chose de contagieux !

– Rien qui ne puisse vous atteindre, si ça peut vous rassurer. Je veux juste rentrer dans ma chambre.

– Tu permets que je reste un peu dehors pour profiter du temps qu'il fait ?

– Je connais le chemin, Bill, je n'ai pas besoin de vous.

– C'est ça ! Pour que tu ailles fouiller partout ? Je ne risque pas de te faire confiance, Jed !

Je brûlais de lui répondre, mais il avait pour lui la force physique et la matraque. Je l'aurais peut-être par surprise, au moins le premier coup, mais il récupérerait vite, et contrairement à moi il n'était pas en manque. Sa collègue, une femme rousse à la fois courte et large et le visage aussi amène qu'un bouledogue affamé, parut avoir pitié de moi.

– C'est bon, je l'accompagne. Tu as vu la tête qu'il a ? On dirait qu'il va nous gerber dans la cour, et c'est bien la dernière chose que je veux.

Elle m'entraîna à l'intérieur du bâtiment, me laissa entrer et referma derrière elle. Je titubai jusqu'au lit sur lequel je tombai, en proie à de violents frissons. Je ne tiendrais jamais le coup. Je me roulai en boule sur le matelas, serrai les mâchoires, paupières closes. Un sentiment d'abandon total me traversa l'esprit. Peut-être ferais-je mieux de reprendre ces saloperies.

– Non ! gémis-je entre mes dents.

Au bout de longues minutes, les spasmes s'estompèrent. Ma respiration se régularisa. Je pus ouvrir les yeux et me rasseoir. J'avais horriblement soif et un mal de crâne épouvantable me déchirait le cerveau. J'attrapai le gobelet en plastique rempli d'eau et le bus d'une traite, puis je m'en versai un second que j'avalai tout aussi rapidement. J'étais poisseux de sueur et je sentais mauvais. Je me débarrassai de mes vêtements pour les fourrer dans le sac suspendu à la porte, passai sous la douche pour me nettoyer de tous mes miasmes. Je n'avais pas encore les idées tout à fait claires, mais assez pour me rappeler ce que m'avait soufflé June dans la cour. Je collai mon oreille au battant pour m'assurer que personne ne se tenait de l'autre côté à épier mes faits et gestes, puis je revins au lit. J'explorai le matelas puis le sommier, avant de trouver ce que je cherchais, coincé dans une petite entaille de tissu. Un simple morceau de papier replié serré afin de prendre le minimum de place. Je le dépliai précautionneusement pour ne pas le déchirer. C'était un article de quotidien daté de quelques jours. Le titre me sauta au visage.

LE MAGNAT DE LA CONSTRUCTION IMMOBILIÈRE RETROUVÉ MORT ÉTOUFFÉ PAR DES FEUILLES

Deux photographies illustraient l'article. La première avait été prise dans un endroit que j'identifiai comme étant Central Park. Un cordon de police empêchait l'accès à une ambulance et au véhicule du coroner, et plusieurs secouristes se penchaient sur une silhouette recouverte d'un linceul blanc. L'autre était un portrait d'archive, de qualité moyenne, mais je reconnus le visage jailli de mon passé. Ralph Lyons, le promoteur, celui qui voulait construire ses complexes en bordure des réserves naturelles. Je n'avais guère pensé à lui au cours de ces dernières années et durant mes rares moments de lucidité, sans doute parce que la personne principale était Ed Maccallan et non lui.

Fébrilement, je lissai le morceau de journal pour le lire plus confortablement.

Ralph Lyons, promoteur immobilier et P-DG d'une des plus grosses entreprises de travaux publics de la côte est, a été retrouvé mort ce mercredi à Central Park par deux sportifs qui effectuaient leur jogging matinal. D'après le légiste, le décès remontait à la nuit précédente. Le corps, simplement vêtu d'un pantalon et d'une chemise, sans chaussures ni manteau, portait de multiples traces de griffures et d'écorchures, témoignant d'un décès particulièrement violent. Lyons, qui habitait quasiment en face de l'endroit où son corps a été découvert, était enseveli sous un tas de feuilles, comme si le responsable avait voulu le faire disparaître, son forfait commis. Il ne s'agit bien entendu pour le moment que de suppositions, mais le chef de la police nous a indiqué que le promoteur pouvait avoir été entraîné dans un guet-apens, et dévalisé. Fait étrange, la bouche de la victime était remplie de feuilles mortes. Son agresseur l'a-t-il étouffé avec des débris végétaux ?

Véritable magnat de la construction immobilière, Ralph Lyons a souvent été associé à des projets controversés. On se souviendra entre autres de l'ambitieux programme prévu aux Catskill Mountains, abandonné à la suite de la pression écologiste, et d'une tornade qui a tout ravagé voilà deux ans. Le sénateur Maccallan, partie prenante de ce chantier, avait dû faire amende honorable et admettre qu'il n'avait pas mesuré l'attachement des locaux à leurs terres. Cependant, dernièrement on apprenait que Lyons avait demandé que les travaux redémarrent.

Dès l'annonce de la mort de Ralph Lyons, la plupart de ses opposants se sont félicités, soulignant que la nature avait enfin obtenu réparation. Une association en particulier, dans le collimateur de la justice en raison des actions qu'elle mène sur tous les projets de construction, les Enfants de la Feuille d'Érable Rouge, a fait savoir qu'elle n'était en rien impliquée dans la disparition du promoteur, et que son mouvement était totalement pacifiste. L'enquête suit son cours...

Je relevai la tête, troublé. Le nom de Ralph Lyons se superposa à un autre, surgi du passé. Milton Hoggs, la première victime de Hope Falls, que j'avais retrouvé recouvert lui aussi de feuilles. Mais il en avait également en lui. Son corps en contenait six kilos. Combien le promoteur en avait-il ingurgité, avant de succomber ? L'horreur du trépas me glaça le sang. Je ne connaissais pas l'homme, mais les vagues souvenirs que j'en avais, son visage aux traits slaves et aux yeux très clairs, ne m'avaient pas laissé une bonne impression.

Je retournai l'article découpé dans un des grands quotidiens de New York, peut-être le *Times* ou le *Post*, et découvris qu'un second avait été collé au dos. Il indiquait que le patron du BTP présentait plusieurs fractures osseuses importantes comme s'il avait été victime d'une chute depuis une certaine hauteur, et que son estomac était rempli de feuilles mortes, tout comme ses intestins. Le légiste ne parvenait pas à s'expliquer la présence de ces végétaux, ni comment ils avaient pu arriver là. La police avait retrouvé le manteau et les chaussures de Lyons à son domicile, ainsi que ses papiers. La baie vitrée était restée ouverte, mais, même s'il n'y avait pas de traces de luttes, les enquêteurs ne pouvaient exclure qu'il avait été victime d'une agression chez lui et qu'il avait été défenestré. L'absence de sang les empêchait cependant d'être formels.

Quant à moi, je savais ce qui était arrivé. La feuille d'érable était venue frapper à sa fenêtre, comme elle l'avait fait dans l'appartement de Barbara deux ans plus tôt. Lyons avait ouvert, afin de connaître l'origine des coups contre le verre. Il avait été précipité du troisième étage et emporté jusqu'au parc en face de chez lui. Et personne n'avait rien vu.

J'aurais mis ma main à couper que le légiste allait extraire très précisément six kilos de feuilles de son organisme. Tout n'était que perpétuel recommencement.

Chapitre 7

Je fus réveillé par un coup violent porté sur le flanc. Le temps que je saisisse ce qu'il m'arrivait, la douleur fusa dans mes entrailles, me coupant la respiration.

J'avais connu des réveils plus agréables.

Les traits crispés, penché au-dessus de moi, Bill agitait sa matraque avec la ferme intention de me faire comprendre que je devais filer doux.

– Non, mais ça va pas ? Vous êtes fou ! Ça fait un mal de chien !

– Lève-toi, tout de suite, et sans discuter, ducon !

L'extrémité du gourdin qui rasait mes narines était un argument imparable. Je sortis de mon lit, encore dans le brouillard du sommeil. Je ne dormais jamais très bien, ne m'écroulant en général jamais avant deux ou trois heures du matin.

– Enfile ton froc et suis-moi.

– Comme ça ? Sans me laver ?

– On s'en fout de ta présentation. Fredrikson t'attend et il n'a pas l'intention de patienter.

Je dus m'y reprendre à deux fois avant de réussir à passer un pantalon et une chemise, puis à glisser mes pieds nus dans mes chaussures. Ce salopard avait dû me fêler une côte. Me tenant la région endolorie, je lui emboîtai le pas en direction du bureau du psychiatre. Une semaine s'était écoulée depuis la découverte de l'article sous mon matelas, mais je n'avais pas eu l'occasion de recroiser June. Et pourtant, je savais qu'elle était là, sa silhouette m'était apparue au détour d'un couloir, mais je n'étais pas seul pour pouvoir l'aborder. J'avais soigneusement détruit l'extrait de journal, comme la photographie plus tôt, et il était impossible que quelqu'un ait pu se douter de quoi que ce soit. Fredrikson me convoquait donc pour tout autre chose, ce qui n'avait rien de rassurant. Avait-il reçu des instructions pour me forcer à ravaler toutes ses saloperies chimiques ? La présence de deux hommes en costume noir, debout dans le couloir, acheva de me paniquer. Bill frappa à la porte et me bouscula dans le dos à l'aide de sa matraque.

– Allez, entre là-dedans, ne fais pas attendre ces messieurs !

« Ces » messieurs ? Fredrikson avait de la visite ? Je fis ce que l'infirmier me demandait et poussai le battant. Ma surprise fut telle que je chancelai sur le seuil. Assis sur le fauteuil voisin de celui que j'occupais habituellement, le sénateur Edouard Maccallan attendait mon arrivée. Il se leva brutalement, son visage ne reflétant qu'une haine et une colère si fortes qu'elles faillirent me clouer au mur. Deux ans étaient passés et il n'avait rien oublié, rien pardonné. Je pouvais lire dans ses yeux l'expression qu'il avait eue le jour où je lui avais arraché Barbara après l'avoir repoussé. Elle n'avait pas changé, c'était comme de se retrouver brutalement projeté dans le temps. Il y avait également autre chose dans son regard, une forme d'incrédulité à me voir là, dans cet état. Je ne me leurrais pas, il était loin le Jedediah Lafkin propre sur lui, aimable et surtout tellement naïf, le beau garçon qui avait séduit sa fille et s'apprêtait à devenir son gendre. Je n'étais plus que l'ombre de ce type, avec pas mal de kilos en trop, les traits pâles et bouffis des consommateurs excessifs de neuroleptiques et d'hypnotiques. Ma déchéance se reflétait dans ses pupilles et me dégoûtait.

Nous restâmes ainsi quelques minutes à nous observer, aucun de nous ne voulant être le premier à baisser les yeux. Le temps non plus ne lui avait pas fait de cadeau. Son côté suffisant, sûr de lui, au brushing impeccable, paraissait avoir fondu. Il entretenait encore l'illusion d'une jeunesse lointaine et d'une masculinité flamboyante à grands coups inutiles d'UV et de cocktails vitaminés, mais on ne redonne jamais à une pêche flétrie et tavelée l'éclat de sa peau. Maccallan n'était guère plus qu'une momie tenue par la rancœur qu'il éprouvait à mon égard. Et ce fut moi qui capitulai.

– Venez vous asseoir, Jedediah, que nous puissions converser. Vous connaissez mon ami le sénateur Maccallan, bien sûr, puisque vous avez retrouvé la mémoire ! Il souhaite s'entretenir avec vous de certains petits détails.

– Ah bon ? Il pouvait le faire autant de fois qu'il le voulait depuis que je suis ici.

Maccallan porta la main à sa veste. Un instant, je crus ma dernière heure venue. Ce type allait prendre un flingue et me tirer dessus, sans que j'aie le temps de me défendre. Au lieu de cela, il en sortit une photographie qu'il balança sur le plateau du bureau, devant mes yeux.

– Ralph Lyons, dit-il.

Ce fut à peine si je regardai le cliché les montrant côte à côte, lui et l'entrepreneur.

– Je sais qui c'est.

– Il est mort. On l'a précipité du haut de son balcon, on l'a battu comme plâtre avant de lui faire avaler des kilos de feuilles. Ça te rappelle quelque chose, n'est-ce pas, Jedediah ?

– Si vous imaginez que j'y suis pour quelque chose, vous vous trompez. Comment pourrais-je communiquer avec l'extérieur depuis ma cellule ?

– Tes copains de la Feuille d'Érable Rouge. Ce sont eux, n'est-ce pas ? Pendant des années ils ont foutu le bordel partout où je me trouvais, avec leurs banderoles à la con ! Aujourd'hui ils sont passés à la vitesse supérieure, c'est ça ? Ils ont décidé d'employer les grands moyens ?

– Vous délirez, sénateur. Ces gens-là sont pacifiques, à l'époque vous aviez cherché à leur imputer toutes sortes de dégradations, sans y parvenir. Vous ne croyez pas que depuis tout ce temps la police aurait trouvé de quoi les inculper ?

– Je suis sûr que tu as toujours été de mèche avec eux. Sur le chantier des Catskills, il y a deux ans, quand tu es allé les voir, c'est toi qui leur as donné l'ordre de partir pour préparer leur coup.

– Je croyais que c'était une tornade, sénateur.

– Tu as tué ma fille, espèce de salopard ! Ma fille unique ! Elle était enceinte de toi, et tu n'as même pas eu l'humanité de protéger le bébé qui viendrait ! Tu es un monstre !

Je m'affaissai dans le fauteuil.

– Je n'ai pas tué Barbara ! tentai-je de protester d'une voix trop faible pour espérer être crédible. Je l'aimais ! C'est cette tempête ! Personne ne l'avait prévue !

– Je t'interdis de prononcer son prénom ! hurla Maccallan. Comment oses-tu, après ce que tu nous as fait ? Il y a deux jours, ma femme s'est rendue dans notre résidence de Sag Harbor pour y faire un peu de ménage et parce que nous attendions les ouvriers pour l'entretien. La maison a été saccagée alors qu'elle se trouvait sur place.

– Oh, mon Dieu, intervint Fredrikson. Comment va-t-elle ? A-t-elle été blessée ?

– Elle n'a rien, mais elle est choquée. J'ai porté plainte en demandant qu'on traque cette maudite secte à la Feuille. Je suis sûr qu'ils sont derrière tout ça. La maison est sens dessus dessous, les meubles ont été renversés, les vitres brisées, il y en a pour des milliers de dollars de dégâts. On dirait qu'une tornade s'est abattue à l'intérieur des murs.

– Sauf que ce n'était pas une tornade, n'est-ce pas, sénateur ? Votre femme, les ouvriers ou même un voisin ont forcément vu ce qui s'est réellement passé.

– Que veux-tu dire, Jedediah ?

Je me tournai vers le psychiatre alors que Maccallan gardait les lèvres scellées, blême.

– Demandez-lui ce qu'il a retrouvé dans la maison, sur le sol, partout. La même chose que ce qui a tué Ralph Lyons.

– Edouard ?

– Ordure ! Tu avoues, n'est-ce pas, Jed ?

– Que voulez-vous que j'avoue, sénateur ? Que ce qui a détruit votre maison et tué votre collaborateur… et votre fille… est ce qui m'a entraîné ici dans cette prison médicale ?

– Edouard, qu'est-ce que votre épouse a vu à Sag Harbor ? insista Fredrikson.

Sans cesser de me fusiller du regard, Maccallan finit par répondre à contrecœur.

– Des feuilles mortes.

– Ça ne veut rien dire ! Une tornade, une tempête, même un simple gros coup de vent, en emmène toujours en grande quantité, cela n'a rien de sorcier !

– Excepté que dans ce cas précis il n'y en avait que chez le sénateur et nulle part ailleurs.

Un moment, nous demeurâmes figés à nous regarder, puis le visage de Maccallan se déforma en une sorte de rictus affreux et il se jeta sur moi, mains tendues en avant.

– Cette fois je vais te crever ! gronda-t-il, perdant toute commune mesure.

Je tâchai d'esquiver l'étranglement en me jetant en arrière. Emporté par son élan, le sénateur bascula sur moi, et nous tombâmes sur le parquet, furieux emmêlement de bras et de jambes. J'évitai à grand-peine ses doigts en crochet pointés vers mes yeux. Je déchirai une manche de son costume, et il réussit à me porter un coup de poing à l'endroit où l'infirmier m'avait frappé avec sa matraque. La douleur me coupa le souffle.

– Arrêtez ! hurla Fredrikson. Maccallan, arrêtez !

J'eus l'impression d'être aspiré en arrière, d'être arraché du sol et projeté contre le mur, maintenu par une poigne de fer qui m'écrasa la trachée. Aux cris du psychiatre, l'infirmier et les deux gardes du corps s'étaient précipités dans la pièce. Ils ne firent pas de détail en nous voyant. J'étais nécessairement l'agresseur. Avant que Fredrikson ne parvienne à calmer tous les protagonistes, j'eus droit à quelques coups particulièrement violents que je ne pus éviter, étant maintenu par Bill. À trois contre un, mes chances n'étaient même pas minimes, elles étaient inexistantes. Ce qui me sauva fut l'énergie avec laquelle Maccallan tenta de se dégager de l'emprise de ses gardes pour poursuivre la lutte.

– Laissez-moi ! éructa-t-il. Il sait quelque chose ! Qu'est-ce que tu as fait à ma maison ? Qui as-tu payé pour ça ?

L'étranglement de Bill se relâcha un peu, me permettant de souffler et surtout de porter la main à mon nez qui pissait le sang. J'avais les jambes qui flageolaient.

– Bill, raccompagnez Jedediah à sa chambre. Et donnez-lui de quoi arrêter ce sang !

– Non, il doit d'abord répondre à mes questions !

– Ed, cet homme n'a pas mis les pieds dehors depuis deux ans et n'a reçu aucune visite ni aucun appel téléphonique ! Il ne peut pas communiquer avec qui que ce soit, j'y ai personnellement veillé comme vous me l'aviez demandé ! Je sais tout le chagrin que vous éprouvez, mais là il n'y est pour rien !

– Tu ne sortiras jamais d'ici, Jed ! Jamais ! Tu peux le dire à tes petits copains, je vais m'occuper d'eux ! On ne s'attaque pas impunément au sénateur Maccallan ! Je vais leur en faire bouffer des feuilles, crois-moi !

Bill m'entraîna à sa suite en direction de l'infirmerie. L'épistaxis ne paraissait pas vouloir se tarir. Il fouilla dans ses poches et me tendit un mouchoir un peu douteux.

– Putain, comprime-toi le pif, tu me fous du sang partout !

J'acceptai à contrecœur. L'infirmerie était de l'autre côté du bâtiment, un secteur où j'avais rarement mis les pieds. Je pénétrai dans un grand cube carrelé, tout blanc, qui empestait le désinfectant, et Bill me désigna un fauteuil.

– Installe-toi là et ne bouge pas, pendant que je prends de quoi stopper cette fontaine !

Il ouvrit différents placards en maugréant :

– Putain, qui m'a encore rangé ça n'importe comment ? On perd un temps fou chaque fois qu'on cherche quelque chose !

J'étais à quelques mètres à peine de la sortie. Une lourde porte métallique pare-feu, que je pouvais apercevoir du coin de l'œil. Derrière, il y avait peut-être la liberté… J'étais hypnotisé par cette porte, je me demandais si j'aurais le temps de me précipiter et de l'ouvrir avant que l'infirmier ne s'en rende compte. Il me fallut cinq minutes pour remarquer enfin que Bill s'était accroupi pour fouiller dans les placards du bas, et de ce fait il avait abandonné sa matraque sur la table d'examen juste à côté.

– Si je tenais le con qui s'est occupé du rangement, je lui passerais un savon ! Alors, Jed, dis-moi, ça fait quel effet de se castagner avec un sénateur ? Dommage que ses gorilles soient intervenus avant, je vous aurais volontiers laissé vous amuser ! Je crois que tu dois te faire une raison : pour toi désormais, la sortie c'est mort ! Ah putain, les voilà !

Il commença à se redresser, tenant dans la main un petit paquet de coton hémostatique. Il interrompit son geste en constatant que la matraque avait quitté la table pour se loger dans mon poing. Ses yeux rétrécirent.

– Qu'est-ce que tu crois pouvoir faire, Jed ? Lâche ça tout de suite !

Une nouvelle fois, sa voix suraiguë qui me portait aux nerfs.

– Je ne sais pas ce que je peux faire, Bill, mais je sais ce que toi tu ne me feras plus.

Il voulut se lever pour me bondir dessus. Il devait espérer que je ne serais pas assez réactif, que mon état de faiblesse général et mon manque d'entraînement constitueraient un handicap. Seulement, dans sa précipitation, il dérapa et tenta de se retenir à une desserte. Sa main accrocha un plateau chargé d'ustensiles de soins qui se renversa sur lui avec un fracas d'enfer.

– Merde ! jura-t-il.

Je réagis par réflexe. Je levai la matraque et la projetai vers lui. Il voulut parer le coup, mais cette fois je fus plus rapide que lui. Le gourdin le heurta sur la paume, glissa et s'enfonça sur sa pommette droite. Je n'avais pas frappé très fort, j'en étais incapable, mais j'y mis suffisamment d'énergie pour le renvoyer sur le sol carrelé, groggy et gémissant de douleur. Je le vis fouiller désespérément dans la poche de sa tenue. Pour y récupérer l'alarme anti-agression. Je frappai à nouveau, plus fort cette fois, et la pointe en bois dur heurta sa tempe. Cela fit le bruit d'une ampoule qui éclate, et l'infirmier s'effondra. Je lâchai le gourdin pour me pencher sur lui. Il respirait encore, je ne l'avais pas tué, il était simplement K-O. J'enjambai son corps inerte, récupérai ce que je pus trouver comme bandages avec lesquelles je confectionnai des liens et un bâillon, puis je tirai Bill jusqu'au vestiaire situé à l'arrière de l'infirmerie. Il était lourd, compact presque, et son odeur de transpiration me souleva le cœur. Je l'abandonnai sur place, non sans avoir fouillé sa tenue et dérobé le trousseau de clés qu'il portait sur lui.

Je devais faire vite. Un autre membre du personnel pouvait surgir d'un instant à l'autre et donner l'alarme. J'aurais voulu tomber sur June, mais je ne l'avais pas revue depuis notre rencontre dans la cour. Je fis le tour du placard de Bill. Il contenait ses vêtements civils et deux tenues de travail propres. Je me débarrassai de mes habits souillés, enfilai une des deux tenues, puis, après un moment d'hésitation, passai le blouson par-dessus en grimaçant. Ce type ne devait avoir qu'une très lointaine idée de ce qu'était un déodorant.

Je quittai l'infirmerie et me dirigeai vers la porte métallique. Le couloir était étrangement silencieux. Je sélectionnai sans trop de peine la bonne clé qui ouvrait la serrure. Derrière, un simple corridor nu de quelques mètres donnait sur un ascenseur. Une issue de secours se dessinait juste à côté. J'hésitai une seconde. Quelque part, ma liberté se trouvait là, en attente de ma décision. J'étais trop épuisé pour dévaler les marches sans savoir où elles menaient. D'un index tremblant, j'appuyai sur le bouton d'appel de l'ascenseur.

Chapitre 8

L'ascenseur ne comportait que cinq boutons : trois étages, le rez-de-chaussée et le sous-sol. Pour ce dernier, il fallait avoir recours à une clé. Je passai en revue le trousseau de Bill, isolai celle qui correspondait et j'appuyai sur la touche. Ce fut tout juste si je sentis que la cage descendait. Elle s'immobilisa avec un léger sursaut, et s'ouvrit sur un parking sombre et froid. Un détecteur de mouvements enregistra mes pas et enclencha la lumière des néons autour de moi. Il y avait peu de véhicules en stationnement, mais je repérai aisément la limousine du sénateur arrêtée au milieu du garage. Le chauffeur demeuré à bord me jeta un rapide coup d'œil sans s'attarder.

Derrière moi, la porte de la cabine se referma, indiquant que quelqu'un l'appelait. Je ne pouvais pas rester immobile en pleine exposition. J'étais prêt à parier que l'ascenseur avait été demandé par Maccallan et ses gorilles. D'un instant à l'autre, ils allaient débarquer et il était hors de question qu'ils me découvrent. Tournant les talons sans courir, je m'éloignai des regards du chauffeur, vers un alignement de trois véhicules. Derrière moi, la porte de l'ascenseur s'ouvrit. Profitant de ce que le conducteur de la limousine était occupé ailleurs, je m'accroupis à l'abri d'une Toyota poussiéreuse et j'attendis. Edouard Maccallan passa à quelques mètres, accompagné de ses gardes, visiblement encore sous les effets de son coup de sang. Il s'engouffra dans son automobile, et je les vis disparaître par l'entrée du parking. J'étais désormais seul, mais je n'étais pas tiré d'affaire pour autant. Débarrassé du sénateur, Fredrikson allait probablement appeler Bill et lui donner de nouvelles informations à mon sujet. Je devais me tirer d'ici au plus vite.

Le trousseau contenait une clé de voiture. J'en cherchai l'origine. Instinctivement, j'imaginais un pick-up chromé ou une voiture de sport aux couleurs criardes, Bill étant selon moi du genre à se pavaner au volant d'un engin qui attire le regard. Je me fourvoyais largement : la clé ouvrait la portière d'une Opel d'un beige triste, passe-partout. L'habitacle sentait la tanière de fauve. Comment un type qui bossait dans un milieu médical pouvait-il être aussi peu à cheval sur l'hygiène ? Réprimant ma répugnance, je m'installai au volant. Je n'avais pas conduit depuis deux ans, mais j'espérais que ça ne constituerait pas un souci. C'est comme le vélo, aurait dit mon père, ça ne s'oublie jamais. Sauf que je n'arrivais pas à démarrer. Dans mon esprit, l'Opel était substituée par la Ford Fusion de Barbara, je pouvais l'entendre me parler, à tel point que je me retournai en direction de son siège, persuadé qu'elle y était assise. Mais en dehors d'un bazar sans nom, il n'y avait personne. Mes mains se mirent à trembler. Si je démarrais et que je sortais de ce parking, les feuilles m'attendraient en haut de la pente pour m'attaquer comme elles l'avaient fait il y a deux ans. Je finis par abandonner le véhicule, clé sur le tableau de bord, et je m'enfuis en remontant la rampe en courant. Le bruit de la circulation éclata à mes oreilles et me meurtrit les tympans. Je reculai, sonné. Je n'avais pas non plus songé que, sevré de sons durant toutes ces années, je ne serais pas capable de supporter un tel flot de décibels. À cela s'ajoutait l'agitation incessante des New-Yorkais autour de moi, et j'en vins presque à regretter le calme de ma chambre. Par je ne sais quel réflexe, j'avais conservé le mouchoir de l'infirmier dans ma poche. J'en déchirai deux lambeaux que je roulai en boule, je confectionnai de grossiers tampons, puis je les plaçai dans mes deux oreilles afin d'atténuer les bruits ambiants. Enfin, je repris ma progression et débouchai sur l'avenue. J'observai les piétons autour de moi, persuadé qu'ils me dévisageaient, qu'ils devinaient d'où je venais et que je tentais de m'échapper. Mon teint d'endive devait forcément attirer l'attention, ainsi que ma tenue d'infirmier sous un blouson deux fois trop grand. Fredrikson avait dit que je ressemblais à un junkie... puis je me rappelai que j'étais à New York, une ville si vaste qu'elle pouvait donner le vertige, et que je n'étais qu'un élément parmi tant d'autres. Mais je n'avais nulle part où aller, aucun ami chez qui m'abriter. Je me demandais ce que Maccallan avait fait de l'appartement que j'occupais avec Barbara. Tout ce que je possédais, tous mes souvenirs, les photographies de mes parents, se trouvaient là au moment de l'accident. Il avait dû tout détruire de rage, me laissant sans passé, et sans véritable avenir.

Deux véhicules de police me croisèrent, sirène hurlante, et je me renfonçai dans une encoignure. Elles ne ralentirent pas et disparurent dans le lointain, avalées par la circulation. Bill n'avait peut-être pas encore été découvert, j'espérais seulement que je ne l'avais pas trop blessé en m'enfuyant.

Mes pas me conduisirent vers un petit hôtel quelconque. Un marchand ambulant faisait griller ses hot-dogs à l'angle de la rue, et l'odeur de cette nourriture si rudimentaire me tordit l'estomac. Dans le portefeuille de Bill, il y avait quelques billets et une carte de retrait. Je m'approchai, j'achetai un de ses sandwichs dégoulinant de sauce et surchargé de moutarde, me brûlai la langue et m'arrachai des larmes aux yeux, mais bon sang, c'était bon ! Je léchai consciencieusement mes doigts, et me dirigeai ensuite vers l'hôtel. J'espérai que le propriétaire ne serait pas trop regardant pour me louer une chambre. Par chance, ce fut le cas. Je payai comptant, puis ressortis, le temps de faire quelques boutiques. J'achetai le strict minimum, évitant les dépenses inconsidérées. Pour son malheur, Bill était du genre à oublier son code et n'avait pas trouvé mieux que de le noter dans son portefeuille. Je pris deux tenues complètes pour me changer, un nécessaire de toilette, et retirai de l'argent à un distributeur. Je savais que ce n'était pas très malin, lorsque Bill réaliserait que je lui avais volé sa carte, il ferait opposition, et Maccallan me ferait chercher par la police, qui, elle, s'intéresserait aux endroits où la carte avait été utilisée. Mais pour le moment, je n'avais guère le choix.

Ces quelques emplettes effectuées, je regagnai mon hôtel, je m'enfermai dans ma chambre et je m'endormis aussitôt. Mon sommeil fut mauvais, peuplé de cauchemars de toutes sortes, et lorsque je m'éveillai, je constatai que le jour baissait sur la ville. J'avais somnolé la quasi-totalité de la journée. À travers les rideaux, je vis les ombres s'allonger, les lumières s'allumer une à une, et enfin la nuit tomber.

Je ne pouvais rester dans cette ville, il fallait que je quitte la région. Mais comment ? Et surtout, où aller ? J'observais la circulation par la fenêtre, le passage des véhicules pressés, des gens pressés, chacun ignorant ce qui se préparait. Une rafale heurta la vitre comme si quelqu'un venait de frapper du plat de la main. Je sursautai. Quelques feuilles volèrent devant mes yeux, s'arrêtèrent de planer un instant en passant avant de poursuivre leur course folle. Ça avait été si soudain que je crus avoir rêvé, et pourtant je ne pouvais pas me tromper. Elles me surveillaient. Une nouvelle fois, je me pris à regretter mon départ et l'absence de médicaments. À travers les murs épais comme de la feuille de cigarette, j'entendis des rires, des éclats de voix, et le son d'un téléviseur. Machinalement, je m'emparai de la télécommande pour allumer le mien. Je ne pensais pas une seule seconde trouver un flash spécial informant qu'un certain Jedediah Lafkin s'était évadé d'un hôpital psychiatrique après avoir agressé un soignant, et était considéré comme dangereux. Bill devait avoir été libéré de son vestiaire depuis un moment, mais Fredrikson devait réfléchir à la meilleure façon de s'y prendre avec moi. Après tout, j'étais un type sans papiers, sans existence depuis deux ans. Je passai d'une chaîne à l'autre, m'arrêtant un instant sur une information : une conférence sur le climat qui se tiendrait au siège de l'ONU dans quelques jours.

– Si seulement vous pouviez faire quelque chose pour la nature ! interpellai-je le politique interviewé à l'écran. Quelque chose de mieux que celle de Paris ou que le protocole de Kyoto !

Après tout, la ville n'était-elle pas le siège du Natural Resources Defense Council ou de l'Environmental Defense Fund par exemple ?

Une nouvelle rafale détourna mon attention. Cette fois-ci, la bourrasque emmena une volée de feuilles qui s'agglutina sur ma vitre, laissant une empreinte gluante. Leurs nervures crissèrent sur le verre comme une molette de vitrier. Je me précipitai afin de m'assurer que la fenêtre était correctement fermée, puis je tirai les rideaux pour occulter leur insupportable présence. Je ne tenais pas à voir celle que je redoutais entre toutes, la feuille d'érable rouge.

– *Gichi-manidoo*, murmurai-je.

C'était ainsi que June l'avait appelée. Le Grand Esprit de la forêt qui se révoltait contre l'Homme et ce qu'il lui faisait subir.

Elle m'avait dit également que j'avais laissé quelque chose à Hope Falls.

La fatigue s'abattit sur moi d'un coup. Je n'avais qu'une envie, celle de me recoucher et de dormir, même si je savais très bien que j'aurais du mal à passer une nuit complète sans cauchemars. Le simple fait de quitter l'hôpital et d'acheter quelques objets indispensables m'avait lessivé, j'avais dû puiser dans des réserves que je ne pensais plus posséder. S'il fallait que je m'enfuie, je ne savais pas comment je le ferais.

Le destin devait décider pour moi.

On est sans nouvelles de Jedediah Lafkin, patient hospitalisé en secteur psychiatrique fermé et qui a réussi à s'évader ce matin après avoir violemment agressé le sénateur Edouard Maccallan et un infirmier. Le soignant est dans un état sérieux, mais ses jours ne sont pas en danger. Jedediah Lafkin, c'est cet ingénieur forestier qui voilà deux ans avait été au centre des événements survenus dans la petite ville d'Hope Falls, ville entièrement détruite à la suite d'une inondation. De nombreuses victimes étaient à déplorer. Par la suite, tenant des propos de plus en plus extrêmes sur la nécessité de respecter la nature, Lafkin avait dû être hospitalisé une première fois en plein délire paranoïaque. À sa sortie, il avait blessé le sénateur Maccallan avant de provoquer un accident de voiture, dans lequel la propre fille du sénateur avait trouvé la mort.

Interné depuis, il n'avait pas manifesté d'agressivité particulière selon son psychiatre, le Dr Charles Fredrikson. La visite de Maccallan a-t-elle ravivé des souvenirs pénibles ? La police recommande à toutes les personnes susceptibles de le croiser de les prévenir sans tenter de l'accoster.

L'article s'accompagnait d'une de mes photos d'archive. Merde. Trois fois merde.

Si jamais le type à l'accueil regardait les actualités, il allait attraper son téléphone et appeler les flics d'une seconde à l'autre. Je contemplai le lit, désespéré, je fourrai toutes mes affaires dans le petit sac acheté précédemment, boutonnai le blouson puant de Bill et me ruai vers l'extérieur. Je descendis les marches aussi vite que possible, à en rater une et me rompre le cou. Le concierge était au téléphone. Il me regarda passer, ses yeux s'ouvrirent en grand, et il tendit la main vers moi.

– Hé ! Attendez, monsieur !

Je ne répondis pas à son appel et déboulai sur le trottoir. Puisqu'il fallait prendre une direction, je tournai sur ma droite et remontai la rue, la tête rentrée dans les épaules. Derrière moi, le concierge était sorti et me cherchait du regard. Mon seul espoir était qu'en pleine nuit, avec le monde autour de moi, et avec comme identification une photo ancienne qui me flattait, je puisse passer inaperçu. Je marchai de plus en plus vite, sachant que j'allais payer tôt ou tard cet effort, mais j'étais poussé par la peur.

Je dois reconnaître que la police new-yorkaise est du genre prompte à réagir. Je n'avais pas parcouru un kilomètre que j'entendis les sirènes se diriger droit vers l'hôtel. Sans me retourner, creusant la distance entre les forces de l'ordre et moi, je franchis un carrefour en évitant de justesse de me faire renverser dans un concert de klaxons, et poursuivis ma route. Je devais envisager de prendre une rue adjacente. Les noms sur les plaques ne me disaient rien, je n'avais jamais traversé ce secteur de la ville. Mais demeurer sur une artère plus importante augmentait les risques d'être repéré. J'étais là sur le trottoir, indécis, me demandant si je n'allais pas prendre la première rue sur la gauche, lorsqu'un cri retentit dans mon dos. Je me raidis, persuadé que quelqu'un m'avait reconnu, mais le cri avait attiré les passants autour de moi, tous dans la même direction. J'accompagnai le mouvement.

– Regardez ! hurla encore une voix. Qu'est-ce que c'est que ce truc ?

Ébloui par les éclairages urbains, je mis un petit moment à comprendre ce que j'apercevais.

Un nuage de feuilles, tel un immense serpent ondulant dans le vent. Et qui fonçait. Droit sur moi.

Chapitre 9

Toute l'attention des New-Yorkais autour de moi était à présent accaparée par le phénomène météorologique – du moins c'était ainsi qu'ils le percevaient. Je savais que si je demeurais sur place une minute de plus, les feuilles finiraient par s'abattre sur moi, et je ne m'expliquais pas bien pourquoi. En dehors de celle d'érable rouge, jamais elles ne s'en étaient prises ouvertement à ma personne. Je tournai les talons et me mis à fuir aussi vite que possible. Je ne progressai pas assez rapidement pour espérer leur échapper. Je voyais le serpent végétal se redresser tel un cobra prêt à l'attaque. Je quittai l'avenue pour suivre ma première idée, m'engager dans la petite rue de gauche, puis au premier carrefour je pris sur ma droite. Je répétai la manœuvre un peu plus loin, tournant et retournant dans l'espoir bien mince et totalement fou de pouvoir semer mes poursuivantes. Je pouvais entendre les cris de surprise, voire de terreur, les coups de frein maladroits et quelques bruits de chocs derrière moi lorsque les feuilles changeaient de trajectoire pour me pister. J'étais la proie et elles le chasseur. Hors d'haleine, tous les muscles de mes jambes raidis par l'effort, je regagnai l'avenue que j'avais quittée plus en amont. Je regardai les véhicules qui passaient devant moi, guettant un taxi. C'était l'unique solution pour espérer m'en tirer. J'en repérai bientôt un, et je levai la main pour lui faire signe de s'arrêter lorsque des hurlements retentirent à nouveau derrière moi. Jaillissant entre deux immeubles, une longue colonne de feuilles traversa la chaussée, coupant la route à plusieurs automobiles qui circulaient. Les plus proches n'eurent pas le temps de freiner. Elles heurtèrent la masse végétale, parurent s'y enfoncer un instant sans parvenir à disloquer cette incroyable structure, avant d'être violemment repoussées en arrière dans un bruit de tôles froissées. La panique gagna les spectateurs qui se précipitèrent dans toutes les directions, cherchant à s'éloigner le plus possible. Insensible aux mouvements de foule, l'extrémité de la colonne oscilla comme un radar à la recherche de son objectif. Elle finit par se fixer sur moi. Le vent qui soufflait faisait trembler les nervures dans un bourdonnement rappelant le bruit d'une ruche en colère. Lentement, le serpent végétal se glissa au milieu de la chaussée et commença à avancer dans ma direction tout en s'élargissant. Il m'était impossible de ne pas comprendre la manœuvre d'encerclement auquel il se livrait. La rue était silencieuse, seul me parvenait le bruit des moteurs des véhicules abandonnés précipitamment par leurs conducteurs. Je vis quelques visages blafards derrière les vitres et les vitrines, mais aucun ne m'aurait invité à les rejoindre. Ils mouraient de trouille. Sans cesser d'observer ce cauchemar, je reculai de quelques pas et j'obliquai vers le trottoir de gauche. La colonne de feuilles changea de direction. Je cherchai parmi elles une tache rouge, je savais qu'elle était là, quelque part, savourant peut-être la facilité avec laquelle elle m'avait retrouvé après toutes ces années.

Mon dos vint heurter le flanc d'une voiture abandonnée, portière ouverte et moteur au ralenti. Je me rapprochai du siège conducteur. Comme si elle devinait mes pensées, la colonne de feuilles se divisa soudain en deux branches, l'une d'entre elles s'étira pour s'élancer à toute allure droit dans ma direction. J'eus à peine le temps de sauter sur le côté pour éviter d'être percuté à la façon d'un fléau d'armes. Je roulai sur le goudron en déchirant une manche du blouson de Bill. Sous l'impact, la portière fut arrachée, les vitres explosèrent, et la voiture recula d'un bon mètre.

C'était de cette façon qu'elles avaient provoqué l'accident de la Ford Fusion deux ans plus tôt. Malgré le stade critique de la situation ou peut-être pour cette raison, je me redressai, ivre de colère, les poings serrés brandis en avant, face à cette monstruosité qu'une nature perverse avait créée.

– Je n'ai pas peur de vous ! Vous ne pourrez jamais m'abattre, je suis le messager ! L'*oshkaabewis* !

Quelque chose m'attrapa la cheville et me tira violemment en arrière. Je levai mes deux mains pour protéger mon visage et m'écrasai sur le macadam. Je me retournai pour voir les feuilles étirées en une mince cordelette me tirer la jambe. Je me débattis, parvins à me libérer. Un choc dans le dos cette fois me projeta en avant. Avant que je ne puisse me protéger, les végétaux glissèrent sur moi en me compressant, me faisant rouler et ballotter de droite et de gauche. Je fus transformé en boule de flipper, relevé, percuté, pour être catapulté de l'autre côté de la chaussée. Je sentis que j'allais perdre connaissance, et si tel était le cas, alors je succomberais. Sans l'épaisseur du blouson, mon corps n'aurait plus été que plaies, je protégeai mon crâne du mieux que je le pouvais, mais le trop fin pantalon de toile commençait à ressembler à un vieux chiffon. Ma peau râpée par endroits sanguinolait douloureusement. Au bout de ce qui me parut être un siècle, le calvaire s'estompa, et je pus enfin me tenir assis puis debout en titubant. J'étais toujours seul. Comment était-ce possible ? Personne n'avait averti les secours ? À travers mes paupières gonflées, je ne parvenais pas à distinguer si les feuilles avaient érigé ce mur végétal qu'elles avaient produit naguère pour isoler Hope Falls du reste du monde. Je crachai un gros amas de salive sanguinolente dans leur direction.

– C'est tout ce que vous savez faire ? articulai-je. Je n'ai pas peur de vous !

La colonne se ramassa. J'allais passer un sale moment. Venant du sud, le son de sirènes de secours résonna à mes oreilles comme la plus douce des musiques. Tant pis si je retournais à l'hôpital, j'étais sauvé. Et les témoins de la scène ne pourraient nier ce qu'ils avaient vu, le prodige surnaturel qui s'était produit dans leur rue. Je perçus également, mais cette fois à l'opposé, un moteur poussé à son extrême par un chauffeur pressé d'arriver sur les lieux. Cette seconde d'inattention suffit aux feuilles pour attaquer. Formant un gigantesque amas végétal, la colonne me heurta de plein fouet. Je décollai littéralement du sol pour être projeté près de dix mètres plus loin sur le capot d'une voiture arrêtée au milieu de la chaussée. Le chauffeur qui attendait ahuri la fin des événements, me regarda sans comprendre, les yeux agrandis d'effroi.

– Aidez-moi ! coassai-je.

Il fit l'inverse, passa la marche arrière et recula précipitamment, me faisant glisser de son capot. Je retombai lourdement sur la chaussée. Ma dernière heure était venue.

Le moteur malmené s'arrêta à mes côtés. Une porte claqua, je sentis deux paires de bras me relever et me tirer vers le véhicule.

– Jed ! Debout ! Debout, *oshkaabewis* !

La voix féminine ne m'était pas inconnue. Je me laissai tomber sur le plancher arrière d'une camionnette. Voyant que je lui échappais, la colonne de feuilles se précipita sur nous, martelant la carrosserie, cherchant à crever les pneus, à briser les vitres pour pénétrer dans l'habitacle et nous atteindre.

– Roule, Kyle ! commanda la fille.

La camionnette fit une embardée et reprit sa route, une épaisse pellicule de feuilles sur le pare-brise. Le verre s'était fendillé. L'essieu arrière se souleva, retomba brutalement sur la chaussée. Elle dérapa, glissa en direction du trottoir, heurta plusieurs voitures en stationnement et y laissa une partie de son aile avant. *On va tous y passer !*

fut ma dernière pensée cohérente. Devant nous, deux véhicules de secours venaient d'apparaître. Le chauffeur les évita de justesse en leur coupant la route et s'engouffra dans la première rue adjacente. Après un ultime assaut, poussées par une bourrasque qui fit vibrer la tôle malmenée, les feuilles s'envolèrent, ne laissant plus qu'un espace bouleversé où ne subsistaient que quelques vagues traces végétales.

– Ne t'arrête pas ! Fonce !

Le conducteur ne se fit pas prier deux fois. Il accéléra, franchit plusieurs carrefours au mépris du danger, à tel point que la jeune femme lui posa la main sur le bras pour l'inciter à ralentir. Je ne savais pas où nous nous trouvions. Par la vitre latérale, J'aperçus ce qui me semblait être les piles d'un pont, puis la camionnette ralentit, roula pendant encore quinze bonnes minutes.

– Tu les vois ? demanda le chauffeur en se penchant pour regarder à travers le pare-brise.

– Non, je crois qu'on les a semées…

Kyle enclencha le point mort, sortit de la camionnette en laissant le moteur tourner. Je l'entendis ouvrir les grilles d'un portillon passablement rouillé à en juger par les grincements du métal, puis il regagna l'habitacle et engagea son véhicule dans une cour de mauvaise terre envahie par les herbes. Le fond de l'espace était obstrué par une haie vierge et des buissons qui poussaient de façon désordonnée. Ils auraient eu besoin d'un bon coup de cisaille. Kyle coupa le moteur et laissa le silence s'installer. La femme se pencha sur moi. Je ne m'étais pas trompé, il s'agissait bien de June, la jeune Indienne, et les deux années écoulées n'avaient pas eu d'effets sur ses traits à la fois farouches et juvéniles.

– Tu es en sécurité désormais, *oshkaabewis* !

Je n'en demandais pas plus. Je fermai les yeux et me laissai glisser dans l'inconscience.

Chapitre 10

Je mis du temps à reprendre mes esprits. Pas un centimètre carré de ma peau n'était épargné par la douleur. Je ressemblais à un boxeur après le onzième round, et c'était un miracle si je n'avais pas un os de fracturé.

Durant cette période, j'alternai les phases de profond sommeil et d'éveil, mais sans réellement reconnaître les lieux où j'avais été amené. J'appris plus tard que je me trouvais dans le Bronx, dans le secteur de Morris Heights. La maison appartenait à un des responsables des Enfants de la Feuille d'Érable Rouge, mais sans qu'on veuille me préciser de qui il s'agissait. June me veillait presque jour et nuit, en infirmière dévouée, et en plus d'elle je reconnus en Kyle un des types qui s'étaient installés à la limite du parc naturel des Catskill Moutains. Il se présenta à moi avec le sourire. D'origine indienne comme June, il tint à me préciser qu'il avait hérité du nom de *mangijaane*, ce qui voulait dire « gros nez » en ojibwé. Et effectivement, la nature l'avait généreusement pourvu de ce côté. Un autre type, Casey, était à l'évidence également d'origine indienne.

Grand et le teint mat, j'appris qu'il était natif de Grand Portage, très près de l'endroit où j'avais vécu. Lorsque je parvins à me lever et à marcher lentement, je pus faire le tour du propriétaire. Nous occupions une grosse bâtisse de briques rouges, dont l'entretien laissait à désirer. En plus des herbes folles de la cour et de la vigne vierge, la grille jadis blanche et désormais rouillée et l'amas de gravats devant la façade n'inspiraient pas confiance. Mais l'intérieur, à défaut d'être irréprochable, était propre. La peinture s'écaillait par endroits et le papier avait besoin d'être changé, et le mobilier accusait son âge. Curieusement, je m'y sentis bien, parce que par certains aspects elle me rappelait les constructions qui fleurissaient dans les petites rues d'Hope Falls.

J'appris la signification du nom : Enfants de la Feuille d'Érable Rouge. Il leur avait été donné par leur mentor, le créateur de leur groupe, qui pour le moment me demeurait anonyme. Mais cette personne qui connaissait *Mingan* savait que l'esprit de la forêt s'était manifesté dans cette feuille. À Hope Falls, elle n'avait pas souhaité intervenir, elle ne vivait de toute façon plus sur place. Elle n'ignorait rien de son pouvoir, et même si elle était hermétique à un certain nombre de légendes et de croyances ancestrales, elle avait dû accepter l'évidence. C'était la raison qui l'avait poussée à créer cette entité, uniquement composée de personnes sensibles à la protection de la nature. Le nom s'était imposé de lui-même, après mes mésaventures. Cependant, j'eus beau questionner à plusieurs reprises June et ses compagnons, je n'obtins aucune réponse précise. Leur mentor ne désirait pas faire parler de lui pour le moment, et je dus me contenter de me creuser en vain le cerveau.

En revanche, je dus supporter le courroux de June et accepter ses reproches. Il avait fallu beaucoup de temps, de longues années à ses compagnons et elle pour retrouver la trace de mon existence. Sitôt après l'accident, lorsqu'ils avaient appris le décès de Barbara, ils s'étaient mis en quête de l'endroit où je pouvais me trouver. L'hôpital par où j'étais passé avait bien voulu confirmer ma sortie, mais ne connaissait pas ma destination. Le sénateur Maccallan avait vendu l'appartement de New York et tout ce qu'il contenait, et il ne m'avait pas non plus accueilli à Sag Harbor. Obtenir des informations auprès des cliniques privées, des centres médicaux ou de réadaptation fut un travail de longue haleine, mais les Enfants le firent sans hésiter pour retrouver celui qu'ils nommaient le messager. Sans succès. Jedediah Lafkin avait disparu des structures administratives. Il était peut-être mort et enterré quelque part à l'insu de tous afin que son nom soit oublié. À aucun moment, ils ne perdirent espoir. Sous la pression écologiste, les travaux prévus par Ralph Lyons furent suspendus car les riverains et les défenseurs des parcs naturels multipliaient les recours contre le projet. Durant toutes ces années, le promoteur fut régulièrement au centre de divers scandales, tournant toujours autour des chantiers de construction ne s'embarrassant pas de la nature environnante. Il avait trois procès pour pollution délibérée du sol, dégradation volontaire d'espaces verts, destruction de parcelles plantées sans autorisation. Chaque fois, il s'en sortait grâce à l'intervention de Maccallan, qui en avait profité pour effectuer des travaux dans sa résidence, agrandir sa piscine et racheter un plus gros bateau. C'était tellement fait aux yeux de tous, qu'il ne vint finalement à l'esprit de personne que le sénateur se faisait arroser. Comme disait ma mère, « plus c'est gros et plus ça passe ».

– Il avait pour ambition de reprendre le chantier des Catskills. Maccallan pensait que les années avaient permis d'oublier le drame, précisa June.

Pendant deux longues années, leur quête ne cessa jamais. Les Enfants recensaient tous les événements inexpliqués dans le monde, où la nature paraissait avoir décidé de se venger. Parfois, la présence des feuilles semblait évidente, d'autres fois, elle était douteuse. Quelque chose se préparait cependant, quelque chose de terrible, bien au-delà de ce qu'avait été Hope Falls. Le responsable des Enfants de la Feuille d'Érable Rouge leur avait dit de se tenir prêts. C'était lui qui avait fait une recherche sur l'entourage de Maccallan, et qui avait fini par trouver Charles Fredrikson. À partir de là, il fut facile de repérer l'endroit où il travaillait, la clinique psychiatrique privée, et de soupçonner ma présence en ces lieux. En planquant nuit et jour, June et ses compagnons découvrirent l'identité des employés. Ensuite, ils durent chercher un moyen d'entrer, et ce fut un heureux concours de circonstances qui permit à la jeune Indienne de postuler comme femme de ménage. L'une d'entre elles était justement en congé maternité.

– Même dans les murs, j'ai mis du temps à te trouver. Tu étais privé de sortie, je ne t'avais pas croisé, et l'accès à ta chambre m'était interdit. J'ai fini par questionner quelques patients, et lorsque nous avons été sûrs, nous avons préparé un plan d'évasion. Ce n'est qu'entre-temps que nous avons appris que tu étais drogué par les médicaments et que tu avais perdu la mémoire. Alors nous avons supplié le *Mishòmis* de te venir en aide et nous t'avons fourni quelques souvenirs.

– Mais le *Mishòmis* est mort…

– Son esprit est toujours présent. Sinon, comment peux-tu croire une seconde que tu aurais pu arrêter tous les cachets que tu avalais de force sans avoir de réactions plus sévères ?

– Je me suis senti terriblement mal, j'ai failli abandonner à plusieurs reprises.

– Et tu ne l'as pas fait, grâce à lui. Par contre, dans ta précipitation à sortir, tu as mis tout notre plan par terre. Nous avons dû improviser.

– C'est le hasard. J'ai vu l'infirmier poser sa matraque, je m'en suis emparé, j'ai frappé. J'espère juste que je ne l'ai pas trop gravement blessé.

– Il s'en est sorti, mais tu es sous le coup d'une plainte pour coups et blessures volontaires. Si tu avais attendu, nous t'aurions exfiltré sans heurts.

– J'ai pris peur après la visite de Maccallan. Ce type reste persuadé que j'ai tué Barbara par mon imprudence délibérée, et il est prêt à tout pour me faire disparaître, mais sans m'ôter la vie. Il souhaite que je croupisse dans une cellule jusqu'à la fin de mes jours.

– Lui aussi a porté plainte. Ton casier judiciaire commence à être chargé, Jedediah.

Je préférai ne pas répondre.

– Comment m'avez-vous retrouvé ?

– Nous avons suivi les feuilles. Elles nous ont menés à toi.

Je regardai à travers la vitre poussiéreuse le ciel teinté de mercure. Le temps allait encore changer.

– Et maintenant ? demandai-je.

– Le Grand Esprit va frapper. Il est en colère parce que personne ne veut l'écouter. Ce qu'il prépare est terrible, il y aura des milliers de victimes, et toi seul pourras faire quelque chose. Tu es l'*oshkaabewis*, le messager. Tu dois restaurer la sérénité du *gichi-manidoo* avant qu'il ne soit trop tard.

– Tu me donnes des pouvoirs que je ne possède pas, June. Je ne suis qu'un misérable ingénieur qui a tout perdu, ses parents, ses amis, sa maison, jusqu'à son nom. Que veux-tu que je fasse ?

Elle s'avança jusqu'à se coller contre moi, je sentis la chaleur de son corps, et celle de sa main lorsqu'elle la posa sur mon avant-bras. Elle riva son regard bien trop sérieux sur moi.

– Et nous serons là pour t'aider, Jedediah.

– Que va-t-il se passer, maintenant ?

– Vous devriez voir ça ! prévint Casey.

Tout en parlant, il avait allumé l'antique téléviseur oublié dans le coin de la pièce. L'image grésilla un moment, dans une couleur indéfinissable tirant sur le vert, sans parvenir à se stabiliser tout à fait, et je compris qu'il s'agissait d'une retransmission vidéo d'un téléphone portable. On devinait une artère, des véhicules arrêtés, et, en plein milieu, un homme qui faisait face à une sorte de longue colonne mouvante comme un cobra paré à l'attaque.

– Hey ! Mais c'est toi ! s'exclama June.

En incrustation sur le côté de l'écran, le journaliste relatait les événements inexpliqués survenus en ville quelques jours plus tôt. Une sorte de longue colonne de feuilles, poussée par les vents, avait interrompu brutalement la circulation en provoquant plusieurs accidents, heureusement sans gravité. Les témoins avaient préféré quitter leurs véhicules pour se réfugier dans les premières boutiques ouvertes. Un homme avait surgi de nulle part et s'était planté devant les limbes comme pour les menacer, mais la violence de la bourrasque avait fini par le balayer. Tandis que le journaliste se perdait en conjectures, plus intéressé par ma présence au milieu de la route que par celle des feuilles, j'observai la scène cette fois en spectateur, avec la désagréable sensation que tout avait été prémédité. Je ne devais pas mourir cette nuit-là, simplement souffrir, peut-être pour renoncer. Le présentateur terminait son article alors que la vidéo amateur se fixait sur la camionnette des Enfants, June et Kyle qui en sortaient et m'entraînaient de force avant de disparaître.

– Le mystérieux individu pourrait être, selon les sources policières, l'homme qui s'est échappé d'un hôpital psychiatrique après avoir agressé le sénateur Maccallan.

– Bon Dieu ! hurlai-je. C'est lui qui a voulu m'étrangler ! Combien de fois faudra-t-il que j'entende ce mensonge ?

– C'est sa parole contre la tienne, Jedediah. Et je crains que la sienne n'ait beaucoup plus de valeur.

– Du coup, on ne peut plus utiliser la camionnette, prévint Kyle. J'ai peur qu'après le coup de l'autre soir, les flics ne s'y intéressent. Je leur ai un peu rasé la moustache au passage et c'est un miracle s'ils ne nous ont pas pris en chasse, et avec cette vidéo, c'est cuit ! Je vais aller m'en débarrasser avant que quelqu'un ne la signale.

Il s'empara des clés et sortit. Deux minutes plus tard, le véhicule quitta la cour herbeuse pour s'éloigner.

– Si quelqu'un a noté les plaques, tout ça ne servira pas à grand-chose, remarquai-je. Ils vont remonter jusqu'au propriétaire.

– Qui est un type de Minneapolis sympathisant à notre cause. Au pire, il pourra dire qu'on lui a volé.

– Et vos visages ? insistai-je.

– On ne les voit pas assez pour nous identifier, ne t'en fais pas. Par contre, on te reconnaît bien, Jedediah. Il va falloir faire très attention les prochains jours, ne pas sortir, et attendre.

– Attendre quoi ?

– Que tu ailles mieux, déjà. Tu n'es pas en état de marcher bien longtemps, regarde-toi. Tu souffres encore de ton agression.

– Aucune de mes blessures n'est grave. Je peux me déplacer.

– Tu n'as pas compris, *oshkaabewis*. Ce que nous attendons, c'est le signe.

– Un signe ?

– Oui. Le retour des feuilles…

J'étais à nouveau prisonnier entre quatre murs. La situation était moins catastrophique que durant mon séjour dans la cellule de Fredrikson, mais je n'avais pas plus de liberté de mouvement. J'étais condamné à attendre un signe hypothétique, qui serait peut-être le point de départ qu'un cataclysme comme personne n'en avait connu. Quelque chose d'infiniment plus terrible que celui d'Hope Falls. Je sentais que le *Mishòmis* me parlait, me disait de me méfier, que j'avais en moi l'information nécessaire pour prévenir du danger imminent, mais je ne trouvais rien. *Aide-moi,* Mingan *! Je t'en supplie !* Je regardai le ciel et la terre. Je passai des heures devant ce vieux poste déglingué qui me faisait mal aux yeux. J'observai le bâtiment qui apparaissait à l'écran, immense parallélépipède de verre et de béton collé aux rives de l'Hudson, et ces multiples drapeaux qui ornaient l'entrée. Le siège de l'ONU. La conférence sur le climat.

La vérité éclata dans mon esprit. Je savais ce qui allait se passer.

Chapitre 11

La retransmission n'était pas de bonne qualité. Les Enfants de la Feuille d'Érable Rouge n'avaient pas eu comme préoccupation principale de s'offrir le dernier téléviseur 4K de 60 pouces. Néanmoins, en observant cet immeuble symbolique de la ville, je me demandai si je ne me faisais pas d'illusion. En gros, si je ne rêvais pas. Je tentai d'établir une théorie sur ce qui allait se passer, je ne croyais pas une seconde que les limbes puissent recouvrir l'intégralité du bâtiment. Il en faudrait trop, beaucoup trop pour y arriver, la totalité de ce que tous les états limitrophes pouvaient compter comme arbres n'y suffirait sans doute pas. Cent soixante-huit mètres de hauteur… non, c'était impossible. À Hope Falls, la ville avait été submergée, mais nous étions au milieu de la forêt. Ici, c'était le domaine du béton. Par contre, je voyais bien une hypothèse, celle de bloquer toutes les issues de l'immeuble pour empêcher les occupants du siège de quitter les lieux. Je frissonnai et passai ma main sur mon visage comme pour chasser un mauvais rêve.

Ce que j'imaginais était terrifiant. Je conférais aux végétaux le pouvoir de penser, de s'organiser, et de nuire. Ce qu'il y avait de terrible, c'est que je ne savais pas quoi faire pour empêcher que l'événement ne survienne… si jamais il survenait. Je ne pouvais pas me pointer au siège de l'ONU en prétextant qu'une masse de feuilles surgies de nulle part allait bloquer les occupants du bâtiment à l'intérieur, avec la publication de l'avis de recherche, mes chances d'approcher étaient minimes. Néanmoins, je tenais à me rendre sur place, ne serait-ce que pour vérifier si la feuille d'érable serait là. Après l'attaque que j'avais subie en pleine rue, peut-être parviendrais-je à détourner son attention vers moi ?

– Ce n'est pas prudent, objecta June alors que je venais de lui exposer mon plan.

Ses amis et elle étaient en train de confectionner des banderoles et d'imprimer des tracts. Ils avaient décidé de se rendre sur place afin de manifester contre l'industrialisation et la pollution. J'avais suivi distraitement leur discussion, comprenant que je ne ferais pas partie de leur défilé.

Sur l'écran de télévision, le journaliste faisait face à l'entrée du bâtiment en expliquant les enjeux de cette conférence, pendant que derrière lui des limousines déposaient les représentants des différentes nations dans un ballet incessant. On allait parler d'écologie, de développement durable, de protection des espèces menacées et de réchauffement climatique. Je ne me faisais pas beaucoup d'illusions à ce sujet. On allait beaucoup discuter, beaucoup s'autocongratuler, se féliciter des décisions prises, qui ne déboucheraient sur pas grand-chose. Et tous annonceraient sérieusement qu'une importante étape avait été franchie.

J'en venais presque à me dire qu'il valait mieux laisser toutes ces personnes être ensevelies sous des tonnes de feuilles.

– Quand est censée commencer la conférence ?

– À partir d'après-demain, la plupart des participants, mais aussi des manifestants, sont arrivés sur place. Je sais à quoi tu penses, Jedediah, mais oublie, tu n'as aucune chance de parvenir là-bas sans te faire remarquer. C'est trop dangereux.

– Et garder la maison pendant votre absence, c'est ça ? Merci bien, mais je ne suis pas le factotum de service ! Quelque chose me dit que je dois y aller, comme une voix intérieure. Peut-être est-ce le *Mishòmis* ?

– Ta place est avec nous, pas ailleurs. Si jamais la police t'arrête, qui sait ce qui va se passer ? N'oublie pas qu'il y a une plainte pour coups et blessures, tu ne sortiras pas de sitôt. Et nous ne pourrons pas te tirer de ta prison.

Elle avait raison, mais je ne pouvais me résoudre à baisser les bras ainsi. Et l'inaction me pesait. J'avais réussi à m'échapper de l'hôpital par miracle, après y avoir séjourné en mort-vivant pendant deux longues années, pour me retrouver dans une vieille bâtisse de Morris Heights cernée par les herbes folles et les plantes épiphytes. Une force intérieure que je ne contrôlais pas m'avait permis de supporter un sevrage violent comme peu de personnes en auraient été capables. Mais pour quelle raison ? Si j'étais ce messager, ainsi que tous les membres des Enfants de la Feuille d'Érable Rouge semblaient le penser, alors je devais faire quelque chose. N'importe quoi, mais quelque chose.

Ce fut à cet instant que je pris ma décision : je me rendrais sur place, par n'importe quel moyen. Kyle était revenu plus tard, soulagé d'avoir pu se débarrasser de la camionnette. Elle était à l'abri au fond d'un garage automobile, en attendant de pouvoir être rapatriée chez son propriétaire. Avec la conférence à l'ONU, la police new-yorkaise serait sur les dents. Maccallan irait-il jusqu'à dire que je pouvais représenter une menace ? Avec toute cette haine abyssale qu'il portait encore en lui malgré toutes ces années, c'était plus que probable, en tout cas, June en était convaincue. En vraie mère poule, elle refusait que je coure le moindre danger, et son insistance était touchante.

Je laissai donc les Enfants terminer leurs préparatifs pour la manifestation. Ils seraient des centaines à le faire, comme chaque fois que les gouvernements se mettaient en tête de protéger la nature en débarquant en hélicoptère ou en jet privé dans leurs beaux costumes. Je louchai sur les clés de contact d'un SUV Chevrolet Equinox visiblement pas de première main, garé dans la cour. Serais-je capable cette fois de me glisser au volant et de démarrer, après deux ans, sans éprouver la même attaque de panique qu'avec le véhicule de Bill ? Je devais tenter le coup. Je profitai de ce que leur attention soit accaparée pour me rapprocher de la table où étaient posées les clés, et je les serrai dans mon poing. Puis je quittai la pièce principale sans me presser, en direction de la cuisine. Sauf que je ne m'y rendis pas. À la place, je poussai jusqu'à la porte d'entrée, que j'ouvris le plus silencieusement possible. Le vent me souffla son haleine chargée d'humidité et d'odeurs végétales sur le nez, et je frissonnai. J'avais au moins des vêtements plus décents que la tenue d'infirmier et le blouson empestant la transpiration, par miracle je n'avais pas perdu mon petit sac à dos avec les affaires neuves achetées grâce à la carte bleue de Bill. Je traversai la cour, contournai l'Equinox et déverrouillai la portière avant. Je m'installai derrière le volant et mis le contact, mais sans démarrer. Le tableau de bord s'illumina, ainsi que le GPS. Un bon point, je n'aurais pas à chercher des heures par où passer. New York n'était pas ma ville natale et mon temps de séjour avait été trop bref pour que je connaisse ses rues. Ce qui de toute façon était impossible compte tenu du gigantisme de la cité. Je cherchai l'adresse du bâtiment de l'ONU, la tapai dans l'appareil. Un trajet d'une trentaine de minutes environ. J'empoignai le volant, appuyai sur l'embrayage en même temps que je tournai la clé. Le moteur brouta et cala. Je revins au point mort, recommençai la manœuvre, et cette fois la Chevrolet démarra. Première vitesse, desserrer le frein à main, relâcher l'embrayage. Lentement, le véhicule s'ébroua, comme sorti d'un long sommeil. Je braquai un peu sèchement pour gagner le trottoir, faisant sauter le SUV en avant. La porte passager de la voiture s'ouvrit d'un coup, me forçant à stopper.

– Où vas-tu ? me demanda June.

– Je dois me rendre compte. Ne cherche pas à m'en empêcher, c'est important. Je dois aller voir. Je ne suis pas sûr que tu puisses comprendre, mais...

D'une main, elle fit signe aux autres membres des Enfants que tout allait bien, puis elle claque la portière et attacha sa ceinture.

– Roule.

– Je ne sais pas si tu as envie tant que ça de m'accompagner.

– Moi non plus, mais je n'ai pas envie que tu bousilles la voiture. Avance !

Je réussis à sortir l'Equinox de la cour sans heurter le portillon métallique, puis je tournai sur ma droite en direction de Manhattan. Je pouvais rejoindre l'île en empruntant le pont Washington ou le pont Alexander Hamilton juste à côté, et ensuite redescendre par Harlem. Je conduisais prudemment, prenant garde à ne pas percuter un autre véhicule, mettant une lenteur exagérée pour redémarrer aux feux et aux stops, si bien que je me fis généreusement insulter par des automobilistes pressés et furieux.

– Veux-tu que je prenne le volant, Jed ?

– Non, je dois me débrouiller tout seul. Tant pis si on me klaxonne.

– Fais attention à ne pas te faire remarquer par un policier, surtout.

Ses paroles étaient pleines de bon sens et j'accélérai un peu, les mâchoires serrées et sursautant au moindre objet virevoltant devant le pare-brise. J'avais perdu la femme que j'aimais dans un excès de vitesse provoqué par ma peur panique des feuilles, et je ne voulais pas causer de blessures à la jeune Indienne assise à mes côtés. Elle avait toute la vie devant elle, et inexplicablement, je tenais à elle. Elle m'avait aidé à me sortir du guêpier où je m'étais fourré, et je me sentais désormais redevable.

La circulation ralentit, pour s'arrêter complètement. June fronça les sourcils. Il devait y avoir un accident devant nous, qui bloquait l'accès aux deux ponts, peut-être au niveau de l'échangeur sur la 95. À moins que ce ne soit les travaux de réfection des ouvrages, qui réduisaient la largeur de la chaussée. Je me faufilai entre deux poids lourds afin de gagner un peu de visibilité. Je détestais me sentir coincé de cette façon. Ce faisant, je pus apercevoir la rive droite de l'Hudson River, et juste derrière, Highbridge Park.

Quelque chose s'élevait dans les airs depuis le parc.

Mon esprit mit quelques secondes à admettre ce que mes yeux voyaient : plusieurs colonnes de feuilles se détachaient des arbres pour s'envoler, mais pas sous l'effet d'un simple courant d'air. Ces colonnes paraissaient organisées, architecturées même, et animées d'une force motrice surnaturelle. Et elles se dirigeaient droit vers les ponts.

J'aurais volontiers douté de ma santé mentale, si je n'avais pas vu les occupants des véhicules à mes côtés descendre sur la chaussée pour contempler abasourdis le spectacle auquel ils assistaient. Sur le siège passager, June poussa un cri de surprise.

– Mais qu'est-ce que c'est que ça ?

Saisi d'une impulsion subite, je détachai ma ceinture de sécurité, j'arrêtai la Chevrolet et quittai le volant en courant. June me cria quelque chose qui se perdit dans le bruit des moteurs, mais je me retournai pas pour savoir ce qu'elle voulait me dire.

Slalomant entre les camions et les voitures, je courus en direction des ponts, sans perdre de vue les immenses colonnes de feuilles qui continuaient à s'élever au-dessus de ma tête. Je coupai la chaussée, j'empruntai la bretelle d'accès en sens inverse, à peine remarqué par les usagers qui avaient tous le regard rivé sur l'étrange phénomène. De loin, on aurait dit que plusieurs tornades étaient en train de prendre forme, toutes au même endroit. Je n'étais plus habitué à fournir de tels efforts, mon cœur cherchait à sortir de ma poitrine, mais je maintins l'allure. Chaque seconde qui s'écoulait me renforçait dans la sombre idée que j'avais fait fausse route. L'embouteillage prenait désormais des proportions cataclysmiques. Les conducteurs klaxonnaient ou s'interpellaient d'un véhicule à l'autre afin de comprendre ce qui était en train de se produire. Des cris de panique commençaient à se faire entendre. Plusieurs chauffeurs tentèrent de faire marche arrière, voire de faire demi-tour, en empruntant la bande d'arrêt d'urgence. Il y eut des bruits de tôles froissées, des invectives. Un semi-remorque était en travers de la chaussée, le pare-chocs avant appuyé sur la barrière de béton qui séparait le pont en deux. Il essayait de défoncer l'alignement des blocs afin de se frayer un passage de l'autre côté. Une dépanneuse sortit sa chaîne de remorquage, et le conducteur, aidé par plusieurs autres, tenta lui aussi d'arracher les blocs, le tout dans la plus totale confusion. Je croisai des regards, hagards, certains en proie à la terreur. Devant moi, un couple faillit me heurter en ouvrant brutalement les portières de son SUV pour se mettre à courir en portant leurs enfants. Je levai la tête, pour remarquer que les colonnes devenaient chaque seconde plus gigantesques. Encore quelques mètres et elles auraient atteint le tablier du pont Alexander Hamilton. Malgré la distance qu'il me restait à parcourir, je commençai à distinguer quelque chose de sombre qui barrait le passage. Puis soudain, une des colonnes s'abattit sur la chaussée dans un effroyable bruit de tonnerre. On aurait juré qu'une explosion ravageait le pont. Le sol vibra jusqu'à mes pieds.

Ce fut le signal de la débandade. Abandonnant leurs véhicules, les New-Yorkais se ruèrent par où ils étaient venus, Morris Heights, Highbridge ou Claremont, courant à perdre haleine sans cesser de se retourner. Bousculé, je faillis être emporté par cette vague humaine totalement paniquée. Certains se jetaient par-dessus les voitures à l'arrêt, se piétinaient, se faisaient tomber et peinaient à se relever. Quelque part, une femme hurla de douleur, la jambe brisée, un enfant se mit à pleurer, ayant perdu ses parents. Je serrai les dents pour ne pas me laisser gagner à mon tour par cette panique et remontai à contre-courant, obligé de jouer des coudes pour me frayer un chemin. Le fracas métallique ne cessait de se reproduire. J'évitai de justesse une automobile lancée à vive allure à contresens. Le conducteur, ou la conductrice, je ne parvins pas à le voir, faucha trois personnes sur son passage, projetant leurs corps de façon grotesque en l'air comme des poupées de son ballottées par le vent, avant de s'encastrer dans la remorque d'un camion. Une forte odeur d'essence se répandit aussitôt. Sans tenir compte du drame qui se jouait, d'autres voitures tentèrent d'imiter le chauffard.

Tout va sauter ! pensai-je, terrifié. Dans un dernier effort, les plots de béton au centre de la chaussée finirent par céder. Les véhicules en provenance du Bronx coupèrent la route à ceux qui venaient de Manhattan, chacun voulant être le premier à passer. En quelques minutes, les accidents se multiplièrent, transformant les voies en un amas de ferrailles disloquées. Animés par la panique qui les rendait agressifs, certains en vinrent aux mains, se roulant sur le macadam dans un pugilat effarant. Je pus avancer de quelques mètres pour m'éloigner de cette hérésie. Je croisai un type au regard fou qui m'arrêta.

– C'est la mort là-bas ! Nous sommes foutus !

Je me dégageai d'un geste sec et poursuivis ma route malgré son insistance. Il finit par renoncer à me persuader et s'éloigna en me traitant d'abruti.

Il n'y eut bientôt plus que des voitures vides devant moi. De l'autre côté, sur les voies de gauche, la plupart des usagers avaient pu passer. Je fis encore quelques pas et contemplai enfin la vision de cauchemar qui s'offrit à moi. Si je n'avais pas connu ça à Hope Falls, je pense que je serais devenu fou. Cependant, de revivre cette horreur fit vaciller ma raison, parce que ce que j'avais sous les yeux était mille fois plus monstrueux. Hope Falls n'avait été qu'une ébauche.

Peu avant la rive de l'Hudson River, l'Alexander Hamilton était coupé en deux. Un mur vertical, d'environ vingt mètres de hauteur, qui palpitait au gré des courants qui l'animaient. Le même mur était visible sur le pont Washington. Les colonnes de feuilles qui s'étaient abattues avaient pulvérisé les véhicules en les aplatissant comme des galettes. Je me demandai un instant si les passagers avaient eu le temps de s'en extraire, mais les longues éclaboussures écarlates qui maculaient les végétaux me firent comprendre que non. Je me retins à grand-peine de vomir. Je me tenais désormais à une cinquantaine de mètres des feuilles. Je pouvais les entendre bruisser, et ce son m'évoqua celui de milliers de voix de *leprechaun* hilares ricanant de ma déconvenue. J'avais également cette désagréable impression que chacun des limbes foliaires qui composaient cette muraille était doté de pensées et d'une paire d'yeux, qui me fixaient méchamment en se demandant ce qu'ils allaient faire de moi. Je ne tenais pas à subir une nouvelle agression. Une odeur pestilentielle s'éleva du mur pour venir jusqu'à mes narines, un mélange de carburant répandu, de sang versé, dominé par celle, plus lourde, plus terreuse et humide, des feuilles dont certaines étaient en décomposition. Je commençai à concevoir ce qui se produisait. Ce n'était pas seulement le bâtiment de l'ONU qui était bloqué. Je voyais le pont Washington à quelque distance, dont l'accès était pareillement coupé par les végétaux, et j'étais prêt à parier que c'était le cas de chaque voie d'entrée à Manhattan. Je jetai un œil en arrière et constatai que j'étais désormais seul. Tout le monde avait fui, et en dehors des sirènes de secours qui rugissaient dans le lointain, l'unique son qui me parvenait était celui des feuilles. La feuille d'érable rouge était absente, mais elle ne pouvait être très loin. Prenant mon courage à deux mains, prêt à tourner les talons au moindre mouvement suspect, je contournai une dernière rangée de véhicules pour m'approcher davantage. Je n'étais plus qu'à quelques pas du mur. Avec un bruit de siphon, il éjecta une carcasse de camionnette compactée qui glissa vers moi avant de rebondir contre la rambarde extérieure du pont. Elle bascula dans le vide. Mon regard accrocha un corps dans la masse végétale. Il dépassait à moitié de la portière d'un gros pick-up dont toute la partie moteur avait été aplatie sous l'effet d'une presse, et il me fallut quelques secondes pour comprendre qu'il ne restait que les jambes du malheureux. De façon absurde, je repensai aux soldats de plastique avec lesquels je jouais gamin. Je m'amusais à les démonter pour échanger leurs équipements, et parfois, j'en égarais certaines parties. Il ne restait alors qu'un pantalon. Je dus lutter pour ne pas vomir.

– Jed ?

Une voix m'appela, me détournant de cette horreur. Je pivotai pour apercevoir June, debout à quelques mètres, les deux mains devant la bouche. Elle avait perdu tout son hâle naturel et paraissait presque grise.

– Ne t'approche pas trop près, June ! Je l'avertis.

– Mais... Qu'est-ce que c'est ?

– Les feuilles. Je pensais qu'elles bloqueraient l'ONU, mais je me suis trompé, c'est tout Manhattan qu'elles bloquent.

– Mais c'est impossible ! Il ne peut y avoir assez de feuilles pour ça !

– C'est ce que je croyais aussi quand j'étais à Hope Falls, murmurai-je.

– Mais pourquoi ?

– L'histoire, June… les Algonquins ont été les premiers habitants connus à cet endroit qui s'appelait avant « *Manna hatta* », l'île aux nombreuses collines. Ce n'est qu'en 1625 que le territoire fut conquis par la Compagnie néerlandaise des Indes occidentales, et racheté à ses occupants pour quelques babioles, l'équivalent de vingt-quatre de nos précieux dollars, avant d'être récupéré par les Anglais… Tout ça est très symbolique, June. *Mingan* était un Algonquin. Quoi de plus marquant que de bloquer un des berceaux de leur culture ?

Je tendis la main et franchis la distance qui me séparait du mur.

– Jed ! Qu'est-ce que tu fais ?

Je ne répondis pas immédiatement. Mes doigts effleurèrent la surface humide et poisseuse. Aussi sûrement que j'avais compris qu'elles allaient m'agresser quelques jours plus tôt, je savais que je ne craignais rien à cet instant précis. On pouvait appeler ça une intuition, un sixième sens, peu importait. Je sentais confusément que le *gichi-manidoo*, le Grand Esprit dans la feuille d'érable, me voulait à sa merci, pour une confrontation directe. À moins que la dualité que je percevais à cet instant, la lutte entre ce qui était bien et ce qui était mal, ne tournât pour le moment en ma faveur.

– *Oshkaabewis* ! Que fais-tu ?

– N’aie aucune crainte, June.

Je posai résolument la main sur le mur de feuilles. Il céda sous ma pression, s’ouvrant comme un rideau de perles. En quelques secondes, je me retrouvai absorbé jusqu’à la poitrine.

– *Oshkaabewis*, attends ! hurla June.

Elle courut jusqu’à moi, me saisit par le bout des doigts, m’agrippa pour ne pas me lâcher.

– J’ai peur, Jed ! Je suis terrifiée, mais je ne veux pas te voir partir.

– Tout ira bien, June, je te le promets !

Je la serrai contre moi, et lentement, le mur de feuilles nous avala pour nous faire passer de l’autre côté.

PIÉGÉS

Chapitre 1

Les premiers signes apparurent quelques heures après que le dernier représentant d'État fut arrivé à l'ONU. Alors que les automobilistes pressés se glissaient dans le trafic, soit pour entrer, soit pour sortir de Manhattan, venue de nulle part, une pluie de feuilles s'abattit d'abord sur le Queensboro Bridge, recouvrant l'asphalte plus rapidement qu'une averse de neige. En quelques minutes, la chaussée fut submergée, interrompant la circulation, puis le mur végétal s'éleva jusqu'à une hauteur de dix mètres. Plus bas sur l'East River, le pont Williamsburg, le Manhattan et le Brooklyn furent à leur tour coupés par le même mur. Son apparition plus brutale occasionna de multiples accidents et de nombreux blessés. Coupé en deux, un camion-citerne répandit son contenu sur le sol avant d'exploser. Le feu se propagea rapidement aux autres véhicules, mais, d'après les témoins de la scène, il ne parvint pas à brûler les feuilles qui s'entassaient toujours plus haut. Ce furent ensuite les tunnels qui furent bouchés, le Queens Midtown, le Hugh L. Carey, le Holland et le Lincoln. En moins d'une demi-heure, la totalité des voies d'accès à l'île était impraticable. D'abord préoccupées par les blessés en série dont le nombre ne cessait d'augmenter d'heure en heure, les autorités mirent du temps à prendre clairement conscience de ce qui était en train de se passer. Les habitants de Manhattan ne pouvaient plus sortir. Sans pouvoir expliquer l'étrange phénomène qui était apparu, le maire de la ville dépêcha les services de voirie afin de dégager la chaussée. Les ouvriers arrivés sur les lieux ne parvinrent non seulement pas à retirer la moindre feuille, mais virent leurs outils comme aspirés, arrachés de leurs mains et projetés dans toutes les directions, certains furent même blessés. Refusant de s'avouer vaincu malgré les avertissements des employés qui commençaient à paniquer, le maire fit envoyer des bulldozers afin de balayer les murs. Il choisit arbitrairement le pont Brooklyn au sud de l'île. Les trois engins sur place durent attendre que l'accès soit dégagé par les dépanneurs, l'enchevêtrement de véhicules accidentés rendant l'approche compliquée. Lorsqu'enfin une des voies fut praticable, le premier bull s'avança, leva sa pelle et chargea droit sur le mur végétal. Il le heurta de plein fouet, sa pelle pénétra les feuilles agglomérées sur la totalité de sa profondeur. Le bulldozer patina, cala, son chauffeur tenta de redémarrer. La lame fichée dans le mur refusa de se retirer.

– Hey, les gars ! Venez m'aider à sortir de là ! cria le conducteur depuis sa cabine.

Ce furent ces dernières paroles. Une partie du mur se détacha, s'écroula sur le bulldozer avec une rapidité la rendant quasi indétectable à l'œil. Le choc fut d'une telle violence que l'arrière de l'engin décolla, avant d'être écrasé sous le poids colossal. Une lézarde se forma dans le goudron. Le chauffeur n'eut pas le temps de sortir de sa cabine, et l'épaisseur de la tôle ne parvint pas à le protéger, lorsque les limbes se retirèrent, il ne subsistait plus qu'une plaque métallique compressée d'à peine cinquante centimètres d'épaisseur souillée d'éclaboussures organiques.

Délaissant leurs bulldozers, les deux autres conducteurs s'éloignèrent en courant. Ils n'avaient pas parcouru deux mètres qu'une colonne de feuilles balaya leurs machines plus facilement que des fétus de paille en les renversant et en les projetant sur les véhicules à l'arrêt.

Les événements prenaient un tournant aussi inattendu que dramatique. Sur les différents ponts et tunnels, toutes les tentatives échouèrent également, même celle d'incendier les végétaux en les arrosant au préalable de liquide inflammable. Le maire de New York, incrédule, hésitait encore à déclarer l'état d'urgence, mais ce fut l'information selon laquelle les occupants de l'ONU ne pouvaient plus ni entrer ni sortir du bâtiment qui le poussa à faire appel à la Garde nationale. Plusieurs unités se trouvaient basées à Manhattan, dont une compagnie du 69ᵉ régiment d'infanterie et une du 152ᵉ bataillon du génie. Il mobilisa également l'ensemble des forces de police de l'île, craignant des émeutes et des pillages. Bloqués dans leurs bureaux du Lower Manhattan, la plupart des fonctionnaires ne réalisèrent pas tout de suite ce qui était en train de se passer. Puis la rumeur enfla, prit des proportions énormes, se répandit comme une traînée de poudre. Une foule compacte commença à vouloir utiliser sa voiture ou n'importe quel autre moyen de transport terrestre pour quitter les lieux, mais fut arrêtée par les murs végétaux. Les trains ne pouvant plus circuler, les habitants se ruèrent alors sur les ferries qui assuraient la navette vers Jersey, Brooklyn ou Queens. Très vite, les forces de l'ordre dépêchées aux différents embarcadères furent submergées. On en vint aux mains, on se battit pour être sûr d'obtenir une place. Le maire ayant interdit la navigation afin de garder cette voie comme possibilité de faire venir les secours, sa décision provoqua un début d'émeute. Les propriétaires de petits navires se proposèrent de servir de transporteur moyennant des sommes folles. On dépassa la centaine de dollars juste pour traverser l'Hudson, et les gens désireux de fuir payèrent comptant sans discuter le prix. Plusieurs n'hésitaient pas à marchander, surenchérissant afin d'embarquer en priorité. Lorsque les premiers bateaux quittèrent la rade en direction du New Jersey, certains menaçaient de chavirer tant ils étaient en surcharge de passagers. Certains inconscients se jetèrent à l'eau en espérant pouvoir rejoindre l'autre rive à la nage, mais les courants et la température glaciale de l'Hudson les firent couler quasiment à pic.

Prenant le contrepied du maire, le sénateur Maccallan demanda à ce qu'on rouvre les lignes de ferries afin d'évacuer un maximum d'habitants. Il aurait volontiers récupéré une des premières places, mais quelque chose lui disait qu'il risquait sa vie en fuyant le confort sécurisé de son immeuble. La première embarcation obtint le feu vert peu de temps après, et malgré un nombre excessif de passagers, elle quitta le terminal de Wall Street pour traverser l'East River dans une de ses parties les plus étroites.

Elle n'atteignit jamais son but.

La navette n'avait pas parcouru la moitié de son trajet que, se détachant du pont de Brooklyn et porté par un vent violent, un nuage de feuilles s'abattit sur elle. On le vit arriver, tel un monstrueux essaim en furie, puis les limbes entrèrent dans le navire, brisant tout sur leur passage, pénétrèrent dans le compartiment moteur pour l'envahir et le recouvrir, arrachant les pièces mécaniques. Les soupapes sautèrent, le carburant gicla des conduites percées. L'instant d'après, à la suite d'une étincelle, le feu se déclara à bord. Une fumée noire s'éleva, obscurcissant l'atmosphère.

– On va couler ! hurla un occupant.

Comme si cela ne suffisait pas, les feuilles ressortirent de la cale, tournoyèrent un moment autour du bateau, avant de s'attaquer à la coque du ferry. Sous l'énorme pression, tel un étau végétal géant, la coque se perfora peu à peu, laissant une voie d'eau qui acheva de rendre hystériques les passagers. S'arrachant les bouées de sauvetage, ils se jetèrent dans le fleuve afin de s'éloigner au plus vite. Le capitaine fit détacher les canots. Dans la précipitation, plusieurs occupants se noyèrent, ne sachant pas nager. Après un dernier assaut qui termina de disloquer le ferry, les feuilles refluèrent, le laissant couler rapidement, se contentant de tournoyer au-dessus des rescapés comme des vautours guettant la fin de leur proie. Aucun secours ne put s'approcher depuis l'une des deux rives. Lorsque les canots atteignirent l'embarcadère de Wall Street, il manquait une quarantaine de personnes.

De l'autre côté de l'île, subissant le même sort, les petits yachts privés furent retournés, déchiquetés, engloutis dans les flots avec leurs passagers ayant cru qu'il suffisait d'aligner les dollars pour fuir l'enfer. La mort dans l'âme, Maccallan dut admettre qu'il fallait interdire tout départ de bateau jusqu'à nouvel ordre.

Personne ne pouvait plus quitter désormais Manhattan, l'île-prison végétale.

Chapitre 2

Nous nous tenions, June et moi, de l'autre côté du mur. Nous étions passés simplement, presque caressés par les feuilles lorsqu'elles s'étaient écartées pour nous ouvrir le chemin, avant de se resolidariser derrière nous.

Nous étions à Manhattan.

Nous avançâmes le long de la chaussée, conscients du spectacle que nous offrions aux témoins demeurés en arrière. De ce côté du pont, la vision était la même, un enchevêtrement de véhicules accidentés, un carambolage monstre, et des blessés qui se comptaient par dizaines. Un homme au costume déchiré, l'œil fou, nous accosta :

– Vous avez réussi à franchir le mur ? Comment avez-vous fait ? Il y a un moyen, une porte ? Dites-le-moi je vous en supplie !

Je secouai la tête.

– Il n'y a pas de passage précis. Nous nous sommes avancés et… c'est tout !

– Ce n'est pas possible ! balbutia-t-il. Il y a forcément un truc ! Ma femme est de l'autre côté, je devais la rejoindre !

Il me prit par le col et me secoua.

– Montrez-moi comment faire !

Son haleine sentait le tabac froid, l'alcool et la mauvaise bouffe grasse. Je cherchai à me détacher de son étreinte.

– Montrez-moi, bordel ! éructa-t-il.

Sa voix s'étrangla lorsque June lui porta un coup de coude dans les côtes. Ses doigts se desserrent et il s'effondra sur le sol. La jeune Indienne me prit par la main et pressa le pas.

– Filons avant que tous ces excités ne nous tombent dessus !

Affalé sur le macadam, l'homme hurla encore que nous savions comment passer à travers les feuilles et qu'il fallait nous arrêter. Plusieurs témoins tournèrent la tête dans notre direction, esquissant un mouvement de poursuite, mais nous avions déjà pris suffisamment d'avance. Lorsque nous fûmes certains que nous n'étions pas suivis, je décidai de ralentir l'allure. Les riverains que nous croisions marchaient hagards, un peu à la façon de zombies, surveillant le ciel dans la terreur d'y découvrir une nouvelle menace. Quasiment aucun véhicule ne circulait désormais, chacun ayant pris conscience qu'il était impossible de quitter Manhattan, même si je vis passer plusieurs voitures bondées d'occupants qui braillaient qu'ils allaient trouver le moyen de sortir de cet enfer. Nous commençâmes également par entendre des sirènes de police, puis des voix issues de haut-parleurs diffusant un unique message. Les forces de l'ordre invitaient les habitants sur place à rentrer chez eux, et à ceux qui travaillaient à demeurer à leur poste en attendant les secours qui ne tarderaient plus. La seule façon de s'en sortir était de rester calme. Je pris une petite rue adjacente en voyant s'approcher un de leurs véhicules et je me tapis contre une porte. Je doutais cependant que les policiers s'intéressent à ma personne. June se tenait tout contre moi, attendant que la voie soit libre, avant de s'écarter.

– Merci pour tout à l'heure, fis-je.

– À quel propos ?

– Le coup de coude…

– Oh, ça ! Elle balaya l'air d'une main : j'ai appris à me défendre, avec mes frères à la maison.

Cette remarque me renvoya douloureusement à mon passé. Barbara m'avait tenu à peu près ce genre de propos. Elle avait quatre frères, que je n'avais pas eu le temps de rencontrer. Je me souvenais vaguement de leurs photographies chez ses parents à Sag Harbor, mais je ne les avais jamais vus en vrai. Aucun n'avait marché dans les pas de leur père, et j'ignorais même s'ils avaient approuvé la décision du sénateur de me faire interner. Une ombre passa devant mes yeux, et June le remarqua aussitôt, car elle s'en inquiéta.

– Quelque chose ne va pas ?

– Ce n'est rien. Un souvenir qui ressurgit.

– À propos de la fille du sénateur, n'est-ce pas ?

Fine mouche avec ça.

– À propos de Barbara, oui.

Elle me posa une main compatissante sur l'épaule.

– Jedediah, tu n'as de cesse de te torturer l'esprit en te disant que tu es l'unique responsable de sa mort. Mais ce n'est pas vrai. Ce jour-là, il y avait la tornade, il y avait les feuilles.

– Et moi qui roulais trop vite, sans aucune visibilité et sous l'emprise de calmants. Elle est là, la vérité, June.

– Jed, je ne devrais peut-être pas te le dire, mais… peu de temps avant ton accident, notre mentor nous avait demandé de te chercher. Il s'inquiétait de savoir si tu serais capable de réagir le moment voulu après ta dernière conférence où tu as eu cette crise.

– Celle qui m'a valu toutes ces séances de psychothérapie…

– Le sénateur Maccallan enquêtait sur nous à l'époque. Nos membres font partie d'une communauté fondée par quelqu'un que tu connais bien, Alice Atwell.

– La révérende Atwell ? Bien sûr que je me souviens ! Elle a parcouru le pays pour faire des conférences avant d'aller s'établir dans un trou perdu, en prêchant l'harmonie avec la nature. À l'époque, elle avait été inquiétée par les autorités, qui pensaient qu'elle avait créé une sorte de secte.

– Les autorités avaient été prévenues par Maccallan. Et la personne responsable de l'enquête était sa fille Barbara.

Je reculai de deux pas en secouant la tête, sonné.

– Non, ce n'est pas possible, tu te trompes June ! Babs a toujours été à mes côtés, à Hope Falls, et ensuite, lorsque je suis parti en vrille. Même son père qui voudrait désormais me voir mort m'a soutenu en m'invitant à écrire ce que j'avais vécu.

– À Hope Falls, elle était là au titre de l'EPA, l'Agence de protection de l'environnement. Qu'elle soit tombée amoureuse de toi ne change rien. Après la destruction de la ville, tu es arrivé à New York avec elle. Pour le sénateur, qui était encore procureur à l'époque, tu étais un atout dans sa poche. La nature, il s'en foutait, mais il se disait que si quelqu'un comme toi témoignait partout des méfaits de l'industrialisation, et qu'il faisait partie de son entourage proche, ses projets seraient forcément écologiques. Lors d'une conférence que tu as donnée, peu avant ta toute dernière, Alice Atwell a cherché à te contacter. Elle avait clairement compris le jeu de Maccallan. Elle comptait sur l'amour que te vouait Barbara et la sympathie qu'elle avait pour elle et qu'elle pensait réciproque pour t'approcher. Seulement, Barbara a prévenu son père qui a fait expulser la révérende. Ensuite, ta compagne a enquêté afin de connaître les noms de toutes les personnes encore en vie après le drame d'Hope Falls et installées dans la communauté. Lorsque tu as été saisi de cette attaque de panique et qu'il a fallu te soigner, pour Maccallan, tu es devenu gênant. Il ne fallait plus que tu parles en public. Là encore, Barbara a tout fait pour te garder à la maison, ce qui n'était pas difficile puisque tu étais dendrophobe. Je ne nie pas qu'elle t'aimait, Jed, mais elle était sous l'emprise de son père. Ton psychiatre a commencé à te donner des quantités énormes de médicaments pour te faire oublier tout ça, te laver le cerveau. C'était le parrain de ta compagne, et il venait te voir directement à ton domicile pour ses consultations, en présence de Barbara ! Tu as dû raconter des choses qui les ont inquiétés, pour qu'ils te gardent si longtemps dans cet appartement. Puis je pense que tu as fini par te calmer, par admettre que tout irait bien, soumis au même discours. Le week-end chez le sénateur et son épouse était le test ultime. Maccallan avait accédé au poste suprême, il n'avait plus besoin de toi pour défendre ses idées faussement écologiques, mais il voulait s'assurer que tu ne serais pas un danger. C'est Barbara qui lui a suggéré de te parler des chantiers de construction et de t'y emmener. Tout était prévu, Jed. Le psychiatre avait forcé la dose, tu devais être calme, sourire à tout le monde, montrer que tu allais bien. Barbara t'avait même préparé un petit laïus comme il faut pour dire combien tu étais ravi d'être là. Nous avons été le grain de sable dans le rouage, Maccallan a pensé que tu pourrais discuter avec nous, voire nous persuader de renoncer. Mais le *Mishòmis* nous avait alertés. L'esprit de la forêt était en colère.

Je ne parvenais pas à croire à tout ce qu'elle venait de me raconter. Barbara m'aimait ! Nous attendions un enfant ! Comment aurait-elle pu me trahir à ce point ? Son amour pour moi n'était-il rien comparé à ses obligations envers son père ? Je ne me souvenais pas non plus de cette histoire de discours préparé.

– Je ne saurais pas te dire ce que le psychiatre t'avait fait ingurgiter, précisa June en devinant ma question. Je sais juste que certaines molécules provoquent une sorte de… d'automatisme avec amnésie, comme le GHB, ou les benozé…

– Benzodiazépines…

– Oui, c'est ça. Et tu n'as pas pris le chemin que Maccallan escomptait.

– Je me souviens parfaitement de ce jour-là. Barbara est venue avec moi parce qu'elle me faisait confiance. Elle a préféré me suivre moi plutôt que son père, alors qu'elle aurait pu choisir de rester avec lui. Ça lui aurait sans doute sauvé la vie.

– On ne saura jamais, *oshkaabewis*.

Je me sentis complètement abattu. J'avais encore une foule de questions à lui poser, mais j'étais trop abasourdi pour ajouter quoi que ce soit. Parce que plus j'y réfléchissais, et plus je me disais qu'elle avait dit la vérité. La seule qui me vint aux lèvres, ce fut :

– Comment peux-tu être au courant de tout ça ?

– J'ai visionné toutes tes interventions, Jed. Des centaines de fois. J'ai lu tout ce qu'il était possible d'apprendre sur toi, tout ce que je devais savoir, par cœur, pour pouvoir t'aider le moment venu.

– Mais qui t'a montré tout ça ? Qui t'a donné accès à toutes ses informations ?

– Notre mentor voulait que nous connaissions tout. Ton importance en tant que messager. Le *Mishòmis* lui a parlé, comme à toi, il lui a dit de se tenir prête. Ce qu'elle a fait.

– « Elle » ? Votre chef est une femme ? Qui est-ce, June ?

La jeune indienne se mordit les lèvres.

– Je ne peux pas t'en dire plus. C'est sa volonté. Mais ne traînons pas ici.

Elle m'obligea à quitter l'angle de porte pour reprendre notre marche. Je faillis lui résister, lui dire que je ne ferais pas un pas de plus tant qu'elle ne m'aurait pas révélé la vérité, mais un grondement sourd venant du ciel attira mon regard. Je cherchai un point des yeux en tournant la tête dans tous les sens, et je finis par le repérer. Quatre gros hélicoptères de l'armée passèrent en faisant vibrer l'air de la puissance de leurs turbines, déclenchant un tonnerre d'applaudissement de la part des New-Yorkais coincés dans Manhattan. June me regarda.

– Qu'est-ce que c'est à ton avis ?

– L'armée envoie ses hélicos en reconnaissance. Je pense qu'ils vont chercher un moyen d'évacuer les occupants de l'ONU.

– Tu crois ?

– J'en suis sûr. Et c'est une très mauvaise idée…

Chapitre 3

Les quatre hélicoptères s'éloignèrent rapidement tout en effectuant des boucles au-dessus de la cité. J'imaginai un instant que les pilotes avaient reçu pour mission de procéder à un repérage des rues, mais il était évident qu'ils se dirigeaient droit vers l'East River qu'ils allaient redescendre. Une fois à proximité du siège de l'ONU, ils chercheraient à se poser, et je me souvins qu'il existait un parc un peu avant le bâtiment, assez large et dégagé pour effectuer un roulement d'hélicoptères. Ce que je ne savais pas, par contre, c'était comment les marines comptaient s'y prendre pour venir à bout du mur de feuilles qui ceinturait l'immeuble sur une hauteur de dix mètres, donnant à l'ensemble l'impression d'un immense cornet de glace sorti de son emballage.

Tout en courant, je cherchai des yeux un moyen plus rapide de traverser toute l'île. Je devais me trouver sur place avant que les hélicoptères ne se posent. Une angoisse sourde me déchirait le cœur et les poumons, je pressentais une catastrophe imminente que je devais empêcher. J'avisai un taxi rangé le long du trottoir, son chauffeur debout dans la rue regardant également le ballet des appareils en vol.

– Est-ce que vous pouvez nous emmener le plus rapidement possible à l'ONU ?

Le conducteur baissa la tête et me toisa comme si j'étais subitement devenu fou.

– Vous savez qu'on n'a pas le droit de rouler ? Les flics passent sans arrêt, je ne tiens pas à me faire griller ma licence !

Il avait le corps gras et le cheveu rare, et respirait l'antipathie. Je n'étais pas tombé sur le bon.

– C'est une question de vie ou de mort, ajouta June.

Il observa la jeune Indienne avec une lueur salace dans la prunelle, se passa la langue sur les lèvres.

– Dans ce cas, ma p'tite dame, faudrait peut-être demander à la police, justement…

Il s'interrompit, fronça les sourcils en m'étudiant plus attentivement.

– Dites donc, on se serait pas déjà vus quelque part, nous ?

– Je ne crois pas, c'est la première fois que je viens à Manhattan.

– Je suis sûr que je vous connais… J'y suis ! C'est vous le type qui avez tabassé le sénateur, je vous ai vu à la télé !

– Vous faites erreur.

– Ah oui ? Eh bien, moi, je crois que c'est vous. Ne bougez pas !

Il ouvrit la portière de son taxi, se pencha pour s'emparer de sa radio. Je fis alors la première chose qui me vint à l'esprit, je le poussai violemment en avant. Sa tête heurta le tableau de bord, il lâcha un cri de douleur. Je le tirai ensuite par la ceinture, éprouvant un instinctif sursaut de dégoût en effleurant sa peau moite de sueur malgré la température extérieure, et le fis basculer sur le trottoir. Il n'eut pas le temps de parer le choc, son occipital heurta le goudron. Je le laissai étourdi, ayant du mal à croire que je venais d'agresser quelqu'un, avant de sauter derrière le volant du taxi.

– Vite ! criai-je à June.

Elle passa au-dessus du capot et je démarrai en cahotant avant de m'élancer.

– Essaie de quitter l'avenue principale pour prendre les petites rues !

Je sentais une présence en moi, je n'étais pas seul à conduire cette voiture, j'avais un ange gardien, peut-être le *Mishòmis* lui-même, mais mâtiné de pilote de formule 1. June me dévisagea tandis que je manœuvrais pied au plancher. Je n'étais plus moi, j'étais comme possédé. Je coupai à travers Manhattan, je passai par l'Upper East Side, redoutant de me retrouver trop près de Central Park avec ses trois cent quarante et un hectares de verdure et ses quelque deux cent cinquante mille arbres. Un nombre sans doute assez important pour dresser un barrage de feuilles, mais sûrement pas un mur d'enceinte autour de l'île. Je dévalai la seconde avenue sous les imprécations des riverains agglutinés sur les trottoirs, slalomant entre les voitures arrêtées un peu partout. Mon parcours prit fin à l'angle de la sortie du pont Queensboro, totalement saturée de véhicules. Les dépanneuses tentaient encore de dégager les carcasses encastrées les unes dans les autres. Je coupai le contact et descendis du taxi. Nous n'étions plus très loin. Les hélicoptères tournaient en stationnaire dans le ciel, au-dessus du parc. J'en dénombrai trois, ce qui signifiait que le quatrième s'était posé.

– Nous n'irons pas plus loin en voiture, fis-je en tendant la main à June. Continuons à pied.

J'évaluai la distance à parcourir à un kilomètre. Je commençai à ressentir la fatigue. *Mingan* n'était plus en moi. À mes côtés, bien que plus jeune et plus sportive, June peinait également. Finalement, au prix d'un ultime effort, nous débouchâmes à l'angle de la 49e et de l'United Station Plaza. La police avait établi des barrages à la hauteur de la tour Trump et bloquait le passage. J'avais néanmoins une vue partielle sur les hélicoptères. Un deuxième s'était posé, libérant ses occupants qui partirent au pas de course en direction du siège de l'ONU.

– Mais que vont-ils faire ? demanda June.

– Je crois qu'ils vont essayer de faire sauter une des portes du bâtiment, expliqua un témoin à nos côtés. Regardez, il y a aussi les équipes de l'ESU et les artificiers.

Il nous désigna plusieurs camions arrêtés non loin de nous, certains portant le sigle de l'*Emergency Service Unit.*

– Ils devraient plutôt s'intéresser aux ponts ! râla une femme derrière moi. On ne peut pas quitter Manhattan. Alors un jour de plus ou de moins pour tous ces bureaucrates qui nous dirigent, ça ne changera rien, ils ont tout le confort là-dedans !

Je devais admettre qu'elle avait sans doute raison. Le temps me parut interminable, je sentis l'impatience puis l'exaspération gagner les témoins.

– Ils n'y arriveront pas ! murmurai-je à l'oreille de June.

Sans la lâcher, je me frayai un chemin parmi la foule compacte, déclenchant quelques grognements de protestation. J'insistai pour qu'on me laisse passer, j'avais des informations sur ce qui était en train de se produire. À un moment, je sentis les regards qui glissaient sur moi, les réactions de surprise, les murmures, un léger mouvement de population qui se déplaçait pour éviter tout contact avec moi. Je sus ce qui se chuchotait avant d'atteindre la barricade. On avait reconnu en moi le dangereux malade mental qui s'était échappé de son hôpital psychiatrique. Je m'appuyai contre la barrière métallique et hélai un jeune policier à quelques mètres de moi. Son regard fuyant ne cessait de passer de la foule compacte aux hélicos et aux artificiers. Ce n'était peut-être pas le plus à même de m'écouter, mais je devais impérativement attirer l'attention.

– Monsieur l'agent ! Par ici !

– Restez dans les rangs ! aboya-t-il d'une voix encore juvénile.

– Appelez votre supérieur, c'est important !

– Monsieur, je vous dis de reculer ! ordonna-t-il en faisant tournoyer sa matraque.

– Écoutez-moi, il faut prévenir l'équipe d'artificiers que leur plan est voué à l'échec. Ils n'arriveront pas à détruire le mur de feuilles. Je sais de quoi je parle, j'ai déjà eu affaire à ce phénomène surnaturel, rien n'a réussi à les faire disparaître, ni le feu ni la dynamite, rien. C'est à peine si le mur va être effrité. Il faut leur dire qu'ils perdent leur temps.

Le jeune flic me toisa d'un air hautain.

– Parce que monsieur est expert en explosif, peut-être ! Vous vous pensez supérieur à l'équipe d'artificiers et aux membres de l'ESU peut-être ? Maintenant, retournez à votre place et arrêtez de troubler l'ordre public !

June me pressa la main pour m'enjoindre de me taire. Il y eut une série de sifflements, une sirène d'alarme, puis une explosion résonna entre les immeubles, soulevant une vague de fumée au pied du bâtiment de l'ONU. La foule retint son souffle. Le jeune flic m'adressa un regard plein de suffisance, l'air de dire : « alors, on fait moins le malin ? », que j'aurais volontiers effacé à coups de pied.

– Ils ne réalisent pas ce qu'ils ont fait !

Je savais ce qui allait se produire. Je fermai les yeux et serrai les poings en percevant comme le bruit d'un éboulement, suivi de chocs violents, de métal froissé et de cris de douleurs et de panique. Les équipes en place refluèrent précipitamment tandis qu'une partie des feuilles encerclant le siège des Nations unies s'abattait sur les véhicules blindés, les réduisant en amas de tôle informe et les projetant dans la direction des policiers. Un moment de doute passa dans les rangs de l'autorité dont plusieurs représentants se mirent à courir sans but dans toutes les directions.

– Je vous l'avais dit que ça ne fonctionnerait pas ! hurlai-je en direction du jeune flic. Vous attendez quoi ? Qu'ils essaient encore et se fassent tous massacrer ?

Comme il ne réagissait pas assez vite, j'agitai les deux bras au-dessus de ma tête pour attirer l'attention d'un policier plus âgé et visiblement plus gradé. Délaissant sa place, il s'approcha.

– Qu'est-ce que c'est que ce bordel ?

– Ne les laissez pas recommencer les explosifs ! C'est un miracle qu'il n'y ait pas eu de morts.

À mes côtés, June haranguait les spectateurs, affirmant que j'étais capable de venir à bout de ce monstrueux caprice de la nature. Rien n'est plus versatile qu'une foule compacte. Elle était angoissée, paniquée même, devant un phénomène qu'elle ne comprenait pas et pour lequel elle n'avait aucune explication logique. Elle avait en mémoire les carambolages et les morts sur les ponts autour de Manhattan, et ce qu'elle n'avait pas observé lui avait été rapporté, déformé, amplifié. Un grondement commença à monter, enjoignant les forces de l'ordre à m'écouter, et même ceux qui m'avaient reconnu aux actualités se firent mes porte-paroles. Le vieux flic fit signe à son équipe de resserrer les rangs, je vis quelques mouvements nerveux vers les armes de service.

– Qui êtes-vous, monsieur ?

– Je m'appelle Jedediah Lafkin et je vous conjure de m'écouter. Rien ne pourra les arrêter, surtout si on a recours à ce genre de méthode. Je dois parler au responsable de cette action, c'est primordial.

Le flic m'observa avec suspicion.

– Lafkin… vous êtes le type qui s'est échappé de l'hôpital en cognant le sénateur Maccallan ? Vous allez sortir de la foule bien gentiment en levant les mains en l'air et vous avancer vers moi sans gestes brusques.

En prononçant ces mots, il brandit son arme. Les spectateurs reculèrent d'un seul mouvement, creusant l'écart entre eux et moi. June se plaça délibérément devant moi.

– Arrêtez ! C'est l'*oshkaabewis*, le messager ! Vous voulez tous mourir ? Écoutez ce qu'il a à dire au moins !

– Mademoiselle, si vous ne vous écartez pas, je vous embarque également.

– June, fais ce qu'il te dit.

– Non, Jed ! C'est hors de question ! Tu ne peux pas risquer ta vie pour rien !

Elle se mit à crier en sautant sur place, dans l'intention bien illusoire d'attirer l'attention des équipes de secours. Elle s'interrompit seulement lorsque les deux hélicoptères commencèrent à décoller.

– Est-ce qu'ils s'en vont ? Ils laissent tomber ?

– Ils vont tenter autre chose, répondit le policier à contrecœur. Ils vont passer par le toit pour évacuer les membres de la commission et le personnel. Maintenant, monsieur Lafkin, je ne le répéterai pas une nouvelle fois : levez les mains et avancez vers moi.

Mon regard ne pouvait quitter les deux appareils qui prenaient de l'altitude.

– Non ! m'écriai-je. Je veux bien faire tout ce que vous désirez, mais je vous en supplie : laissez-moi parler au responsable ! Juste quelques secondes ! Sinon il va y avoir des morts !

Je tendis les poignets en disant cela. Le policier suivit mon regard, reporta son attention sur moi, et ce qu'il y lut n'eut pas l'air de lui plaire.

– Et merde ! jura-t-il. Passez-moi vos mains et je verrai ce que je peux faire ! C'est la seule condition !

J'écartai doucement June et franchis la barrière. Au-dessus de l'ONU, les deux hélicos avaient atteint leur destination.

Chapitre 4

Au fur et à mesure que nous approchions du bâtiment, une forte odeur de fumée âcre nous piqua la gorge. Le parvis portait des traces noirâtres d'explosion, mais rien dans le mur végétal ne montrait l'apparition d'une brèche. Un peu à l'écart, appuyé contre un véhicule de commandement, un homme en uniforme de soldat supervisait l'intervention. Il était grand et sec, le visage émacié aux tempes grisonnantes, la mâchoire légèrement prognathe lui conférant un aspect mordant peu engageant. Il leva à peine les yeux dans notre direction, trop occupé à converser avec le pilote du premier hélicoptère et sans doute les vigiles de l'immeuble. Un plan de la structure était étalé sur le capot du véhicule.

– Putain ! jura-t-il entre ses dents. Je n'ai que cinq Black Hawk pour évacuer tout le monde ! Et je ne peux pas poser mes hélicos sur le toit ! Je fais comment, moi ?

Il finit par m'observer, s'arrêta un moment sur mes menottes, puis sur le flic.

– C'est pour quoi ? aboya-t-il.

– Colonel Tanner, cet homme désire vous parler…

– Et vous croyez que je n'ai que ça à foutre ? C'est un civil, en plus un type que vous avez arrêté ? Je ne suis pas là pour jouer aux nounous, capitaine !

– Il dit qu'il a des informations à propos des feuilles.

Le militaire se redressa et croisa ses bras sur sa poitrine.

– Ah oui ? Un expert, sans doute ?

– Colonel, vous avez vu que les explosifs n'ont pas fonctionné sur la porte. Vous n'arriverez pas à les détruire. Si toutes les personnalités politiques sont coincées dans le bâtiment, c'est qu'il y a une raison. Vos hélicoptères ne réussiront pas à tous les sortir de là.

– Qu'est-ce qui vous fait croire ça ? Vous vous y connaissez peut-être ?

– Ce type s'appelle Jedediah Lafkin, s'empressa de répondre le flic, qui, je le savais désormais, était capitaine. Il s'est évadé d'un hôpital psychiatrique après avoir agressé le sénateur Maccallan.

Je lançai un regard noir au flic. Le mal était fait.

– Maccallan est un con ! jeta le colonel Tanner. Mais si c'est tout ce que vous me trouvez comme ahuri pour venir me parler des feuilles, c'est le bouquet ! Chez moi, le week-end, j'ai la solution radicale pour m'en débarrasser : j'en fais un tas avec un râteau, un coup de kérosène et je te flambe tout ça ! Maintenant, virez-moi ce gugusse, j'ai des gens à évacuer !

Le policier me tira par le bras. Je résistai.

– Colonel, écoutez-moi ! J'ai vécu à Hope Falls, vous avez sans doute entendu parler de cet endroit ! Les feuilles ont tout détruit, il y a eu beaucoup de victimes ! Vous devez me croire quand je vous dis que vos pilotes courent un grave danger !

– Colonel ! fit une voix nasillarde dans le micro. Premier hélicoptère en position. L'issue de service vient de s'ouvrir, nous voyons apparaître les premières personnes. J'aperçois le secrétaire général de l'ONU parmi les civils sur le toit.

– Est-ce que vous arrivez à stabiliser l'appareil ou alors il y a trop de vent ?

– Il n'y a pas de vent, mon colonel. Appareil stable. Procédons au sauvetage.

– Ne gardez que le strict minimum de marines à bord pour faire la rotation. Je veux une équipe dans l'immeuble pour me renseigner sur les possibilités de défoncer ce mur de feuilles par l'intérieur !

– Bien compris, mon colonel !

Il coupa la communication et me regarda d'un air féroce.

– Putain, vous êtes encore là ? Dégagez de ma zone de manœuvre, bordel ! Les civils n'ont rien à foutre ici !

Le capitaine me tira plus violemment cette fois. Je me débattis pour m'échapper, mais avec les deux mains menottées j'étais limité dans mes mouvements. Le policier dut cependant faire appel à deux de ses collègues pour lui venir en aide. Je tentai une dernière fois de raisonner le militaire.

– Colonel Tanner, écoutez-moi ! Vous aurez du sang sur les mains ! Vous ne savez pas ce que vous faites, il est temps de renoncer !

Il se contenta d'un geste de rejet de la main. Un deuxième hélicoptère venait de se placer à l'autre extrémité du toit afin d'évacuer encore plus de civils.

– Ne restons pas ici, Jed, me supplia June.

Je ne pouvais détacher mon regard de ces appareils, minuscules vus d'en bas, je pensais aux membres de l'ONU qu'on allait évacuer alors qu'ils ne risquaient pas grand-chose pour le moment bien à l'abri dans leur immeuble. Il suffisait qu'on les ravitaille. Mais les autorités n'étaient pas en mesure de comprendre ce qu'il se passait réellement. On envoyait des militaires qui considéraient les végétaux comme n'importe quel ennemi à éradiquer, sans se poser la moindre question sur le phénomène aussi incroyable que difficilement explicable pour le commun des mortels. Et à vouloir résoudre ce problème trop simplement, ils allaient se casser les dents.

– Où en êtes-vous de l'évacuation ?

– Ça avance, mon colonel, mais moins vite que prévu. Les civils sont paniqués en dessous et certains souffrent de vertige. En plus, le vent a l'air de se lever.

– Merde ! Tant pis, triez les volontaires et faites-les passer en priorité !

– C'est ce qu'on essaie de faire, mais ils se sont tous massés dans les escaliers et c'est l'embouteillage. J'ai peur que ça ne vire à la foire d'empoigne !

– Bordel, mais ce n'est pas possible ! Nos gars sont déjà descendus ?

– Oui, ils sont sur place.

– Dites-leur que si ces clampins ne se calment pas, je rembarque mes hélicos et ils se démerdent tout seuls, c'est clair ?

– Tout à fait clair, mon colonel… Euh, attendez, il y a quelque chose derrière nous…

– Comment ça, quelque chose ?

– Je suis en stationnaire, je ne vois rien.

– Hélico 2, affirmatif ! J'aperçois… je ne sais pas ce que c'est, mais ça vient de Central Park et c'est énorme… Mon Dieu !

– Quoi ? Précisez ! hurla Tanner. Qu'est-ce que vous voyez ?

– Les feuilles, mon colonel…

J'étais encore assez près pour saisir une partie de la conversation. Je me tournai vers la direction du parc, comme si j'avais pu l'apercevoir derrière le rideau de gratte-ciels, mais mon changement d'attitude et de position surprit les trois policiers qui me ceinturaient. Perplexes, ils imitèrent mon geste.

Quelque chose était en train de monter. Une masse sombre, comme un monstrueux nuage de fumée, qui obscurcissait le ciel de Manhattan, sauf que ce n'était pas de la fumée. C'étaient des feuilles. Elles s'élevaient lentement en s'étalant en nappe, défiant les lois de la gravité, s'étirant sur des dizaines et bientôt des centaines de mètres au-dessus du parc, puis elles débordèrent largement pour recouvrir l'île des deux côtés, de l'est à l'ouest. Et elles s'étendaient encore. C'était impossible. Il ne pouvait y avoir assez de végétaux dans tout New York pour obtenir un tel nuage en suspension. Des millions, des milliards, des centaines de milliards de limbes qui montaient vers le ciel en planant comme des oiseaux, qui se regroupaient peu à peu. Je me rappelai les lampes à lave que nous avions plus jeunes, et cette fascination que nous avions à contempler ces bulles colorées s'échapper du fond du tube de verre pour éclater à la surface. J'éprouvai la même fascination, mais teintée d'effroi.

Les feuilles formaient l'équivalent d'un nuage atomique au-dessus de Manhattan.

Le colonel Tanner parut décontenancé.

– Colonel ? Qu'est-ce qu'on fait ? demanda le pilote du premier hélicoptère.

Le nuage allait atteindre les abords du siège de l'ONU.

– Colonel ! insista la voix.

Tanner me fixa une seconde. Je secouai la tête.

– Décrochez ! hurla-t-il. Foutez le camp de ce toit, immédiatement !

Le premier appareil détacha le harnais et libéra son passager avant qu'il n'ait le temps de se faire hisser. Le pilote tira sur le manche pour relever le Black Hawk. Le second l'imita aussitôt. Les feuilles atteignirent les immeubles de Lexington, accélérant leur progression.

– Foutez le camp ! répéta Tanner.

La nappe végétale en suspension parut s'étirer, deux gigantesques excroissances en jaillirent, droit vers l'ONU. Une seconde plus tard, elles recouvraient le toit, enveloppant les deux appareils encore en vol.

– Impossible de progresser, je ne vois plus rien ! alerta le pilote.

– Posez-vous ! Descendez tout de suite !

– Mayday ! Le rotor principal ne répond plus ! Mayday ! Nous allons nous crasher !

Moteur coupé, le Black Hawk pivota sur lui-même, tournoyant comme un objet désarticulé. Une de ses pales heurta le rebord du toit de l'immeuble, elle fut arrachée, puis l'hélicoptère tomba dans le vide. Cent soixante-huit mètres de chute avant d'atteindre le parvis sur lequel il explosa dans un déluge de flammes et de débris de métal. Pris dans la tourmente, le second appareil dégringola sur le parc à côté, percutant au passage un des trois hélicoptères en attente d'évacuation et qui tentait de s'échapper. La déflagration fit éclater les vitres aux alentours, trembler le sol, et précipiter à terre les témoins les plus proches, et qui n'avaient pas pris le temps de s'écarter.

La panique gagna la foule. Négligeant les recommandations, elle se jeta dans les rues adjacentes pour s'échapper. Tanner passait et repassait sa main sur son front, éperdu, lâchant des dizaines de « merde » à la suite comme un disque rayé.

Le nuage de feuilles recouvrait la totalité de Manhattan, obscurcissant tout. On se serait cru en pleine nuit. Je sentis la température baisser de plusieurs degrés.

– Bon sang ! C'est quoi, ce truc ? gémit le policier.

– Libérez-moi, vite ! Il faut se mettre à l'abri !

– Ce n'est pas possible ! C'est un cauchemar !

– Capitaine ! On ne doit pas rester dehors ! Vous comprenez ce que je vous dis ? Colonel ! Faites évacuer tout le monde !

June dut arracher la clé des menottes au policier pour me libérer. Les anneaux rebondirent sur le goudron avec un tintement métallique. Au-dessus de nous, les feuilles cessèrent brusquement leurs ondulations. Je compris ce qui allait se produire.

– Planquez-vous !

Abandonnant les policiers chargés de me garder, j'agrippai June par la main et l'entraînai vers la première construction en face de nous. J'eus à peine le temps de nous propulser par la porte. Privées soudain de tout pouvoir de lévitation, les feuilles se mirent à tomber. D'abord quelques-unes, puis elles s'abattirent sur nous, à la façon de pierres, brisant vitres et fenêtres, recouvrant ceux qui n'étaient pas abrités. Je vis passer des malheureux, courbés en deux, s'effondrer sur le sol et ne plus bouger, je vis des véhicules renversés, dont la voiture de commandement du colonel Tanner réduite en confettis. La tempête s'éternisa. Je reculai au fond du hall, puis, lorsque les baies volèrent en éclats, je me réfugiai dans la montée d'escaliers en compagnie de rescapés. Le vacarme au-dehors était insoutenable. Collés l'un contre l'autre, les mains rivées sur nos oreilles, June et moi fermions les yeux pour tenter de nous soustraire à ce cauchemar.

Puis tout cessa aussi brutalement que ça avait commencé. Prudemment, alors qu'autour de nous on s'interrogeait, je poussai la porte coupe-feu et me retrouvai dans le hall. Tout autour de moi était ravagé, une vision d'apocalypse. Manhattan avait été victime d'un bombardement. Pas un bâtiment n'avait été épargné par cette rage dévastatrice. Au-dehors régnait toujours l'obscurité, et les feuilles continuaient à virevolter, mais avec moins de force, telle une averse de neige qui s'achève. La plupart avaient regagné leur strate en altitude, se laissant dériver lentement au gré des légers courants d'air, s'accrochant aux arêtes des buildings comme des nappes de brume. J'eus la sensation d'étouffer, plongé dans un étang la tête levée pour distinguer l'épaisse couche de pollution qui stagnait en surface. Excepté, me dit la voix du *Mishòmis* dans mon esprit, qu'ici la couche de pollution, c'est nous.

Chapitre 5

Je fus l'un des premiers à me risquer au-dehors. Je passai par un montant de la double porte vitrée qui avait explosé sous l'assaut répété des feuilles. Je ne distinguais plus le trottoir ni la chaussée, recouverts de débris de toutes sortes sur lesquels surnageaient les végétaux. J'entendis des gémissements, des pleurs un peu plus loin, et les crépitements de l'incendie des hélicoptères. L'odeur de métal brûlé en était presque suffocante. Je plissai les yeux afin de repérer du mouvement, et non loin de moi, j'aperçus quelques policiers, de ceux qui assuraient le barrage sur l'avenue. Parmi eux, le capitaine qui m'avait interpellé. Son uniforme était déchiré à plusieurs endroits, et son front portait une longue estafilade qui avait cessé de saigner pour ne laisser qu'un trait diagonal pourpre comme tracé au feutre. J'hésitai à lui faire signe, puis je me décidai en me disant qu'il avait sans doute autre chose en tête désormais que mon arrestation. Ce fut à peine d'ailleurs s'il me reconnut, tant il était en état de choc.

– Ce n'est pas possible ! Tout ça ne peut pas exister !

Je n'arrivais pas à parcourir plus de quelques pas à l'extérieur avec cet incroyable tapis végétal en suspension à une quarantaine de mètres de hauteur. Ce qui était tombé sur nous risquait de se reproduire à tout moment, pour achever ce qui n'avait pu l'être au premier assaut. Je tirai le capitaine par le bras et regagnai prudemment la sécurité relative du hall d'immeuble. Ce qui me choquait le plus était ce silence atroce qui baignait désormais Manhattan. J'avais en tête des images d'attentats meurtriers à l'explosif, ou de tremblements de terre dévastateurs, mais je me souvenais qu'au milieu des cris on percevait les sirènes de secours. Or ici il n'y avait rien. Aucun son ne passait, je n'entendais aucune ambulance, aucun pompier arriver sur les lieux… mais bon sang ! Où auraient-ils pu se rendre en priorité si toute l'île avait subi le cataclysme ?

– Dites-moi que ce n'est pas possible ! Ces feuilles… d'où viennent-elles ?

– Capitaine, où est passé le colonel Tanner ? L'avez-vous vu ?

– Tanner ? Non. Je ne sais pas.

Je crus qu'il allait se mettre à pleurer. Je prévins June que je partais à la recherche du colonel.

– Attends-moi ici et surtout ne bouge pas, je ne serai pas long.

– Fais attention à toi, *oshkaabewis* !

– Je ferai attention. C'est loin d'être fini, June, crois-moi.

Je fis mes premiers pas sur le trottoir encombré. Fouler ainsi les feuilles me renvoya à ma tentative de fuite d'Hope Falls, deux ans plus tôt, lorsque nous nous étions arrimés à l'aide d'une corde pour progresser de maison en maison, des limbes jusqu'à la poitrine. Curieusement, je me souvenais de Barbara, mais pas des autres. Étrange chose que la mémoire. J'avançai en rasant les murs, précautionneusement, dans une semi-obscurité à peine éclaircie par les quelques lueurs de ciel que les feuilles laissaient passer. Autour de moi, le monde silencieux et étouffé paraissait peint en verdâtre. J'arrêtai cette pénible progression au bout de quelques minutes, en réalisant que je retenais involontairement ma respiration. L'air n'était pas empoisonné, l'oxygène circulait encore librement. Je devais tenter de me détendre. Je me remis à marcher après avoir pris le temps de me calmer, sans savoir précisément où j'allais. J'inventais toutes sortes de fables pour me rassurer et me persuader que rien ne pourrait m'arriver. Les feuilles au-dessus de ma tête ? Ce n'étaient que les frondaisons des arbres, je me trouvais en pleine jungle, sous la canopée. Une explication qui en valait bien une autre, non ? Je croisai à plusieurs reprises d'autres individus, avançant au hasard, animé par une seule volonté, celle de ne pas s'arrêter pour se laisser tomber par terre, parce qu'ils savaient qu'ils ne repartiraient pas.

Ce fut le crachouillis de sa radio qui attira mon attention. Le colonel Tanner se tenait assis sur le capot moteur d'un Hummer défoncé, toutes ses vitres brisées, mais encore en état de rouler. Le militaire avait perdu de sa superbe, et son uniforme impeccable ressemblait maintenant davantage à une serpillière. Il conversait avec son équipe demeurée dans l'immeuble de l'ONU, et la liaison était mauvaise en raison de la nappe végétale en suspension.

– Mon colonel, il est difficile de mesurer précisément l'épaisseur de la couche, mais je pense qu'elle ne dépasse pas un mètre. En tout cas, elle n'obscurcit pas la hauteur d'un étage.

– Et au-dessus, c'est comment ?

– Tout est normal, ciel clair. Nous avons fait redescendre les civils dans le bâtiment, de toute façon aucun d'entre eux ne veut retenter l'expérience de l'évacuation.

– Vous avez pu établir la liste des victimes ?

– Pas encore totalement, mais le bilan s'élève à quarante-sept, en comptant les passagers des Black Hawk, et les victimes collatérales qui ont été fauchées sur le toit de l'immeuble quand le premier hélico s'est crashé.

– Le secrétaire général était bien dans le premier appareil.

– Oui, colonel.

– Merci, sergent. Continuez vos investigations, je vous recontacterai.

Il sentit ma présence et releva les yeux dans ma direction.

– Vous vous en êtes sorti, fit-il, dans un simple constat.

Je hochai la tête sans répondre. Que dire ? Qu'il aurait dû m'écouter ? Le mal était fait et on ne pouvait pas revenir en arrière. Pourtant, je lui en voulais, et aussi aux autorités qui avaient encouragé sa décision. Qu'espéraient-ils, bordel ? Ils ne pensaient tout de même pas évacuer l'ensemble des occupants de l'ONU par le toit avec seulement cinq hélicoptères ? Il y avait trente-huit mille membres ! En se limitant à ceux du Conseil de sécurité, et ceux qui se réunissaient pour la conférence sur le climat, il aurait fallu des jours de navette ! Il y avait beaucoup d'appels, et peu d'élus. Un immense gâchis alors qu'ils étaient à l'abri au siège. J'étais même persuadé qu'il aurait été possible de leur fournir de la nourriture par le toit justement, et que cela n'aurait pas forcément déclenché cette catastrophe.

Mais je n'étais sûr de rien.

Tanner se laissa glisser du capot et s'approcha de moi. Il était réellement très grand et dans la lumière étrange due aux feuilles, il le paraissait encore plus, à la fois émacié et verdâtre, telle une créature extraterrestre.

– Vous avez une explication pour ça ? demanda-t-il.

– Seulement des hypothèses, mais elles sont à ce point incroyables que vous n'allez pas aimer.

– Dites toujours. Je viens de voir plusieurs de mes hélicos s'écraser à la suite d'une attaque de feuilles mortes, feuilles qui recouvrent la totalité de Manhattan et empêchent d'entrer et de sortir. Alors, à moins d'admettre que nous sommes tous devenus cinglés ou qu'on nous a fait respirer une saloperie chimique qui détraque nos sens, je suis prêt à tout gober.

– Il y a deux ans, j'étais un ingénieur forestier dans une petite ville à la frontière canadienne, Hope Falls. Je travaillais pour un type pas du tout reluisant, Vernon Krueger, un trafiquant qui en plus saccageait la forêt au mépris de toutes considérations écologiques. Il a en particulier ravagé une partie des terres appartenant à la réserve indienne. Un matin d'automne, les feuilles ont commencé à tomber, sans discontinuer, pendant des jours, recouvrant peu à peu la ville entière. Encore aujourd'hui, je me demande comment nous avons pu nous en sortir, cela tient sans doute du miracle. Les feuilles se sont retirées comme elles étaient apparues, ne laissant qu'une ville dévastée. J'ai tenté d'avertir les autorités qu'il fallait prendre en considération la nature dans tous nos projets de développement. À l'époque, je vivais avec la fille du sénateur Maccallan, qui appuyait d'ailleurs mes démarches. Jusqu'au jour où j'ai réalisé qu'il se servait de moi pour justifier ses ambitions. Nous nous sommes disputés sur un chantier de construction, j'ai refusé de le cautionner et je suis parti. J'ai eu un accident de voiture... à l'époque, j'avalais trop de médicaments. Sa fille a été tuée. Ce sont les feuilles qui ont fait ça.

– Je comprends pourquoi ce type vous en veut. Mais quel rapport avec Manhattan ?

– La symbolique. Manhattan est une ancienne possession indienne. Et la conférence sur le climat.

– Vous êtes en train de me dire que les feuilles ont décidé de faire un petit coup d'éclat en rapport avec des Indiens et une conférence écologiste qui ne servira à rien, c'est ça ?

– Je vous avais prévenu que c'était incroyable.

– Bordel ! Il n'y a ne serait-ce que vingt-quatre heures, je vous aurais pris pour le dernier des dingues et je vous aurais moi-même reconduit à l'asile, mais là... qu'est-ce qu'on fait ?

– Vous pourriez m'emmener à Central Park ?

– Qu'est-ce que vous voulez foutre là-bas ?

– Procéder à une vérification. C'est de là que sont parties les feuilles. Nous devons savoir si elles continuent à s'en échapper. Et comprendre pourquoi, alors qu'elles m'ont attaqué lorsque je me suis enfui de l'hôpital, elles ne m'ont rien fait directement depuis que je suis ici, j'ai même pu franchir un des murs sans encombre.

– Vous êtes bien conscient qu'on nage de plus en plus dans le délire, n'est-ce pas ?

– J'en suis conscient. Si en même temps vous pouvez vous arrêter auprès de cet immeuble, afin que je récupère la jeune fille qui m'accompagne.

– Et une fois là-bas, que doit-on chercher ?

– Une feuille d'érable rouge...

Chapitre 6

June et moi étions installés à l'arrière du Hummer. Le colonel Tanner était assis à l'avant et un soldat conduisait le véhicule. Nous avancions prudemment, attentifs au moindre obstacle sur la chaussée. Partout sur notre passage, ce n'était que vitrines brisées, voitures défoncées, mobilier urbain détruit. Et des corps, éparpillés. Je ne savais pas si je devais me consoler en me disant qu'il y en avait moins que ce que je craignais, parce qu'il y en avait déjà beaucoup trop. Quand la nature se révolte, rien ne peut l'arrêter. J'imaginais le travail des secours, obligés de passer dans chaque rue encombrée, la caravane morbide des pompes funèbres récupérant des victimes éparses. Je serrais les dents. À mes côtés, June sanglotait silencieusement, la tête basse. Personne ne disait rien, même le colonel, formé dès le début de sa carrière à croiser des corps au cours d'un conflit.

– On se croirait en Irak, finit par souffler le chauffeur.

Devant nous, un camion bloquait le passage. Le Hummer se faufila entre le trottoir et sa calandre avant, le métal frottant le béton avec une giclée d'étincelles et un grincement sinistre. Le soldat essuya la sueur qui coulait de son front.

– C'était juste !

De temps en temps, quelques feuilles s'envolaient et entraient par le pare-brise en miettes, provoquant un réflexe de dégoût de la part des occupants du véhicule. Nous avancions à deux à l'heure, dans un silence oppressant de nécropole seulement troublé par le ronronnement du moteur. Les New-Yorkais survivants se cloîtraient sans oser sortir. Puis nous débouchâmes à l'angle de la 59e et de Madison. Le parc était tout près. À cet endroit, les feuilles au-dessus de nos têtes paraissaient plus mobiles, plus agitées de mouvements ondulatoires et ascensionnels.

– Prenez à gauche ! ordonna Tanner.

– Mais, mon colonel, c'est une voie à sens unique.

– Et alors ? Vous ne croyez pas que les flics ont autre chose à foutre que de nous mettre une contredanse ! Roulez !

Madison n'était qu'un vaste champ de débris végétaux et de verre éparpillé. Une ville morte, voilà ce que Manhattan était devenu. Au loin sur l'avenue, nous repérâmes deux pilleurs indemnes qui sortaient d'une boutique les bras chargés. Apercevant le véhicule militaire, ils s'enfuirent en courant, laissant tomber une partie de leur butin, sans remarquer que nous n'en avions pas après eux. Encore quelques mètres, et Central Park apparaîtrait. Je retins mon souffle, redoutant ce que j'allais voir.

Le chauffeur pila net au milieu de la chaussée, provoquant un sursaut de la part des occupants du Hummer.

Je faillis me cogner le visage contre l'appui-tête. Il me fallut une seconde pour visualiser la scène, et les gestes que j'accomplis se firent de façon machinale. Je détachai ma ceinture et sortis de l'habitacle. J'entendis Tanner lâcher une bordée d'injures à faire se boucher les oreilles à un sourd, avant de m'interpeller de l'autre côté du Hummer.

– Dites-moi que vous voyez la même chose que moi ! Que je ne suis pas cinglé !

– Je vois, soufflai-je.

Le ciel au-dessus du parc était plus encombré par les feuilles que le reste de Manhattan. Surtout, au centre, sans doute aux environs du Metropolitan Museum, une immense colonne s'élevait dans les airs en tourbillonnant, pour rejoindre la nappe et l'alimenter en végétaux de manière ininterrompue. De l'endroit où nous nous trouvions, je pus entendre le ronflement régulier des feuilles qui s'envolaient pour grossir la masse en suspension. Le plus incroyable était que les arbres que je pouvais voir à quelques mètres de là ne paraissaient pas avoir perdu la totalité de leur frondaison. Elle continuait à se détacher sans pour autant donner des signes d'épuisement. Un peu comme si chaque limbe envolé était aussitôt remplacé par un nouveau.

– Il faut se rapprocher ! ordonna Tanner d'une voix rauque.

Le soldat tremblait tellement qu'il fit caler le lourd SUV militaire avant de parvenir à reprendre sa route. Il essaya de s'engager à contresens sur la 5e Avenue, mais le nombre de véhicules sur la chaussée le fit renoncer. Tanner lui fit emprunter East Drive, une des voies traversant le parc et interdite à la circulation en dehors des deux-roues et des taxis. Quelques-uns étaient d'ailleurs abandonnés, les portières ouvertes, sans personne, même si nous en croisâmes un dont le chauffeur, affalé sur le volant, était mort, le corps recouvert d'impacts. À mesure que nous approchions, le bruit augmentait, en même temps qu'une vibration continue nous traversait les entrailles. La colonne était proprement gigantesque, la taille d'une tornade de niveau 5 sur l'échelle de Fujita, excepté qu'elle ne produisait presque aucun vent. Les feuilles s'arrachaient du sol pour grimper par simple effet rotatoire. Finalement, alors que l'odeur de végétaux humides nous prenait à la gorge, et que je constatai que les températures baissaient sensiblement à l'approche du vortex, Tanner ordonna au conducteur de stopper. Nous ne pouvions plus guère avancer, tant la visibilité était réduite avec tout ce qui volait autour de nous.

– D'où peuvent-elles sortir ? demanda le colonel.

La question ne m'était pas directement posée, et du reste je n'aurais pu y répondre. Je savais simplement qu'il n'y avait pas assez d'arbres dans tout New York pour en produire autant.

– Vous vous doutiez qu'il y aurait un truc pareil ? insista le militaire.

– Je n'en avais aucune idée, juste une intuition. J'ai vu les feuilles s'élever en nuage, mais elles provenaient toutes du même endroit.

– Si on parvenait à raser cette espèce de siphon, peut-être pourrions-nous enfin libérer le ciel de Manhattan, qu'en pensez-vous ?

– Je ne crois pas qu'elles se laisseront détruire aussi facilement. Vous avez vu ce qu'il s'est passé lorsque vous avez tenté de faire sauter le mur devant l'ONU, et ensuite au cours de l'évacuation du bâtiment. Chaque attaque entraînera une riposte, et lorsqu'on mesure la violence de la précédente, je n'ai pas envie d'imaginer ce qu'il pourrait se produire de pire.

– On ne peut pas rester comme ça ! Il faut faire quelque chose, bon sang ! Nous avons des centaines de blessés à travers toute la ville, au moins autant de morts, les hôpitaux ne tiendront pas, et nous n'avons aucun moyen de ravitaillement.

– Je sais tout cela aussi bien que vous, colonel. Attendez-moi ici, je veux vérifier quelque chose.

J'ouvris ma portière et descendis sur la chaussée, puis je m'avançai droit vers le vortex. La voix de June qui me suppliait de faire attention et celle de Tanner qui braillait que j'étais cinglé se mêlèrent, assourdies par le ronronnement qui émanait de la colonne végétale. Une nouvelle fois, je songeai au bruit que fait un essaim d'abeilles furieuses d'être dérangées. La température avait bien chuté de 10 degrés par rapport à notre point de départ. Je m'approchai encore, chaque pas devenant plus difficile au fur et à mesure que la distance me séparant de l'énorme tornade de feuilles diminuait. Je progressais les bras tendus devant moi pour éviter les obstacles et me protéger des limbes virevoltants. Elles ne cherchaient pas à m'agresser, comme dans la rue lors de ma fuite, mais plutôt à m'empêcher de voir ce qu'il y avait au centre du tourbillon. Une nouvelle fois, je ne compris pas la raison de ce changement d'attitude à mon égard. Après un ultime pas, je finis par m'avouer vaincu, presque frigorifié et haletant, le visage fouetté à en devenir douloureux. Je me recroquevillai contre la statue de bronze d'Alice au pays des merveilles, en une ironie cruelle, car le monde où je me trouvais n'avait plus rien de merveilleux. Le centre de cette colonne paraissait plonger directement dans le sol, au plus profond des entrailles de la Terre, comme si elle avait ouvert un passage vers l'Enfer. Une sorte de puits sans fond drainant tous les végétaux existants sur le globe…

– Qu'est-ce que vous voulez à la fin ? hurlai-je.

Le ronronnement se mua en chuchotement. Je sentais qu'on cherchait à me dire quelque chose, mais dans ce mélange de cacophonie à bas bruit, je ne parvenais pas à saisir un mot. Un bref instant, j'eus même l'impression qu'elles se tournaient toutes vers moi comme pour m'observer. Le tourbillon ralentit imperceptiblement.

Que vas-tu faire, Jedediah ? On dit que tu es le messager ? Mais le messager de quoi ?

Il faudrait arrêter tout cela.

Et pourquoi ?

Parce qu'on ne résoudra rien avec la violence. Vous reproduisez ce que vous reprochez à l'espèce humaine.

Ne penses-tu pas que nous l'avons assez avertie ? Qu'elle passe outre toutes nos recommandations ?

La loi du Talion ? Œil pour œil, c'est cela ? Ça nous mène à quoi tout ça ?

À toi de nous le dire. Tu es le messager après tout.

Je tentai une dernière fois de m'approcher du vortex. Mes pieds commencèrent à glisser en arrière sur le goudron. Je me raccrochai à la statue, caressant l'espoir d'avoir assez de force pour me maintenir sur place, mais mes mains s'ouvrirent d'elles-mêmes et je dus reculer. Il m'était impossible de voir dans l'œil du cyclone. Je n'avais pas non plus aperçu la feuille d'érable rouge. Je regagnai le Hummer de Tanner.

– Qu'avez-vous vu ? Vous pensez qu'on peut faire sauter tout ça ?

– Je me demande avec quels moyens. Vous n'arriverez pas à approcher suffisamment. Il faut se rendre à l'évidence, colonel : ce sont elles qui décident. Les feuilles.

– Bordel ! jura le militaire. Restez avec moi, Lafkin : on veut vous parler à la mairie.

Le chauffeur fit demi-tour, et je sentis l'indiscutable soulagement des occupants du 4 × 4 lorsque nous nous éloignâmes du parc.

Chapitre 7

Gigantesque construction prenant des allures de palais princier français, l'hôtel de ville de New York n'avait pas échappé à la furie des limbes, en témoignait le grand nombre de vitres brisées et les traces de végétaux achevant de se décomposer sur les murs. Une escouade complète de policiers montait la garde, bien dérisoire défense face à ce que la Nature avait été capable de faire quelques heures plus tôt. Le soldat stoppa le Hummer devant l'entrée du bâtiment après avoir franchi les barrières, et nous descendîmes tous les quatre. Je pris June par la main pour m'efforcer de la réconforter. Malgré toute l'assurance dont elle disposait, elle n'en menait pas large, et j'étais dans les mêmes dispositions. Nous gravîmes la volée de marches pour accéder à l'intérieur de la mairie, et je me remémorai un instant celle de Hope Falls où Vernon Krueger avait coutume de faire la pluie et le beau temps. Sans attendre, un secrétaire nous conduisit directement dans le bureau du maire. William Cantrell, la soixantaine, ressemblait à l'ancien homme politique

Henry Kissinger avec ses lunettes à grosses montures et sa chevelure légèrement frisottante. Sous des dehors un peu bonhommes se dissimulait un être intransigeant. À notre arrivée, il était assis dans son fauteuil, suçotant une branche de ses lunettes tout en écoutant les retours des différents intervenants sur la ville. Je ne pus m'empêcher de sursauter en découvrant parmi ceux qui l'entouraient la silhouette émaciée du sénateur Maccallan. Il me vit aussi, ses mâchoires se contractèrent, davantage encore lorsqu'il remarqua que je tenais June par la main. Il tendit un doigt tremblant dans ma direction.

– Qu'est-ce que cette ordure vient faire ici dans cette pièce ? Vous ne savez pas qu'il a failli tuer un infirmier de l'hôpital où il se trouvait, et qu'il m'a frappé ? J'exige qu'on arrête ce type immédiatement ! Dieu seul sait ce qu'il est capable de faire !

– Vous oubliez de préciser pour quelles obscures raisons j'étais enfermé dans votre hôpital psychiatrique, bourré des médicaments pour ne pas réagir, sans aucune visite ni autorisation de sortie !

– Vous êtes un assassin, Lafkin ! Vous avez tué ma fille, et vous avez le culot de débarquer avec cette… cette…

– Allez-y, dites-le ! Cette Indienne, c'est cela que vous voulez dire ? Que tout le monde sache combien vous méprisez ces personnes !

– Je ne resterai pas une seconde de plus ici avec ce connard en face de moi.

– Edouard, voyons ! fit le maire en levant les deux bras en signe de conciliation. Nous sommes là afin de trouver une solution à cette crise !

– Avec un type qui délire et une folle qui doit faire partie de ce groupe terroriste des Enfants de la Feuille d'Érable Rouge ? On croit rêver !

– Ce type, intervint le colonel Tanner d'une voix sombre, nous a donné des conseils qu'on n'a pas jugé utile de suivre. Résultat, le secrétaire général a fini en petit tas de poussière au pied de l'immeuble avec une quarantaine de membres de l'ONU et plusieurs de mes hommes. Alors, je crois qu'on devrait l'écouter.

– Merci, colonel, mais je dois avouer que je ne suis sûr de rien.

– Dites-nous au moins ce que vous savez, monsieur ?

– Lafkin. Jedediah Lafkin.

– Et d'où venez-vous, monsieur Lafkin ?

– D'un endroit qui n'existe plus aujourd'hui, Hope Falls, à la frontière canadienne.

– Hope Falls ? Ce nom me dit quelque chose.

– Monsieur le maire, vous entendrez des tas de rumeurs à son sujet, on vous affirmera que la ville a été détruite à la suite de pluies diluviennes et d'une inondation par débordement du lac situé plus en hauteur. Soyez certain que tout ce qu'on vous racontera est faux. Si quelque chose a détruit notre bourgade, ce sont uniquement les feuilles.

Je lui relatai, ainsi qu'à ses conseillers, mon parcours depuis mon arrivée à New York jusqu'à mon évasion de l'hôpital, en éludant certains passages. Je n'avais aucune envie de parler de Barbara devant son père. Maccallan poussa un long soupir méprisant. Je fis mine de ne pas avoir entendu.

– Vous remarquerez, monsieur le maire, que ce qu'il s'est produit ici est inexplicable, et pourtant ce phénomène existe bel et bien ! J'imagine que toutes les personnes présentes dans cette salle vous ont fait un rapport sur les dégâts occasionnés par les végétaux dans tout le secteur. Alors on peut dire que j'affabule, que j'hallucine, mais dans ce cas, ce sont plusieurs millions d'individus qui se trouvent dans le même état que moi.

– Ce que je voudrais savoir, moi, c'est comment on sort de ce foutoir. J'ai des centaines de blessés sur les bras, des morts en pagaille, mon téléphone ne cesse de sonner de la part des représentants des autres pays qui exigent des nouvelles de leurs ressortissants. Je n'ai pas assez de patrouilles pour quadriller les rues et on me rapporte déjà des pillages. Si vous avez une solution miracle, je suis preneur.

– Sincèrement, j'aimerais bien. Mais je n'en ai pas. Ce que je peux vous dire, c'est qu'à Hope Falls, tout tournait autour d'une feuille d'érable rouge. Elle m'a suivi jusqu'ici.

– Si je comprends bien, c'est à vous que nous devons ce bordel ?

– La feuille est une représentation physique de l'esprit de la Nature. Ce qu'en ojibwé on nomme le *gichi-manidoo*. Je sais que c'est difficile à croire, mais il faut partir du principe que la nature est régie par une force du bien. Elle ne demande que de vivre en bonne intelligence avec l'Homme. Depuis des centaines d'années, nous l'avons meurtrie, martyrisée, détruite pour notre seule satisfaction égoïste, nous avons multiplié les constructions, arraché au sol des millions d'hectares… Alors aujourd'hui la nature se venge.

– C'est l'idée la plus débile que j'aie jamais entendue ! s'exclama le sénateur. Vous n'allez quand même pas croire à ce genre de sornettes ? Un esprit frappeur logé dans une feuille qui décide de se venger des méchants humains parce qu'ils coupent ses arbres ! Est-ce que vous comprenez pourquoi cet individu est dangereux et pourquoi il était enfermé dans un hôpital psychiatrique ?

– Je sais que c'est difficile à croire, avouai-je, mais…

– Difficile ? coupa Maccallan. C'est complètement idiot !

– Ah oui ? rugit June. Trouvez donc une meilleure explication à cette masse qui plane au-dessus de nos têtes !

– Tout peut s'expliciter de façon rationnelle et sûrement pas en invoquant je ne sais quel esprit indien de la forêt.

– Alors, dites-nous ? Nous sommes curieux de connaître votre explication pour le vortex au centre de Central Park, pour cette pluie de feuilles qui a fait tant de victimes, et pour cette attaque des hélicoptères.

– Je n'ai pas dit que j'avais une explication ! Je pense surtout à rester rationnel, pas comme vous. C'est peut-être une particularité météorologique, un vent qui maintient les limbes en suspension, par exemple.

– Et c'est encore le vent qui établirait des murs végétaux de plusieurs dizaines de mètres ?

– Je n'en sais rien ! Pourquoi ne répondez-vous pas à cela, Lafkin ? Après tout, c'est toujours lorsque vous êtes présent que ce genre de catastrophe survient ! D'ailleurs, ça me fait penser, vous avez avoué être arrivé depuis le Bronx jusqu'ici. Comment avez-vous fait pour passer à travers la muraille puisque même les explosifs du colonel Tanner n'en sont pas venus à bout ?

William Cantrell se pencha vers moi, intéressé.

– Est-ce vrai ? Je ne l'avais pas relevé tout à l'heure.

– Oui, monsieur le maire, j'ai réussi à franchir le pont Hamilton. Les feuilles m'ont laissé passer.

– Parce qu'il est l'*oshkaabewis*, ajouta June. Le messager.

– Merveilleux ! persifla Maccallan.

– Et… est-ce que vous pensez que vous seriez capable de retraverser dans l'autre sens ? s'enquit le maire.

– Je l'ignore. Quelque chose m'a attiré ici et je suis venu, maintenant, rien ne dit que les feuilles vont me laisser traverser une nouvelle fois. Qu'avez-vous en tête ?

– Je ne sais pas, je réfléchis. Vous êtes passé avec cette jeune fille, on peut imaginer que vous pourriez faire le chemin inverse, peut-être au volant d'un véhicule, avec plusieurs personnes à bord, des politiques par exemple, qui pourraient rendre compte de la situation exacte au cœur de Manhattan. Vous l'ignorez peut-être, mais ces foutus végétaux créent une zone d'interférence de plus en plus importante. Oubliez le sans-fil, il faut revenir aux bonnes vieilles méthodes. De plus, j'ai peur que la pénurie ne s'installe, qu'il y ait davantage d'émeutes, de pillages… nous devons nous y préparer.

– Je ne vous suis pas très bien, monsieur le maire. Vous pensez que je vais prendre le volant d'un camion militaire ou d'un autobus pour rapatrier le plus de représentants de l'État possible de l'autre côté ? Ou alors faudra-t-il que je m'occupe de l'évacuation de la totalité de l'île ? Parce que je vous rappelle que nous ne parvenons pas à atteindre l'intérieur du siège de l'ONU.

– Ce plan est parfaitement idiot ! lança Maccallan. Ce type va en profiter pour prendre la poudre d'escampette dès qu'on aura le dos tourné, et il aura tout le loisir de bien se foutre de nous une fois passé !

– Contrairement à vous, j'ai des principes, Maccallan !

William Cantrell parut soudain très mal à l'aise.

– Monsieur Lafkin, je conçois votre inquiétude, mais comprenez-moi : je pense qu'il est aussi de mon devoir d'organiser les secours de l'autre côté. Ici, je suis pieds et poings liés.

– Et comment ferez-vous si vos secours ne parviennent pas à franchir les obstacles ? Je vous signale que je ne sais pas conduire un camion, ni un bus, et encore moins un hélicoptère !

Je savais ce qui se passait dans la tête de tous ces bureaucrates : ils cherchaient avant tout à sauver leur peau. Peu importait que des milliers de leurs concitoyens soient blessés, terrorisés, aient peut-être perdu un membre de leur famille, ce qu'ils voulaient, c'était aller voir si l'air était plus pur ailleurs. Au fond de moi, j'avais presque envie de demeurer coincé à Manhattan, et que le mur ne s'ouvre pas devant moi. Cantrell me déplaisait presque autant désormais que Maccallan, parce que je sentais qu'il était prêt à se ranger à l'opinion du sénateur.

– Nous devons tenter quelque chose, s'obstina-t-il. Nous sommes à deux minutes du pont de Brooklyn. Si le chef de la police nous y autorise, nous allons tenter de traverser à cet endroit.

– Et si ça ne fonctionne pas ?

– Alors nous chercherons une autre solution.

Chapitre 8

Nous sortîmes de l'hôtel de ville sous bonne escorte. Je me retrouvai avec Tanner, mais dans un véhicule en bien meilleur état que le Hummer militaire. June était assise à mes côtés. Le maire nous précédait dans sa limousine de fonction en compagnie de Maccallan et d'une patrouille, et nous étions suivis par une autre voiture de police. Visiblement, Cantrell n'avait qu'une confiance toute relative dans ce que je pourrais faire une fois arrivé près du mur.

Les habitants de Manhattan avaient déserté les rues dès les premières chutes de feuilles et ne s'étaient pas remontrés depuis. Nous remontâmes donc l'avenue qui conduisait au pont de Brooklyn sans croiser âme qui vive. Les services de la voirie avaient fait de leur mieux afin de dégager la chaussée, repoussant tous les véhicules accidentés sur les bords, mais il n'y avait guère de place que pour un seul d'entre nous. À l'heure où des dizaines d'usagers auraient dû emprunter l'un des plus emblématiques passages au-dessus de l'East River, parfois à coups de klaxon et de ronflement de moteurs, le silence pesant et ce ciel encombré de végétaux en suspension donnaient un profond sentiment de fin du monde. Je sus que June ressentait la même chose que moi en voyant sa respiration s'accélérer et sa main serrer la mienne. Nous nous arrêtâmes un peu avant la double arche de pierre sur laquelle s'inséraient les câbles de soutènement. Comme sur le pont Alexander Hamilton, le passage était obstrué, et seul le drapeau américain dépassait presque incongrûment, pendant mollement au bout de son mât. Le moteur coupé, je descendis du véhicule. La masse végétale était toujours impressionnante lorsqu'on s'en approchait, et même après ce que j'avais vécu à Hope Falls, j'étais aussi fasciné. Un curieux bruit humide parvint à nos oreilles. Il évoquait celui de l'eau qui ruisselle doucement, et il émanait de la légère ondulation des millions de feuilles entassées. Collé contre la portière ouverte de sa limousine, William Cantrell n'en menait pas large, prêt à bondir à l'intérieur de l'habitacle à la moindre menace.

– Je n'avais pas vu ça d'aussi près ! avoua-t-il d'une voix tremblante. C'est assez impressionnant. Vous pensez qu'on peut passer à travers ?

Je ne répondis pas tout de suite. J'approchai du mur végétal en examinant chacun des limbes qui le composaient. Je savais instinctivement que la feuille rouge ne s'y trouvait pas. Je m'interrogeai surtout sur la possibilité de refranchir ce « portail ». Je n'avais toujours pas d'explication sur le comportement des feuilles qui m'avaient frappé dans l'avenue et ne s'étaient pas opposées à mon passage un peu plus tard. Peut-être était-ce que parce qu'elles savaient ne rien devoir craindre de moi. Me retrouver à Manhattan me condamnait *de facto* à demeurer coincé jusqu'à ce que quelque chose se décide.

Le colonel Tanner se tenait à mes côtés. La répugnance marquait le pas face à la curiosité du phénomène. Je n'étais plus qu'à deux mètres des arches de pierre lorsque Maccallan poussa un cri :

– Attention, qu'il ne cherche pas à s'échapper !

Le colonel se raidit à mes côtés, et un des policiers derrière moi me surveilla de plus près. Maccallan insista :

– Mettez-lui les menottes au moins !

– Ça va, Maccallan ! M. Lafkin n'est pas aux arrêts non plus !

Je remerciai Tanner d'un petit signe de tête, puis je fis ce qu'ils attendaient tous plus ou moins : je tendis une main vers le mur de feuilles, paume en avant, pour la poser sur les premiers limbes humides et palpitants. C'était comme de toucher un animal froid, mais bien vivant. Un poulpe par exemple. Je continuai à pousser la main qui s'enfonça peu à peu, jusqu'au coude, avant que je ne la retire lentement. J'examinai mes doigts. Ils étaient humides, recouverts de fins débris, et dégageaient une légère odeur d'humus.

– Il semblerait que je puisse passer… Voulez-vous essayer, colonel ?

Tanner serra les dents, mais ne se dégonfla pas. S'approchant à son tour, il posa la main sur le mur.

– C'est froid, et c'est vivant en même temps, dit-il, parvenant aux mêmes conclusions que moi.

Il appuya plus fort. Sur le moment, je crus qu'il réussirait à glisser ses doigts entre les feuilles. Ils disparurent, jusqu'au poignet, et soudain, le mur parut se creuser vers l'intérieur avant de se dilater d'un coup, une bulle gonfla en son sein à l'endroit où se tenait le militaire et vint le percuter de plein fouet. Ni Tanner ni moi ne nous attendions à une telle réaction. Et pourtant, j'aurais dû me méfier ! Il était un de ceux qui avaient envisagé de faire sauter les portes du siège de l'ONU ! La bulle de feuilles percuta le colonel en pleine poitrine. J'entendis distinctement le bruit des côtes qui se fracassaient sous la violence du choc, puis son corps fut projeté en arrière sur une distance de plusieurs mètres pour retomber sur le capot de la limousine du maire. Sa tête traversa le pare-brise qui éclata en miettes. Avant même de toucher la carrosserie, je sus qu'il était déjà mort. Cantrell poussa un cri, imité par Maccallan, je reculai d'un bond en croyant ma dernière heure venue. Mais les feuilles avaient repris leur place initiale. Sur le capot, le colonel Tanner n'était plus qu'une poupée désarticulée d'où s'échappaient des filets de sang. Je regrettai l'homme. Il avait fait preuve d'arrogance, mais il était prêt à me suivre.

– Empêchez-le de passer ! s'égosilla le sénateur en me montrant aux policiers.

Plusieurs d'entre eux hésitèrent à converger vers moi. Leurs regards allaient du mur à moi, indécis.

– Monsieur Lafkin ! Ne vous approchez pas davantage ou nous tirons ! me prévint l'un d'eux.

– Je n'y suis pour rien, enfin ! C'est vous qui cherchez à passer de l'autre côté !

– Nous en avons assez vu ! Vous voulez tous nous tuer, comme vous avez tué ma fille ! Mais cette fois vous ne vous en tirerez pas !

– Non, attendez, c'est faux ! s'écria June. Jedediah a bien réussi à franchir le mur puisque nous sommes ici avec vous ! Et moi aussi ! Jed, te souviens-tu de ce qu'il s'est passé ? Tu me tenais la main lorsque nous avons été happés. C'est grâce à toi que j'ai pu traverser les feuilles. Sans lui, reprit-elle en direction du maire, jamais vous ne pourrez regagner l'espace libre. Songez-y !

– Comment le prouver ?

– M. Lafkin va franchir l'obstacle avec un policier. Une fois de l'autre côté, il reviendra et l'agent nous confirmera qu'il a bien pu atteindre l'extérieur de Manhattan.

– Folie ! et s'il ne revient pas ?

– Edouard, Lafkin sera obligé de revenir : le policier sera avec lui pendant que sa jeune amie patientera avec nous.

– Il a abandonné ma fille, rétorqua Maccallan. Vous croyez qu'il aurait plus de compassion pour une sauvageonne comme elle ?

– La sauvageonne vous maudit, sénateur ! J'espère qu'il y aura assez de feuilles pour vous étouffer comme votre comparse Lyons !

Maccallan blêmit sous la menace, mais Cantrell l'empêcha de répondre. Désignant un policier, il ordonna :

– Sergent O'Toole, vous accompagnerez M. Lafkin. Un passage aller et retour, et vous nous confirmerez que tout est dégagé de l'autre côté.

– Pourquoi moi ? protesta le flic, terrorisé.

– Ne discutez pas ! Exécution !

Il s'approcha nerveusement de moi, la main trop près de son arme à mon goût. Je ne savais pas ce qui allait se produire, peut-être June pouvait-elle passer seule sans moi. J'aurais aimé tenter l'expérience, mais dans l'immédiat je ne voyais pas comment m'affranchir du flic. Résolument, je m'avançai contre le mur de feuilles, je respirai leur odeur humide, je perçus leur crépitement évoquant des milliers de petites gueules avides.

– N'allez pas trop vite ! me prévint O'Toole en me serrant nerveusement le bras.

– Évitez de respirer au moment du franchissement si vous ne voulez pas avoir la bouche pleine de limbes.

Comme précédemment, j'eus cette étrange sensation de m'enfoncer dans une barrière de gélatine froide, mon visage fut caressé/griffé par les nervures, mais sans violence. Je sentis la pression des végétaux sur mon ventre, mon dos, mes bras et mes cuisses, puis la seconde suivante nous fûmes expulsés de la gangue et nous nous retrouvâmes de l'autre côté de la double arche. L'air me parut plus vif, plus sain, le ciel plus brillant qu'il ne l'avait jamais été. Nous étions désormais sortis du piège. Le policier toussa, secoua nerveusement son uniforme humide, puis cligna des yeux en regardant autour de lui.

– Bordel ! Nous sommes passés ! Nous sommes libres !

Il exultait en tournant en rond, les bras en croix. Il s'arrêta en me voyant faire demi-tour.

– Eh là ! Qu'est-ce que vous faites ?

– Le maire vous a demandé de vérifier que tout était normal de l'autre côté. Maintenant, retournons en arrière pour lui faire notre rapport.

– Nous ne sommes pas pressés, répondit le flic d'un ton qui me déplut.

Il passait sa langue sur ses lèvres, son regard fuyant vers l'horizon plutôt que dans ma direction.

– Je n'ai pas l'intention de moisir ici en laissant mon amie avec ces types. Et j'ai besoin de vous pour prouver que tout est normal, si je ne reviens pas ils croiront que je vous ai abandonné quelque part.

Mais je savais ce qui se jouait dans la tête du sergent. Il ne tenait pas à rebrousser chemin, il redoutait que je sois incapable de renouveler mon tour de passe-passe et d'être condamné à rester à Manhattan. Il frotta ses mains sur ses cuisses, fixa l'autre extrémité du pont de Brooklyn. Et il commença à s'éloigner, le regard fou. J'avais croisé le même genre de regard à Hope Falls. Des types prêts à tout pour s'en tirer.

– Où allez-vous ? Restez ici ! commandai-je.

Je voulus l'attraper, il se recula en sortant son arme de poing.

– Foutez le camp ! Il n'est pas question que je repasse avec vous, démerdez-vous !

– Je dirai que vous avez fui comme un lâche !

– Ah oui ? J'ai une solution très simple pour prouver le contraire.

Il pointa son arme droit sur moi. Je sus qu'il allait tirer, je le vis dans ses yeux et au tremblement du canon.

– Quand vous repasserez de l'autre côté avec une balle, je me demande ce qu'ils penseront de vous, Lafkin !

– Espèce de…

Je me tus. Je ne savais pas quoi dire. La panique m'empêchait de réagir normalement. Je sentais poindre en moi un immense désespoir, une injustice profonde d'avoir survécu à tous ces événements pour finir blessé par un flic qui perdait la raison.

– Vous ne pouvez pas faire ça, vous êtes un policier ! D'accord, partez, je me débrouillerai tout seul !

Mishòmis, aide-moi !

Un léger mouvement sur la droite nous fit tourner la tête. Une partie du mur de feuilles bougeait dans notre direction. Ça ressemblait à ces pans d'iceberg qui se détachent sous la pression pour s'abîmer en mer. O'Toole ouvrit des yeux effarés en le regardant, poussa un cri. Telle une massue, la lame végétale le heurta à l'abdomen et le projeta en l'air par-dessus les rambardes du pont. Je l'entendis hurler alors qu'il chutait dans l'East River, quarante mètres plus bas.

Un picotement sur le flanc me fit porter la main sous ma veste. Elle en ressortit poisseuse de sang. Dans sa panique, le sergent avait tiré sur moi, et il s'en était fallu d'un cheveu pour que son projectile ne m'atteigne et ne me tue. Les jambes flageolantes, nauséeux, je titubai jusqu'au mur et repassai à travers.

Chapitre 9

– Où est le sergent O'Toole ? tonna Maccallan en me voyant débarquer seul.

Je m'appuyai contre le premier capot, le souffle court. Je ne savais pas si le *Mishòmis* m'avait sauvé la vie, mais je revenais de loin.

– De l'autre côté. Il a préféré faire cavalier seul.

– Qu'est-ce que c'est que cette connerie ?

Cantrell désigna ma veste.

– Vous êtes blessé ? Que s'est-il passé ?

En voyant le sang, June poussa un cri de bête avant de se jeter sur moi.

– Où es-tu blessé, Jed ? Que t'a-t-il fait ?

– Ce n'est rien, juste une égratignure. J'ai voulu le faire revenir, mais il a préféré s'enfuir. Lorsque je l'ai retenu, il m'a tiré dessus.

– Dites plutôt que vous l'avez agressé et qu'il s'est défendu !

– Sénateur, je n'en ai plus rien à foutre de vous et de vos semblables. J'aurais pu rester de l'autre côté et vous laisser vous débrouiller. Il faut croire que j'ai encore une once de bonté en moi.

– Et vous auriez abandonné cette femme ici, comme un lâche.

– Elle n'a pas besoin de moi parce qu'elle peut passer seule.

– Qu'est-ce que vous dites ?

June leva vers moi des yeux surpris. Je la pris par les épaules et la fixai intensément.

– Retourne à la maison du Bronx et attends-moi là-bas.

– Mais je ne veux pas te laisser seul ici !

– Ne t'en fais pas pour moi, je crois que je pourrai me débrouiller.

Elle se dressa sur la pointe des pieds, et, avant que je n'aie eu le temps d'esquisser le moindre geste, scella ses lèvres sur les miennes avec une violence désespérée.

– Je t'aime, *oshkaabewis* ! J'ai besoin de toi !

Je la forçai à se détacher de moi, je lui souris pour lui dire de ne pas s'en faire.

Et je la poussai en arrière en direction du mur.

Je n'avais pas l'intention de lui faire du mal, mais de mettre juste assez de force pour qu'elle perde l'équilibre et ne puisse se raccrocher à moi. June trébucha, battit des bras et s'enfonça dans les feuilles. Elle disparut, absorbée par les végétaux. La seconde suivante, trois policiers me sautèrent dessus pour m'empêcher de l'imiter. L'un d'entre eux plaqua son genou dans ma blessure, m'arrachant un cri de douleur, mais je n'en avais finalement presque pas cure. Je savais que June était en sûreté.

– Pourquoi avez-vous fait cela ? demanda le maire.

– Vous ne l'auriez jamais laissée passer avant vous.

– Elle n'était pas prioritaire, monsieur Lafkin ! Ce n'est pas elle qui sauvera Manhattan de la destruction !

– Parce que c'est sans doute vous, ou le sénateur ? Vous ne pourrez rien contre les feuilles. Ce sont elles qui gagneront de toute façon. Ni vos grands discours, ni vos explosifs, ni vos bombes ou je ne sais quoi n'y feront rien. Un jour, Manhattan a appartenu aux Premières Nations. Un jour l'esprit de la nature a plané ici sur ces terres. Hier une énième conférence se tenait à l'ONU. Pour quoi ? Pour rien. Rien ne serait sorti de cette rencontre, et vous le savez aussi bien que moi. Exactement comme quand Maccallan voulait me faire gober qu'il œuvrait dans le strict respect écologique. Conneries tout ça !

– Vous allez nous faire passer, me menaça William Cantrell. Vous n'avez pas le choix, c'est un ordre.

– Et si je refuse quand même ?

– Je vous arrête et je vous colle en prison où vous ne serez pas près de ressortir !

– Et vous ne serez toujours pas passés de l'autre côté.

Je levai les yeux. J'eus l'impression que la nappe en suspension était descendue sur nous de quelques mètres. Si elle poursuivait sa chute, c'était la ville entière qu'elle écraserait. Le vortex devait continuer à vomir ses limbes sans discontinuer, la question n'était plus de se dire comment était-ce possible, mais quand cela prendrait fin. De plus en plus épaisse, la couche obscurcissait à présent la totalité du ciel. On se serait cru à la nuit tombée. Tous ceux qui avaient fait le déplacement avec moi avaient dû le remarquer, car je les sentis plus fébriles. La radio d'un des policiers sonna, il la porta à son oreille pour répondre. Malgré les parasites, je crus entendre que son correspondant hurlait de faire attention. Lorsqu'il coupa la communication, son visage exprimait la panique.

– Monsieur le maire, c'était l'hôtel de ville. Ils viennent de recevoir un appel du commissariat, plusieurs personnes nous ont vus passer en voiture et le bruit court que vous avez trouvé un moyen de traverser les murs. Grâce à lui.

Il tendit la main dans ma direction. Nous tournâmes la tête en direction de l'extrémité du pont. Une vague clameur en montait, mais pour le moment nous ne pouvions voir encore aucun attroupement. Puis une ou deux silhouettes éloignées firent leur apparition, rejointes par plusieurs autres, et elles se mirent en mouvement dans notre direction.

– Nous devons passer ! Tout de suite ! brailla le maire. Faites-le, maintenant !

– Nous sommes trop nombreux, jamais nous ne pourrons franchir tous en même temps, remarqua un de ses adjoints. Même en faisant la chaîne ! Dans cinq minutes ils seront sur nous !

Cantrell et Maccallan cherchèrent autour d'eux une échappatoire en tournant comme des toupies.

– La voiture ! C'est la seule solution ! Nous allons monter dans la voiture et foncer.

– Ça ne fonctionnera pas, dis-je en grimaçant parce que la blessure mettait mes chairs à vif.

Le sang s'était arrêté de couler, mais ma chemise collait à ma peau.

– On ne vous demande pas votre avis ! Vous allez monter dans cette voiture immédiatement !

– Il n'y aura pas assez de place pour tout le monde. Qui est prioritaire ?

– Moi, bien sûr, je suis le maire, je dois gérer cette crise au mieux.

– Je suis le sénateur de New York, ma place est de l'autre côté !

– Moi, je suis le bras droit de M. Cantrell, j'estime qu'il est de mon droit de passer.

– Et moi alors ? Je suis le chef de la police, je dois pouvoir piloter les secours de l'extérieur !

– Vous ne croyez pas que vous êtes aussi bien ici ?

William Cantrell me bouscula pour me forcer à m'installer au volant. Il semblait terrifié. Maccallan interrompit son geste.

– Pourquoi lui donnez-vous le volant ?

– C'est lui qui a fait passer la fille et le policier de l'autre côté. Je suis sûr que ça fonctionne comme ça, il doit nous guider !

– Il peut s'installer ailleurs ! Foutons-le dans le coffre ou sur le toit ! Il est capable de provoquer un accident pour nous empêcher de faire notre devoir !

« Notre devoir » ? Je faillis lui rire au nez. Au bout de la rampe d'accès, on pouvait voir les premiers visages des New-Yorkais survoltés qui criaient pour s'encourager à nous rejoindre. Nerveusement, le chef de police attrapa sa radio pour appeler des renforts de toute urgence. Je regardais ces types s'écharper afin de savoir qui aurait le droit de monter en premier dans la limousine municipale comme s'il s'agissait de l'ultime moyen de s'échapper de l'enfer. Et je me rendis compte que je n'avais aucune envie de les aider. Ils méritaient leur sort. Enfin, eux, comme la plupart de nos dirigeants. Le pauvre malheureux qui avait fini étouffé sous les feuilles n'était que la victime collatérale de cette guerre entre l'Homme et la Nature. Les victimes étaient toujours les mêmes d'ailleurs.

Le maire bouscula plusieurs de ces administrés pour occuper le fauteuil avant et verrouilla la portière.

– Il fera plusieurs voyages ! N'attendons plus, ils arrivent !

Maccallan m'arracha de l'habitacle pour s'installer derrière le volant.

– Hors de question de laisser ce dingue conduire pour nous !

Je reculai, sonné. À l'arrière, les adjoints municipaux en étaient venus aux mains et se battaient pour une précieuse place. Le chef de police enjoignit à ses hommes de se mettre en rang derrière les autres véhicules et de tirer des coups de semonce en l'air, mais n'obtint pas l'effet escompté. Ivre de rage, la foule se précipitait droit vers nous en hurlant qu'elle aussi voulait quitter Manhattan. J'entendis mon nom scandé à plusieurs reprises, et je vis le moment où, tiraillé de toute part afin d'être entraîné, je finirais par succomber sous la masse.

– Montez dans cette putain de voiture ! ordonna Maccallan.

– Alors, filez-moi le volant !

– Laissez-le conduire, pour l'amour du ciel ! implora Cantrell.

Je repris ma place, Maccallan se glissa aussitôt à l'arrière en compagnie du chef de la police. Nous étions entassés désormais à huit dans le véhicule. Deux adjoints sautèrent dans le coffre ouvert, un autre s'accrocha au capot, nous suppliant de l'emmener. Par le rétroviseur, je vis deux engins blindés foncer à toute allure dans notre direction, dans le but de disperser la foule chaque seconde plus compacte. Mais que croyaient-ils ? Qu'ils pourraient tous passer ? C'était parfaitement impossible…

– Qu'est-ce que vous attendez, roulez, nom de Dieu ! hurla le sénateur.

Je mis le contact, je braquai le volant pour amener la limousine face au mur de feuilles.

– Nous ne passerons pas ! murmurai-je.

J'écrasai l'accélérateur. Les pneus crissèrent sur le macadam humide en dérapant, et le lourd véhicule s'ébranla droit devant lui. Nous n'étions guère éloignés d'une trentaine de mètres, pas assez pour prendre de la vitesse, mais assez pour propulser la voiture dans la masse de limbes. La calandre toucha les premières feuilles, s'y enfonça sans rencontrer d'obstacles apparents. Nous allions passer. Derrière nous, la clameur des survivants se fit entendre, couvrant le bruit du moteur, mélange de colère et de désespoir. Le capot avant disparut dans les végétaux qui effleurèrent le pare-brise.

– Nom de Dieu, accélérez ! hurla Cantrell.

Je ne sus alors ce qui se passa en moi, si je réagis instinctivement, ou parce que voir tous ces hommes suant la peur et le mépris des autres me dégoûta plus que je ne l'imaginais. J'écartai la portière et me jetai en dehors, sur le macadam. Je roulai sur moi-même en me cognant durement, ma plaie se rouvrit et m'arracha un gémissement de douleur. La limousine parcourut encore un mètre puis stoppa net, enchâssée dans le mur qui l'immobilisait. Son moteur cala. Les occupants du coffre sortirent en titubant, sonnés, avant d'entendre des cris qui venaient de l'habitacle. Faisant signe aux policiers demeurés en faction dans l'attente des secours, ils entreprirent de contourner le véhicule pour tenter d'ouvrir les portes.

Au-dessus de la limousine, la cloison végétale commença à s'affaisser inexorablement. La tôle grinça sous le poids colossal exercé sur elle. Le pare-brise explosa, j'entendis le maire crier à l'aide, puis un coup de feu, sans doute tiré de l'arme du chef de police, pulvérisa la lunette arrière.

– Par ici, monsieur !

La foule partiellement dispersée se regroupa à l'extrémité du pont. Certains, ne voulant pas s'avouer vaincus, empruntèrent la passerelle piétonnière pour se précipiter en direction de la limousine. Ils n'avaient pas compris ce qu'il venait de se produire. Je me redressai péniblement et profitai du tumulte pour m'éloigner entre les voitures abandonnées le long de la rambarde. Lorsque je jetai un regard en arrière, ce fut pour remarquer la main tendue du sénateur Maccallan qui cherchait à s'extraire de son cercueil de ferraille en repoussant le chef de la police. Je ne distinguai pas William Cantrell, mais ses hurlements d'agonie faillirent me crever les tympans. Maccallan, le visage en sang, écorché vif par les feuilles, se mit à crier :

– Lafkin ! J'aurai votre peau !

Sa rage me fit froid dans le dos. J'étais à bout de souffle, ma blessure me faisait un mal de chien. Mon nom était scandé un peu partout : « Trouvez Jed Lafkin ! Retrouvez ce type ! » Je finis par apercevoir une petite Toyota bloquée entre deux camionnettes, l'avant défoncé dans le carambolage qui avait suivi l'apparition du mur. Je jetai un coup d'œil à l'intérieur, puis tirai la portière avec peine. Il y avait juste assez de place pour me glisser entre le coffre arrière et la banquette rabattue. Je récupérai au passage une vieille couverture pleine de poils et qui dégageait une odeur écœurante de chien mouillé, je me roulai en boule en dessous en priant le ciel, le *Mishòmis* et tout ce que les religions pouvaient compter de dieux pour qu'un curieux ne me remarque pas sous ce bout de tissu bouffé aux mites. Puis, vaincu par les derniers événements, désespérément seul, je sombrai dans un état entre sommeil et coma.

Chapitre 10

Ce fut sans doute le silence, ou le froid, qui me tira de mon état d'inconscience. Pelotonné ainsi à l'abri du vent, j'avais réussi à conserver une certaine chaleur, mais j'avais dû remuer, et la vieille couverture avait glissé, exposant mon corps. Je sursautai violemment, perdu et sans repères, me cognant contre la tôle du coffre, avant de me rappeler où je me trouvais. Je n'y voyais rien. La couche de feuilles en suspension s'était épaissie, et il devait faire nuit. Je demeurai allongé encore un moment, puis je me levai précautionneusement pour risquer un œil sur les environs. J'étais seul. Je ne distinguai clairement aucun objet alentour, ce qui signifiait que l'éclairage urbain avait été coupé. Je ne perçus pas davantage de voix, cris ou chuchotements. Toute cette partie de la ville paraissait abandonnée. Je m'assis sur la banquette, tâtonnai au plafond afin de trouver de la lumière, au risque de me faire repérer, puis examinai ma blessure. La balafre avait fini par sécher. Je tentai de décoller lentement le tissu de ma chemise, mais je renonçai devant la douleur et le risque de provoquer un nouveau saignement. Mon odorat s'étant adapté, je rejetai presque à regret la couverture. Je fouillai le véhicule dans l'espoir d'y trouver quelque chose d'utile, mais en dehors d'une boîte de bonbons à la menthe, je fis chou blanc. Mon estomac se mit à gronder. Je n'avais rien absorbé depuis un moment, et malgré le tragique de la situation, le fonctionnement basique de mon organisme se rappelait à mes souvenirs. Je devais me trouver à manger, et quitter le pont. Avant d'éteindre le plafonnier, je consultai ma montre : il était une heure du matin. Je ne savais pas combien de temps j'avais dormi, sans doute de longues heures. J'étais faible, frigorifié et affamé. Je m'extirpai de la carcasse de la Toyota et je me mis à fouiller les autres véhicules abandonnés. La chance me sourit en dénichant d'abord une lampe de poche dans une Mercedes, puis deux bouteilles d'eau, un paquet de chips et deux paquets de gâteaux dans le coffre d'un SUV Lincoln. Je pris mon temps pour grignoter et boire, et lorsque je me sentis un peu mieux, je m'avançai jusqu'au mur. Sous la lumière de la torche, je découvris la limousine du maire, un amas de tôle compressé à la hauteur des portières latérales. Le coffre et le train arrière étaient relevés, déséquilibrés par le poids des feuilles à l'avant. J'aperçus une main dépassant de la lunette, ainsi qu'un morceau de bras, le reste disparaissant sous les limbes, et je n'eus pas le cœur de vérifier s'il s'agissait de Maccallan ou de quelqu'un d'autre.

J'étais responsable de la mort de ces personnes, au moins indirectement.

De nuit, l'amas de végétaux palpitant était impressionnant. L'humidité qui suintait se réverbérait dans la lueur de la torche, créant des ombres menaçantes qui n'existaient pas en plein jour. J'hésitai à tenter le passage. J'étais seul, je ne craignais pas d'être découvert. Si quelqu'un me cherchait encore, ce devait être plus bas dans les rues adjacentes au pont. Je pouvais prendre tout mon temps avant de m'enfuir. Je n'étais qu'à quelques mètres à peine, et une fois de l'autre côté je pourrais trouver un médecin, de quoi me faire soigner, et retrouver June et ses amis.

Un cône de lumière troua l'obscurité juste au-dessus de moi. Celui d'une lampe de forte puissance, venant de quelqu'un situé plus haut sur la passerelle piétonnière. Je reculai rapidement et me mis à l'abri derrière une voiture. Dans le noir, je ne pus cependant éviter un objet sur le sol, sans doute un débris de métal ou de verre provenant d'un accident. Mon pied le heurta et le projeta plus loin avec un bruit net. La torche dévia aussitôt dans ma direction.

– T'as entendu ? chuchota une voix. Il y a quelqu'un.

– Putain, parle moins fort et baisse ta lampe, tu vas nous faire repérer avec tes conneries !

Je retins mon souffle. Le faisceau de la torche diminua en intensité. Je risquai un regard par-dessus le véhicule, pour découvrir les trois silhouettes qui scrutaient la chaussée en contrebas, appuyées sur la rambarde de la passerelle. Trois hommes qui parlaient à voix basse et se déplaçaient en pleine nuit : j'en savais assez pour tirer mes conclusions. Il s'agissait de pilleurs. Ils devaient profiter du fait que la police patrouillerait plutôt dans les rues pour s'occuper des voitures abandonnées sur les ponts. Prudemment, tout en demeurant accroupi, je m'éloignai de mon poste d'observation, les mains effleurant le macadam pour éviter le moindre obstacle. J'en vis bientôt un enjamber la rambarde et descendre sur la route.

– C'est la voiture du maire ! J'ai entendu qu'il y était resté !

– Tant mieux ! Ce type était un sale con, il n'a jamais rien fait pour nous !

– Putain, les mecs ! Regardez ce que je viens de trouver ! Un flingue !

– Moins fort, bon sang ! Comment ça, un flingue ?

– Ouais, sur le sol près de la voiture de Cantrell. À mon avis, un des flics a dû essayer de sauver le maire et dans l'action il a paumé son feu.

– Fais gaffe… il est chargé ?

– J'ai l'impression. T'inquiète, j'ai déjà utilisé une pétoire. Si on en profitait pour voir d'où venait le bruit de tout à l'heure ?

Je décidai de mettre le plus de distance possible entre eux et moi. Heureusement, les véhicules abandonnés m'offraient de quoi me dissimuler à leur regard, et tandis qu'ils cherchaient également de quoi se remplir les poches, je parvins à l'extrémité du pont. Je m'arrêtai un instant pour contempler la pancarte indiquant « Bienvenue à Manhattan » avec le nom du maire en dessus, William Cantrell. L'inscription avait été taguée à l'aide d'une bombe de peinture et une croix rouge recouvrait partiellement son patronyme. Je repris ma progression courbée, puis, à présent sûr de ne pas être découvert, je me redressai pour accélérer le pas. J'avais l'impression d'être Robert Neville dans le roman de Richard Matheson. Manhattan, ville morte… quasiment aucune lumière ne fonctionnait par souci d'économie, pas un véhicule ne circulait en dehors des patrouilles, au ralenti et projecteurs allumés. L'un d'entre eux passa non loin de l'extrémité du pont, alors que les voitures oubliées se faisaient de plus en plus rares, prit la voie d'accès en direction de la première pile. J'imaginai les voleurs se disperser en l'entendant arriver, par contre je n'avais guère de cachette pour me soustraire à la vue des policiers. Après une légère hésitation, j'enjambai la rambarde de sécurité, je me tins en équilibre, mes pieds cherchant un support pour se poser. Je sentis le rebord en béton, me collai au mur et m'abaissai au moment où le projecteur passait sur moi. Je ne devais surtout pas penser à ce qui se trouvait en dessous, ni à quelle hauteur je me situais. J'avais la sensation qu'un gouffre abyssal se dessinait sous mes pieds, que j'allais lâcher prise et tomber pendant des heures.

Le patrouilleur passa sans s'arrêter.

Tremblant de tous mes membres, je me relevai, je franchis la rambarde de sécurité et je me mis à courir tant bien que mal jusqu'à la première bretelle de sortie. J'accélérai en percevant les coups de feu échangés sur le pont de Brooklyn entre les policiers et les pilleurs. Je ne cessai de courir qu'une fois suffisamment éloigné, trouvant un abri précaire sur un parking derrière une camionnette de livraison. Un autre patrouilleur passa dans la rue, le même type de projecteur balayant les environs, mais il ne me vit pas. Il me restait à gagner le prochain pont pour tenter de le franchir. Malgré cette chape qui menaçait de nous étouffer, un vent parvenait à circuler, glacial, presque sibérien. Je frissonnai sous ma veste trop mince. J'en vins à regretter la couverture puante qui m'aurait été d'un grand secours. Où pouvais-je trouver un manteau à cette heure de la nuit ? J'étais dans la cité de la consommation effrénée, mais tous les magasins étaient fermés, leurs rideaux de fer abaissés en prévision d'un pillage toujours possible. J'étais dans la ville qui ne dort jamais, comme le chantait si bien Frank Sinatra, mais je ne risquais pas de me retrouver le roi de la colline, en tête de liste. Parce que Manhattan dormait profondément, meurtrie, frigorifiée, paralysée par des milliards de feuilles mortes. Certaines d'entre elles avaient renoncé à la lévitation et s'écrasaient mollement, telles des méduses sur le sable, s'étalant sur la chaussée et les véhicules en stationnement, rendant la progression délicate. J'avais l'impression de marcher sur du verglas. Par endroits, leur chute était si spectaculaire qu'elles recouvraient le sol sur plusieurs centimètres, et même si ce n'était pas la situation que j'avais connue à Hope Falls, cela n'augurait rien de bon. Je parvins à atteindre le pont de Manhattan après plusieurs pauses et une marche pénible. Je ne croisai que véhicules abandonnés défoncés, vitrines brisées, façades endommagées. Les services de secours tentaient d'abattre un maximum de travail en un minimum de temps, je distinguai plusieurs gyrophares allumés projetant une lumière orangée qui finissait par être étouffée par l'obscurité. Malgré cela, mon chemin me fit passer à côté de plusieurs corps oubliés, allongés sur le trottoir, et seule la température ambiante empêchait la décomposition trop rapide. Est-ce ainsi que nous allions finir ? Les experts en climat se contredisaient souvent sur la possibilité de la fonte totale des glaces et de la montée du niveau des océans, mais aucun n'avait envisagé que c'était des feuilles que viendrait notre déclin. Je claquai des dents. Si je ne trouvai pas rapidement de quoi me vêtir, j'allais finir congelé. Après une hésitation, je décidai d'emprunter le passage piétonnier sur le bord du pont en espérant ne pas faire de mauvaise rencontre comme sur celui de Brooklyn. Je serais partiellement à l'abri du vent, et je marcherais en me tenant à la rambarde pour économiser la batterie de ma lampe, jusqu'à la première pile du pont où devait se situer le mur. Il me resterait à le franchir pour me retrouver en zone libre.

Le passage était obstrué à la hauteur d'une petite arche formant comme un portique, dégradé par les multiples tags sur le béton. Quelqu'un – et je ne doutais pas une seconde que ce soit la police – avait tendu deux larges panneaux grillagés en travers du chemin, et les avait cadenassés afin qu'on ne puisse pas les retirer. Ils n'offraient aucune prise pour permettre de les enjamber. De ce côté j'étais coincé. J'avais effectué tout ce trajet pour rien. Frustré, je fis demi-tour pour regagner la chaussée à proprement parler. Il me restait à choisir entre la voie inférieure et la supérieure. J'arrivais à hauteur de l'arche du pont lorsque je m'arrêtai, attiré par une lumière et des éclats de voix. Plusieurs personnes discutaient sans chercher à masquer leur présence, comme s'ils savaient ne rien devoir craindre. M'efforçant de marcher le plus silencieusement possible tout en espérant ne pas me prendre les pieds dans un obstacle, je parcourus les derniers mètres du chemin piétonnier avant d'observer les alentours. Il s'agissait d'un véhicule de patrouille stationné au milieu de la chaussée sous l'arche. Ses deux occupants fumaient une cigarette tout en jetant un regard inquiet en direction du ciel.

– Mais qu'est-ce qu'on fout là bon sang ? maugréa le premier d'un ton pas rassuré. Si jamais ça nous dégringole dessus, on n'aura pas le temps de se barrer !

– Tu préférerais patrouiller dans les rues ? On est à l'abri sous l'arche, répondit le second. Et puis on n'a pas trop le choix, ce sont les ordres.

– Parce que tu penses franchement que ce type va débarquer comme ça, la bouche en cœur, pour essayer de passer devant nous ? Je crois qu'ils rêvent à la mairie. Soit il est mort, soit il est loin.

– Le sénateur a affirmé qu'il l'a vu s'enfuir vers le centre. Tu oublies que ce mec est responsable de tout ce merdier. Il a tué le maire je te rappelle !

– Parce que tu crois qu'un type tout seul peut provoquer ce truc ? C'est de la folie !

– Il y a forcément une explication rationnelle !

J'en savais assez. Visiblement, Maccallan avait réussi à s'extraire de la limousine, et il cherchait à tout prix à me retrouver en me faisant porter la responsabilité de la mort du maire. J'étais blessé, seul dans une ville qui menaçait de s'effondrer d'une seconde à l'autre, et j'étais devenu l'ennemi public numéro un.

Je sentis l'abattement me gagner alors que je m'éloignais du pont le plus vite possible. Je pataugeais dans les feuilles mortes, et chacune d'entre celles qui virevoltaient autour de moi semblait passer en ricanant de mon impuissance. Je réalisai pourtant que je n'avais plus revu la feuille d'érable rouge, l'esprit de la nature personnifié, qui devait m'observer sans que je l'aperçoive.

J'avais promis à June que je la rejoindrais dans la vieille maison du Bronx. Je n'avais guère de choix que de traverser la totalité de l'île en espérant d'ici là trouver un moyen de passer de l'autre côté. Je devais également me procurer des vêtements et de quoi manger. Dans quelques heures il ferait jour – si l'on pouvait appeler ça « faire jour » – et je rencontrerais davantage de personnes. À moins que les autorités encore en place n'aient instauré un couvre-feu total sur la ville. Je devais faire attention en marchant dans les avenues, je croisai régulièrement des véhicules blindés ou des Ford Crown de la police qui passaient au ralenti. Leur objectif n'était pas tant les personnes déambulant dehors que les pilleurs, mais ils ne pouvaient exercer qu'un vague pouvoir dissuasif. À peine avaient-ils tourné l'angle de la rue que ceux qui projetaient un mauvais coup réapparaissaient. Quant à moi, je devais à tout prix éviter de rejoindre l'immeuble de l'ONU. Je n'avais pas la disposition des quartiers en tête, mais il me semblait qu'en face se trouvaient Chelsea et West Village. Avec un peu d'espoir, je me disais que je pourrais peut-être récupérer un petit bateau et tenter la traversée de l'Hudson. Ou je tomberais sur une âme charitable qui m'hébergerait le temps de m'offrir un répit.

Traverser la ville ne fut pas de tout repos. J'errais au milieu d'un champ de ruines, dans les rues et les avenues encombrées et que la voirie n'avait pas pu dégager. Il n'y avait plus d'éclairage public. À Hope Falls, c'était une des premières choses qui avait disparu avec l'arrivée des feuilles… Je progressais lentement, allumant de temps en temps la torche pour diluer un pan d'obscurité devant moi afin de me repérer. Dès qu'un bruit de moteur se rapprochait, je plongeais à l'abri, le cœur battant, priant pour qu'on ne me voie pas. J'aurais pu me signaler aux secours, mais j'avais une idée très nette de ce que Maccallan comptait faire de moi. À plusieurs reprises, je butai sur des corps oubliés, et je me détournai rapidement, mal à l'aise. Je continuai à fouiller parmi les véhicules à l'arrêt, dans l'espoir de trouver de quoi m'aider, mais les New-Yorkais ne se baladaient pas avec des vêtements, de la bouffe et de la lumière dans le coffre de leur SUV. Même dans un mauvais bouquin on n'aurait pas pu lire quelque chose d'aussi facile. Je pus quand même dénicher une affreuse couverture en tricot posée sur la banquette d'une Chrysler ayant fait trois fois le tour de son compteur kilométrique, et qui par chance était d'un coloris relativement neutre. Suspendu au rétroviseur central et balancé par le vent, un Christ sur une croix semblait m'adresser un clin d'œil pour m'inviter à me servir. Ce n'était certes pas la panacée, mais je ressentis un peu moins le froid.

Ce fut ainsi que j'atteignis les premières habitations de Chelsea alors qu'une aube verte se levait sur Manhattan. De plus en plus de feuilles dégringolaient pour aller épaissir la couche au sol, mais celle suspendue au-dessus de ma tête ne me paraissait pas avoir diminué. Quelques personnes se risquèrent à l'extérieur, ne dépassant guère le pas de leur porte, pour examiner le ciel avant de retourner se cloîtrer chez elles. J'étais exténué. La plaie ne saignait plus, mais je ressentais une douleur sourde, en permanence, comme un pincement sur la peau qui m'empêchait de respirer normalement. Les premières lueurs apportèrent un renforcement des patrouilles sanitaires pour évacuer les blessés et les morts. Jamais je n'aurais cru vivre un tel spectacle. Je louchai avec envie sur un restaurant désert, aux vitrines pulvérisées derrière les lourds rideaux de fer. À l'intérieur, un des employés, à moins que ce ne fût le gérant, me jeta un regard suspicieux comme si j'étais sur le point de le menacer. Je me dépêchai de disparaître. Un peu plus loin, une porte vernie, d'allure presque moyenâgeuse, attira mon attention. Une plaque professionnelle y était fixée. Thaddeus Carleton, M.D. Un cabinet de médecin. J'appuyai sur la sonnette, puis tambourinai sur le battant. Au bout d'un moment, une voix retentit derrière le panneau clos :

– Qu'est-ce que c'est ? Qui est là ?

– J'ai besoin d'un médecin, s'il vous plaît, c'est urgent !

– Il faut aller à l'hôpital.

– Je ne peux pas aller à l'hôpital, c'est impossible ! Écoutez… si vous pouviez juste jeter un œil sur ma blessure. Je me suis fait agresser. J'ai perdu du sang.

Le bruit d'un double cadenas qui se déverrouille claqua dans l'air humide de l'aurore, puis la porte s'entrouvrit sur un homme de petite taille aux cheveux rares et gris. Il m'observa, soupçonneux derrière ses lunettes, et j'écartai les pans de ma veste afin de lui montrer mon flanc. Il poussa une exclamation de surprise.

– Entrez ! fit-il. Dépêchez-vous !

Il referma derrière moi et me conduisit jusqu'à son cabinet situé au rez-de-chaussée de son habitation. J'y reconnus les odeurs de mon enfance – je ne mettais plus les pieds chez un médecin depuis longtemps, si l'on exceptait le psychiatre – et le matériel qui m'avait tout autant fasciné qu'inquiété.

– Retirez-moi cette… couverture et votre veste, et installez-vous sur la table ! ordonna-t-il en sortant une paire de gants d'examens.

J'obéis, et me retrouvai allongé sur quelque chose qui me parut aussi confortable qu'un lit. Je fermai les yeux.

– Ça va aller ?

– Oui docteur, ne vous inquiétez pas. C'est juste que j'ai passé la nuit dehors sans boire ni manger, et je suis exténué.

– Comment avez-vous été blessé ?

– On m'a tiré dessus.

Le médecin interrompit ses gestes, me jaugea afin de savoir si je disais la vérité, et entreprit d'examiner ma plaie.

– Heureusement pour vous, ça ne m'a pas l'air très profond. Par contre, il aurait fallu sans doute quelques points de suture, mais la blessure est trop ancienne. Je vais tâcher de nettoyer ça correctement.

– Je n'ai aucun autre vêtement, docteur… si vous aviez l'intention de découper ma chemise.

– On s'arrangera, ne vous en faites pas pour ça.

Il humecta le tissu afin de le décoller lentement, parvint à mettre la chair à nu, et la nettoya convenablement avant de réaliser un bandage solide.

– Ça risque de saigner un peu, mais avec le bandage et le désinfectant vous ne risquez plus rien. Il faudra sans doute changer le pansement d'ici quelques heures, et au moins une fois par jour, mais je vais vous faire une ordonnance…

– Je n'ai pas d'argent, Dr Carleton.

Le médecin retira ses gants et réajusta ses lunettes.

– Je vois, dit-il. Cette blessure, ce n'est pas tout à fait accidentel, n'est-ce pas ?

– Je me suis fait tirer dessus sur le pont de Brooklyn. On… j'ai entendu que quelqu'un avait trouvé le moyen de passer à travers le mur de feuilles, alors je m'y suis rendu. À ce moment, le maire de la ville tentait de s'enfuir. Je crois qu'il est… Il y a eu des émeutes, la police est arrivée, j'ai pris un coup et j'ai perdu connaissance. Lorsque je me suis réveillé, j'étais blessé, et quelqu'un m'avait délesté de mon portefeuille.

– Comment vous appelez-vous ?

– Gibson… Noah Gibson.

– Alors, monsieur Gibson, c'est donc vrai ? Le maire Cantrell est mort ?

– Oui. Il a été écrasé.

– Paix à son âme ! Depuis quand n'avez-vous pas mangé, dites-moi ?

– J'ai l'impression que ça fait des mois.

– Bon, ne bougez pas d'ici, je reviens.

Il me laissa seul dans sa salle d'examen. Je restai allongé. Après la fraîcheur de la nuit, la douce chaleur de l'habitation était presque un baume. J'allais m'endormir pour de bon lorsque Carleton réapparut, les bras encombrés de tout un bazar qu'il posa sur la chaise à côté de moi.

– Retirez-moi cette chemise et essayez celle-ci ! Elle n'est plus toute jeune, comme moi, mais elle devrait vous convenir. Et le pull va avec.

Confus, je me déshabillai pour passer les vêtements tendus. J'étais serré aux entournures, les manches s'arrêtaient en deçà des poignets, mais le linge était propre et dégageait cette petite odeur nostalgique entre adoucissant et vieille armoire.

– Je ne sais comment vous remercier, dis-je.

– Ce linge devait être balancé au rebut depuis bien longtemps ! Mais depuis que mon épouse est morte, j'ai tendance à laisser traîner les choses.

– Je suis désolé.

– Ne le soyez pas. Alzheimer foudroyant. Ça fait dix ans. Elle est mieux où elle est.

Il me tendit ensuite un morceau de pain bourré de beurre de cacahuètes.

– Mon péché mignon, fit-il. Mangez pour reprendre des forces.

Je détestais le beurre de cacahuètes, mais je le remerciai et je mordis à pleines dents. J'arrosai ça d'une canette de bière et soupirai d'aise. Enfin, je me tournai vers le médecin avec un sourire.

– Je vous revaudrai ça. Je n'ai pas d'argent pour vous payer, mais je suis prêt à vous signer une reconnaissance de dettes pour venir vous régler plus tard.

– Laissez tomber ! Je ne vais pas pleurer pour trois morceaux de bandes et un sandwich ! Vous souhaitez peut-être vous reposer un peu ?

– Je ne veux pas abuser, docteur.

– Ne vous en faites pas pour ça non plus. J'ai l'impression que je ne vais pas voir grand monde aujourd'hui. Depuis hier, les flics passent dans les rues en annonçant qu'on doit rester enfermé chez soi sans sortir. Heureusement que j'ai un peu de réserves pour tenir !

Je désignai la table d'examen.

– Je peux rester là ?

– Si vous n'avez pas peur de tomber… Je vous laisse un moment, je repasserai plus tard.

J'imagine que je m'endormis aussitôt. Un sommeil profond, sans rêves, qui prit fin d'un coup au bout de plusieurs heures. Quelqu'un me lançait un ordre : « Réveillez-vous ! » Je finis par ouvrir un œil. Thaddeus Carleton se tenait à proximité de la table d'examen, mais à une distance de sécurité, et pointait un fusil dans ma direction :

– Réveillez-vous !

– Qu'est-ce qui se passe, docteur ?

– C'est vous, n'est-ce pas ? Jedediah Lafkin, le type que tout le monde recherche.

Chapitre 11

Je sentis comme un froid immense s'abattre sur moi. Je levai les mains, très lentement, doigts écartés afin de montrer que je n'étais pas une menace pour lui. Le vieux médecin ne tremblait pas et à la façon dont il tenait son arme je ne me faisais aucune illusion sur ses capacités à s'en servir.

– Qu'est-ce qui vous fait croire ça ? demandai-je sans espoir aucun de le tromper.

– Avant que vous ne débarquiez cette nuit, j'ai entendu les messages à la radio. La police cherche quelqu'un qui ressemble à votre description. Quelqu'un qui pourrait être blessé. Et comme vous n'avez aucun papier qui permette de vérifier votre identité, vous pouvez raconter n'importe quoi, n'est-ce pas ? C'est qui d'abord, ce Noah Gibson ? Un ami à vous ?

– Un personnage de roman.

– J'espère qu'il a plus de bol que vous.

– Ça reste encore à prouver… Que comptez-vous faire ? Je vous assure que je ne suis pas dangereux, vous avez bien vu, je n'ai pas cherché à vous nuire depuis que je suis arrivé chez vous.

– Avec votre blessure, vous n'étiez peut-être pas en état.

– Je n'ai pas tué le maire. Ses collaborateurs et lui voulaient passer le mur de feuilles, ils m'ont menacé pour que je les accompagne. J'ai pu sauter de la voiture juste avant l'impact, et le mur s'est refermé sur eux. Ils ont été jusqu'à me tirer dessus pour que je leur obéisse ! Et je n'ai aucune arme dissimulée, vous avez vu.

– Ils disent aussi que vous vous êtes échappé d'un hôpital psychiatrique après avoir agressé un infirmier.

– Regardez-moi : est-ce que j'ai l'air fou ?

– Je vous arrête tout de suite : être fou, ce n'est pas une définition médicale. Ne me bassinez pas tous autant que vous êtes avec ce terme ! J'ai hospitalisé des patients en psychiatrie, pour des dépressions sévères, des psychoses, et ils n'étaient pas fous, d'accord ? Ma femme non plus !

– Je comprends. Mais je ne souffre d'aucun trouble psy… enfin, ce n'est pas tout à fait vrai. J'ai été soigné pour dendrophobie.

– Vous vous foutez de moi ?

– Non, je suis sérieux. C'est en rapport avec mon passé. J'ai failli mourir écrasé par des tonnes de feuilles. Ça a été très long pour en sortir. Depuis, j'ai un… rapport particulier avec les végétaux.

– Je ne vois pas le lien avec le maire. Qu'est-ce que vous êtes venu faire ici, monsieur Lafkin ?

– Quelqu'un en haut lieu semble persuadé que je suis responsable de toute cette catastrophe, et que je peux passer à travers les feuilles.

– Et vous le pouvez ?

– Vous pensez que je serais devant vous si j'avais cette faculté ?

Dans la rue, un véhicule de police passa presque sans bruit, l'éclairage de son gyrophare allumé se reflétant sur le mur du cabinet médical. Thaddeus Carleton n'avait pas relâché sa tension, et, même si le canon de l'arme n'était plus directement dirigé vers moi, il pouvait se relever à tout instant. Il recula de quelques pas et, sans cesser de m'observer, récupéra un antique poste téléphonique. À l'heure du portable, le médecin n'avait pas dépassé le téléphone filaire.

– Que faites-vous ? m'inquiétai-je. Vous comptez appeler la police ?

Il ne répondit pas, mais composa un numéro noté sur un post-it.

– Ces gens me croient coupable, repris-je. Si vous les prévenez, ils vont m'accuser de meurtre et me coller en taule ! Je dois impérativement quitter Manhattan, c'est important.

– Oui, allô ? La mairie ? Je vous appelle pour quelques renseignements concernant le type que vous poursuivez.

– Est-ce que vous avez de la famille de l'autre côté, docteur ? insistai-je.

– Oui, je voudrais savoir si cet homme est dangereux, et pourquoi vous le recherchez.

– Raccrochez, s'il vous plaît !

Je m'approchai de quelques pas, le canon se releva et le médecin hocha la tête de droite à gauche pour m'ordonner de renoncer à ma tentative.

– Je peux vous faire passer ! soufflai-je. Je ne suis pas responsable de la catastrophe, mais il faut me croire. Je dois franchir un des murs au plus vite, avant qu'il ne soit trop tard. J'étais enfermé de l'autre côté lorsque je me suis évadé, et je suis venu ici avant ce qu'il s'est produit à l'ONU. Je n'ai pas pu l'empêcher. Mais si on ne fait rien, Manhattan va être totalement submergée et tous ses habitants mourront de faim, de froid, ou écrasés par les végétaux. Est-ce cela que vous voulez ?

Carleton reposa le combiné sur son pied.

– Vous êtes en train de me dire que vous êtes une sorte de sauveur du monde, c'est ça ?

– Je ne prétends rien. Je ne suis pas sûr de tout comprendre moi-même. Mais vous devez me croire et me laissez partir.

– Tout va vraiment s'effondrer ? Je veux dire, les immeubles, tout ça…

– Vous avez vu la couche de feuilles dans le ciel ? Elle grossit sans cesse. À un moment donné il faudra qu'elle redescende. Ça commence, les rues sont de plus en plus recouvertes. Chez moi, à Hope Falls, des dizaines d'habitants sont morts noyés sous elles et la ville a été détruite. Lorsqu'elles sont parties, c'était trop tard.

– Vous voulez me faire croire que Manhattan va disparaître ? C'est impossible, il n'y a pas assez d'arbres dans tout l'État.

– Vous avez levé les yeux dans la rue ?

Carleton secoua la tête.

– Je dois réfléchir. Je ne peux pas avaler tout ça d'un coup. Je vais demander à deux amis de se joindre à nous, et nous aviserons.

– Ne tardez pas ! Chaque minute compte !

Le téléphone sonna, nous faisant sursauter tous les deux. Le médecin décrocha, comme il avait l'habitude de le faire depuis des années, et porta l'appareil à son oreille avant même que je n'aie le temps de le mettre en garde.

– Dr Thaddeus Carleton, à qui ai-je l'honneur ?

Il fronça les sourcils, me regarda, surpris, et tendit le combiné dans ma direction.

– C'est pour vous ? fit-il, interrogateur.

Je secouai la tête négativement, lui enjoignant de raccrocher, mais j'entendis la voix qui m'interpellait.

– Jed Lafkin ! Je sais que vous êtes là ! Répondez !

Je pris le téléphone tendu à contrecœur.

– Sénateur Maccallan, dis-je. Je n'étais pas sûr que vous vous en soyez sorti.

– Ce n'est pas grâce à vous, Jed ! Par votre faute, plusieurs personnes sont mortes ! Vous devez payer aussi pour ça.

– Vous savez que je n'y suis pour rien ! Si Cantrell et vous ne m'aviez pas obligé à monter dans cette voiture, nous n'en serions pas là. Que cherchiez-vous ? À vous défiler ? Est-ce la façon d'appréhender votre fonction politique ?

– Ma famille est de l'autre côté, espèce de connard ! Ça ne vous suffit pas d'avoir tué ma fille, votre compagne, la mère de votre enfant ?

– Je ne l'ai pas tuée. Combien de fois je devrai le répéter pour que vous le compreniez enfin ? J'ai été victime des feuilles, j'ai failli y laisser ma peau.

– J'aurais préféré vous plutôt qu'elle, jeta Maccallan.

– Je n'en doute pas… Dites-moi une chose, sénateur. Lorsque je vous ai accompagné au début pour dénoncer la surexploitation de la nature, et ensuite pendant ma convalescence, est-ce vrai que vous avez demandé à Barbara d'enquêter sur toutes les personnes qui cherchaient à entrer en contact avec moi ? Comme la révérende Atwell ? Mais aussi de me surveiller pendant mes consultations avec Fredrikson ?

Ed Maccallan laissa passer un moment de silence comme un aveu. D'une voix où sourdait la rage, il finit par répondre :

– Qu'est-ce que ça peut faire ? Ces personnes n'étaient que des parasites ! J'ai eu la faiblesse de croire en l'amour de ma fille pour quelqu'un comme vous, il n'y a pas un jour où je ne regrette pas cette décision.

– C'est vous qui l'avez poussée ! dis-je, dégoûté. Vous avez tout fait pour la rendre méfiante à mon égard. Vous l'avez fait douter de ce qu'elle avait vécu à Hope Falls ! Vous êtes pire que moi, le responsable de sa mort, c'est vous !

– Je ne sais pas comment vous avez fait pour franchir le mur, Jedediah, mais je trouverai ! Je n'aurai de cesse de vous faire avouer comment vous vous y êtes pris, comment vous avez provoqué cette invasion sur ma ville !

– Vous me prêtez une puissance que je ne possède pas. Adieu, sénateur !

Je raccrochai. Carleton n'avait pas bougé.

– On doit partir. Maintenant !

Dans la rue, étouffées par les végétaux, les sirènes de police se rapprochèrent pour s'interrompre devant le cabinet médical.

Chapitre 12

Ce fut comme si le médecin s'était figé sur place. La bouche ouverte, incapable de prononcer une seule parole, son bras pendait le long de son corps, terminé par une arme dont il avait oublié l'existence. Même le son des portières claquant sèchement devant son habitation ne parut pas le faire réagir, et il fallut le tambourinement contre le battant clos, accompagné de coups de sonnette énervés, pour le faire bouger.

– Comment ont-ils su ? bafouilla-t-il.

– Qu'est-ce que vous espériez ? Vous dites que vous êtes médecin, vous appelez pour vous renseigner sur moi. Les autorités savent que je suis blessé, ils ont sans doute tracé votre numéro !

Quelqu'un hurla au-dehors : « Police, ouvrez ! » et Thaddeus Carleton esquissa un pas en direction de la sortie.

– Je dois y aller.

– Non, attendez ! Vous ne pouvez pas faire cela !

– C'est la police, monsieur Lafkin. Je ne peux pas ne pas leur ouvrir, c'est la loi.

– Laissez-moi partir.

– Si vous êtes celui que vous prétendez être, vous pourrez vous justifier. Je… je vais parler pour vous.

– Ils ne vous écouteront pas.

Les coups contre la porte redoublèrent. Carleton recula.

– J'avais un ami médecin, dis-je. Il s'appelait Alvin Foley, c'était un second père pour moi. Il est mort en essayant de me sauver la vie. Il n'a jamais renié son engagement. Jamais il ne m'aurait laissé tomber… Je pensais que vous aviez un code de déontologie, Dr Carleton.

– Ça n'a rien à voir avec la déontologie, et je sais parfaitement ce que j'ai à faire !

– Alors, prouvez-le !

– Dr Carleton, ouvrez ou nous enfonçons la porte !

– C'est bon, j'arrive !

– S'il vous plaît, regardez-moi : je ne vous mens pas. Je n'ai pas tué le maire. C'est un accident. Je ne peux pas vous expliquer comment, mais je vous le répète, je suis le seul en mesure d'arrêter tout ça. Si vous avez de la famille de l'autre côté, pensez à elle.

Nous nous défiâmes du regard, le mien était implorant, le sien témoignait d'une lutte interne dont l'issue était incertaine. Finalement, Thaddeus Carleton poussa un énorme soupir qui vida sa cage thoracique, puis il posa le fusil et se tourna vers la sortie du cabinet.

– Au fond du couloir, il y a une porte qui mène dans un jardinet à l'arrière. Au fond du jardinet, si vous arrivez à enjamber le mur, vous tomberez sur une autre cour d'immeuble. Après… ce sera à vous de décider.

Il se détourna avant de me laisser le remercier et quitta la pièce.

– C'est bon ! Calmez-vous, vous allez casser ma porte !

Je jetai un œil rapide autour de moi. Le médecin m'avait apporté un vieil imperméable que je passai à la hâte avant de fourrer dans les poches quelques compresses et des bandages pour mon pansement. Puis je courus jusqu'au fond du couloir, tandis que Carleton ouvrait aux policiers.

– Où est-il ? demanda l'un d'entre eux.

– Il est parti. Juste après votre appel.

La serrure n'était pas verrouillée. Je tirai le battant en espérant que les gonds ne grincent pas, refermai soigneusement derrière moi, et examinai la cour. Il s'agissait d'une sorte de débarras à ciel ouvert au milieu duquel un carré de verdure s'échinait à vouloir pousser en dépit des obstacles. Le mur de brique qui clôturait l'endroit ne devait pas excéder deux mètres cinquante. Je me hissai sur une caisse, enjambai le rebord avec une grimace lorsque le pansement frotta contre le faîte, et me laissai retomber de l'autre côté. Puis très vite, je traversai la nouvelle cour en tout point semblable à celle que je venais de quitter, passai sous un porche et me retrouvai dans la rue. Il faisait assez jour pour que je puisse m'orienter. Je serrai les pans de l'imperméable et je me mis à marcher le plus rapidement possible. Au-dessus de moi, la nappe en suspension avait grossi, mais surtout elle s'était abaissée de plusieurs mètres et les feuilles tombaient plus régulièrement. Manhattan était devenu un gigantesque sablier et je me trouvai au milieu.

J'espérai que le médecin n'aurait pas de souci à cause de moi. Il allait montrer son cabinet, les pansements qu'il m'avait faits, il serait forcément interrogé à propos des vieux vêtements que j'avais abandonnés sur place. Aurais-je dû prendre le fusil ? La question me turlupina un moment avant que je n'arrive à la conclusion que j'avais bien fait de le laisser. Je marchai sur les trottoirs en levant les jambes assez haut pour progresser plus facilement. Le déplacement des véhicules allait devenir problématique, ralentissant les secours. L'adjoint au maire allait devoir prendre la décision de sortir les chasse-neiges pour déblayer le passage... mais pour combien de temps ?

Ce n'était pas de mon ressort.

Je traversai la 10e avenue sans rencontrer âme qui vive. Le couvre-feu paraissait respecté, sans doute plus par peur des chutes de feuilles. Je m'arrêtai une seconde à un carrefour baigné dans une lueur verdâtre, le temps de reprendre mon souffle. Tout était silencieux. Pas un seul véhicule autour de moi n'avait été épargné, ce n'étaient plus que vitres brisées et carrosseries défoncées, comme toutes les boutiques alentour. Les façades d'immeubles portaient les mêmes stigmates qu'à la suite d'une explosion. Je tournai sur moi-même, hésitant sur la rue à prendre, je me décidai pour la plus étroite et en sens unique, bordée de travaux. J'avais un peu plus de chance de me faufiler discrètement. Au bruit de moteur d'un engin blindé je me jetai derrière un panneau de chantier, j'attendis qu'il passe au ralenti avant de poursuivre mon chemin. Il ne m'avait pas aperçu. Ce fut ainsi que je pus déboucher sur la 11e et, juste en face de moi, sur l'Hudson. J'espérai secrètement que les feuilles n'avaient pas bloqué l'accès aux bateaux. Je ne savais même pas pourquoi je m'imaginais que je pourrais passer. Je n'avais aucune notion de navigation en dehors du canotage lorsque j'étais jeune, pour épater les filles. Ce qui était moins qu'un doux rêve, une belle connerie, parce que n'importe quelle fille à l'époque avait autre chose à faire que de se laisser balader sur le lac d'Hope Falls, écouter le chant des oiseaux et le clapotement des rames sur l'eau tandis que nous nous efforcions d'avancer à peu près droit. Quant à tenter le coup de la panne sur une barque à fond plat, c'était la baignade forcée assurée.

La limite entre les feuilles et l'eau était moins nette que sur les ponts. Je ne vis pas de haut mur impénétrable. En revanche, une épaisse couche stagnait sur le fleuve, en miroir de celle qui lévitait au-dessus, et elle me parut si serrée que j'en vins à la conclusion logique qu'aucun bateau à moteur ne pouvait franchir une telle masse. Mais j'avais réussi à faire flotter un voilier… avec un peu de chance, je trouverais une petite embarcation pour tenter une traversée, même s'il était plus que probable que les autorités aient interdit la navigation. De l'autre côté du fleuve, les arêtes des immeubles se reflétaient dans le ciel pâle, comme des mirages. Le New Jersey paraissait à la fois si loin et si proche ! La nappe s'interrompait net à quelques encablures, sans que rien n'explique comment cela était possible.

Aucun bateau n'était en état de naviguer. Qu'il s'agisse de petits yachts de plaisance, ou des plus gros destinés au tourisme, aucun n'avait été épargné par la vindicte des feuilles. Je distinguai des fragments de coque dépassant de la gangue végétale, d'autres avaient purement et simplement coulé. Il était impossible de quitter Manhattan par la voie des eaux. Je contemplai avec horreur plusieurs corps gonflés par leur séjour dans les flots, la peau griffée par les limbes. Au désespoir, pris de panique, ils avaient cru pouvoir se jeter dans le fleuve pour tenter la traversée et étaient morts étouffés. Plein d'une rage impuissante, je levai les yeux sur cette masse grouillante suspendue pour je ne savais encore combien de temps. J'aurais voulu qu'elle dégringole d'un seul coup et qu'on en finisse. Comme si elle comprenait ce que je ressentais, la chute parut brutalement s'accélérer. Si les secours ne parvenaient pas à franchir cet obstacle, tous les habitants de Manhattan mourraient de faim.

– Aide-moi, *Mishòmis*, je t'en supplie ! Que dois-je faire ?

Les palpitations des feuilles ralentirent, comme si elles étaient à l'écoute de ce que je demandais. Je réfléchis à ce que June m'avait dit.

Tu t'es fourvoyé à de nombreuses reprises Jedediah, tu es mort maintes fois et tu es revenu à la vie, désormais tu es prêt à affronter ton destin. N'es-tu pas l'oshkaabewis, le messager ? Le gichi-manidoo de la forêt hésite encore entre pardon et destruction, tu dois le convaincre de choisir le bon chemin, comme tu l'as fait à Hope Falls.

Chapitre 13

J'avais repris ma marche forcée le long de la 12e avenue. Je me dissimulais lorsque j'entendais un moteur se rapprocher, et je sortais de ma cachette une fois la route à nouveau dégagée. J'ignorais comment j'allais pouvoir m'échapper. Devant moi, à moins d'un kilomètre, se dessinait l'embouchure du tunnel Lincoln, un passage bloqué comme tous les autres accès vers l'extérieur de Manhattan. À côté, le terminal des ferries devait également être abandonné. J'effectuai un détour afin d'éviter l'embouchure du tunnel, je n'imaginais pas une seconde en effet que Maccallan ne l'ait pas fait surveiller. S'il en était de même pour tous les ponts, je n'étais pas près de quitter l'île. L'Intrepid Sea, Air and Space Museum avait également subi la colère des feuilles. Aucun appareil exposé n'avait résisté, même si pour la plupart ils n'étaient de toute façon déjà pas en état de voler ou de naviguer. On aurait dit que la nature frappait systématiquement tout ce qui représentait la technologie et l'évolution de l'humanité. L'exemple le plus criant était le hangar qui protégeait la navette spatiale, dont la toiture avait été soufflée et réduite à néant. Entre les véhicules abandonnés précipitamment, je remarquai là encore quelques corps qui n'avaient pas encore été transportés dans la morgue la plus proche. De l'autre côté de l'avenue, un grincement de roue grippée me fit tourner la tête. Un clochard s'avançait dans ma direction, poussant à grand-peine son caddie chargé de ses précieuses reliques. Sa fortune, toute sa vie. Il s'arrêta en m'apercevant, parut presque surpris de me voir, puis fit demi-tour pour s'éloigner au plus vite. Il n'y avait pas de couvre-feu pour les sans-abris. J'attendis qu'il ait tourné à l'angle de la première rue pour poursuivre mon chemin. Sur ma gauche, les restes d'un énorme paquebot de croisière achevaient de s'enfoncer mollement dans les végétaux, le pont supérieur réduit à l'état de lambeaux. Jamais je n'aurais pu imaginer découvrir une telle destruction de toute mon existence. Je me souvenais bien de ces reporters à l'autre bout du monde, témoignant de conflits internationaux meurtriers, et c'était ce que j'avais à présent sous les yeux, sauf qu'il ne s'agissait ni de bombes, ni de rafales de mitrailleuses, ni de tirs de roquettes. Je me rapprochais de Central Park à en juger par cette légère vibration que je percevais même à cette distance, et qui provenait du vortex. Il ne s'était donc pas interrompu. Les immeubles alentour m'empêchaient de distinguer l'immense colonne qui s'élevait du parc en direction du ciel, mais je savais qu'elle était bien là, quelque part sur la droite.

Je me demandai s'ils avaient laissé tranquille le Dr Carleton ou l'avaient au contraire emmené au poste de police.

Et si June avait pu regagner la maison du Bronx en m'attendant, ou si Maccallan avait donné l'ordre de l'arrêter. J'éprouvais d'étranges sentiments à son égard. Après toutes ces années, le souvenir de Barbara demeurait intact, comme si je l'avais quittée la veille, même si je devais admettre que certains moments de notre couple s'estompaient peu à peu. J'avais l'impression de ne plus entendre résonner sa voix légèrement rauque dans mon esprit. Je cherchais au plus profond de mon bulbe olfactif les traces de l'odeur de sa peau, de son parfum, de la fine couche de transpiration qui recouvrait son corps quand nous avions fait l'amour. Tout cela m'échappait. Et lorsque je fermais les paupières, à son image se superposait de plus en plus souvent celle, perturbante, de la jeune Indienne. Je n'aurais su dire ce qui m'attirait le plus en elle, son côté mystérieux, ses yeux sombres, son air trop sérieux peut-être, son apparente fragilité qui dissimulait une grande force de caractère. Je secouai la tête comme pour chasser June de mon esprit. Ce n'était pas le moment de penser à elle.

Il me fallut plus d'une heure depuis ma fuite du cabinet médical pour atteindre l'entrée de Central Park. Je pouvais une nouvelle fois distinguer le vortex, qui ne montrait aucun signe de faiblesse. Au contraire, il continuait à vomir des flots de végétaux vers le ciel, épaississant cette couche en lévitation dans des proportions inimaginables. D'où pouvaient provenir toutes ces feuilles ? Toutes celles qui tombaient étaient aussitôt remplacées par des nouvelles, tandis que l'espace entre le sol et la couche ne cessait de diminuer. Je voyais le moment où les deux se rejoindraient, et se refermeraient sur nous telles les mâchoires d'un étau.

Et alors nous finirions écrasés. Je longeai le parc sur sa rive gauche, en me rapprochant de la zone que j'avais pu atteindre avec Tanner. Au fur et à mesure que j'avançais, le ronronnement du vortex augmenta, pour s'imposer comme unique son ambiant. Je voyais le tourbillon s'élever dans le ciel, les feuilles tournoyaient avec plus d'intensité que lors de mon premier passage. La température avait encore baissé de plusieurs degrés. J'étais désormais à la hauteur du lac, un peu en deçà du Metropolitan Museum, la respiration gênée par les courants d'air puissants. Les yeux mi-clos, les mains en protection, je m'engageai dans les allées, droit vers le cyclone. Cette fois-ci je ne voulais pas renoncer.

– Laissez-moi vous approcher, murmurai-je.

Les feuilles pivotèrent de concert, offrant toute leur face dans ma direction. Elles écoutaient.

– Pourquoi cet anéantissement ? Pourquoi faire payer des dizaines de personnes innocentes ?

Le règne de l'Homme touchait-il à sa fin ? La Nature cherchait-elle à regagner ce qu'on lui avait pris au cours des siècles, et que l'on continuait à lui retirer ? Je ne pouvais le croire. Je me refusais à imaginer que nous allions disparaître, même si nous faisions tout pour y arriver. Étais-je un utopiste ? Je n'aurais su le dire. Mais nous n'étions pas tous attirés par le profit, pas tous préoccupés par une surexploitation des sols et la transformation de notre planète en un désert aride et sans vie. J'étais sûr que de par le monde, nous étions des milliers à vouloir que les choses changent, à souhaiter préserver notre Terre pour des générations futures. Ça pouvait sembler puéril et téléphoné, mais j'y croyais. J'avais modestement voulu défendre la nature lorsque je travaillais comme ingénieur forestier. J'avais cru qu'on pouvait exploiter raisonnablement la forêt sans la détruire. Peut-être était-ce pour cela que j'avais pu survivre à Hope Falls.

Je dus faire une pause, haletant. Je n'étais plus qu'à quelques mètres de l'œil du cyclone. Il me restait à contourner le lac pour l'atteindre. Malgré les difficultés, je repris mon chemin. J'étais sûr que les feuilles ne cherchaient pas à me chasser, elles se contentaient de multiplier les obstacles pour me ralentir. Elles voulaient savoir jusqu'où je pourrais aller, si j'aurais assez de volonté pour atteindre mon but. Mais à cet instant, je n'étais pas seul. Je sentais en moi l'âme du *Mishòmis*, je sentais également le versant positif du Grand Esprit de la nature, j'avais en moi son côté lumineux tandis que le côté obscur demeurait aux aguets, prêt à m'abattre. Je fermai les yeux, continuai à avancer, courbé en deux. J'étais en pleine tempête, fouetté par les vents et les limbes. Je crus défaillir tant l'air vint à me manquer, mais je tins bon. Pour moi, pour ceux qui comptaient sur moi, pour Barbara et ce bébé qui ne verrait jamais le jour.

Puis les feuilles cessèrent soudain de me fouetter. J'écartai les paupières. J'avais traversé le nuage et je me trouvais désormais à moins d'un mètre du vortex. Mon cœur interrompit un instant ses battements. L'énormité de la situation me dépassait. Je restai un moment à observer cette puissance phénoménale, je tentai de comprendre d'où pouvaient provenir ces milliards de végétaux sans y parvenir. Il n'y avait pas d'explication. Je tendis la main, j'effleurai les premières nervures, les caressai, je cherchai à les apprivoiser. La connexion s'établit entre elles et moi, comme une vibration qui m'envahit, un courant électrique qui transperça mon corps de part en part. Je fis encore un pas en avant, puis un second, mon bras traversa le tourbillon. Et je fus absorbé.

Je m'élevai à l'intérieur du vortex, je tournai de plus en plus rapidement, si bien que je perdis la notion des distances et de la réalité. J'étais au sein même d'un énorme cyclone végétal qui m'envoyait des centaines d'informations. Chaque feuille portait en elle la mémoire d'un événement funeste. Je vis ainsi des déserts se former, des étendues herbeuses devenir des champs arides, des tsunamis dévaster les côtes, des avalanches raser des villages entiers, des inondations tout recouvrir. Je vis la forêt équatoriale disparaître, les animaux trépasser par centaines, hébétés, affamés, assoiffés, se laissant mourir. Je vis ce qui nous attendait si nous ne faisions rien, des millions d'hectares ruinés à jamais, des rivières taries, un réchauffement climatique confinant à la catastrophe. Et puis je me vis, m'opposant à Krueger, tentant de protéger la forêt et les biens des Anishinaabe. La nature essayait de me faire passer un message. Tout n'était pas perdu. L'envahissement de Manhattan était un symbole, surtout le blocage de l'ONU. Le monde entier avait désormais les yeux rivés sur cette île américaine, achetée aux premiers occupants une poignée de verroteries par les Hollandais. Je continuai à tournoyer, et soudain j'aperçus la feuille d'érable rouge. Elle se trouvait dans le vortex, à moins que ce ne fût qu'une illusion, un rêve, un souhait de ma part ? Je montai encore, j'atteignis le sommet de l'énorme cylindre, et je me retrouvai en train de flotter sur la nappe, je lévitais moi aussi. Je vis le reste de la ville, exempte de feuilles, mais surtout les ramifications qui se tenaient prêtes à envahir l'espace bien au-delà de la limite de l'Hudson si rien n'était fait. J'eus la vision de dizaines de cités et de capitales dans le monde dévastées par les végétaux, je vis le Capitole s'effondrer sur ses occupants, la place Rouge transformée en mer verte, la tour Eiffel s'écrouler sous le poids des feuilles, La Mecque disparaître sous une montagne de limbes gras et mous.

Je fus projeté en arrière, comme si j'en savais désormais assez et que mon temps dans ce tourbillon touchait à sa fin. Je traversai le vortex à une allure vertigineuse, l'esprit encore perturbé par les visions oniriques qui parasitaient mon cerveau. Je me sentis expulsé loin de la colonne, rejeté sans ménagement sur le sol de Central Park. Je roulai dans la boue, le souffle coupé, sonné. Il me fallut du temps avant de reprendre pied avec la réalité. Je tentai de m'asseoir, les oreilles encore bourdonnantes, lorsqu'un violent coup de pied me repoussa au sol. Je tournai la tête, surpris. Quatre policiers se tenaient devant moi, me dominant de toute leur taille. Je n'eus pas le temps de me protéger. Un coup, violent, frappa ma nuque, et je perdis connaissance.

Chapitre 14

– Il se réveille ! prévint quelqu'un à côté de moi.

J'ouvris les yeux. Je me trouvai dans une pièce impersonnelle, sans doute un quelconque bureau administratif, à moitié allongé sur un fauteuil. Ma tête me chantait un air fait de tambours de fûts et de cymbales, et une perceuse me forait des trous dans la nuque. Je tentai de me redresser très lentement, afin d'éviter la décharge de douleurs qui allait suivre immanquablement, et je laissai échapper un gémissement.

– Je me demandais quand vous daigneriez revenir parmi nous ! fit le sénateur Maccallan.

Je ne pus détacher mon regard de son visage meurtri, griffé, lacéré par son passage à travers le mur du pont de Brooklyn. Une de ses paupières était fermée et gonflée, mais l'autre, ouverte, laissait échapper une lueur de triomphe. À la lumière tremblotante de la lampe électrique qui éclairait la pièce, son visage avait quelque chose de menaçant, une sorte d'Harvey Dent/Double-Face de Batman. Pas aussi défiguré, certes, mais les feuilles y avaient imprimé des marques indélébiles. À la façon dont il se crispait par moments, j'en déduisis qu'il souffrait, mais faisait tout pour éviter la prise de médicaments qui le soulagerait. Sans doute parce que cela le ramènerait à faire ce qu'il avait obligé Fredrikson à me faire : se droguer. La paupière gauche demeurait baissée, figée par une boursouflure qui déformait la peau fragile. En dessous, le globe était abîmé, peut-être aveugle. La mort de Barbara avait développé chez lui une haine que je ne pensais pas pouvoir empirer, et je me trompais : à observer la lueur dans son œil indemne, je compris qu'il avait atteint un degré supplémentaire de folie.

Il sentit le poids de mon regard sur ses traits et sa bouche se déforma.

– Est-ce que vous contemplez votre œuvre, Jedediah ?

Sa voix elle-même était rauque, cassée. Avait-il absorbé des végétaux qui avaient abîmé ses cordes vocales ? Il approcha son index de sa joue en lambeaux.

– Ce n'est pas grâce à vous si j'ai survécu ! Vous avez voulu nous assassiner, le maire William Cantrell, le chef de la police et moi. Vous êtes un meurtrier, Lafkin ! La seule chose que je puisse faire c'est vous faire exécuter !

– Vous n'êtes ni juge ni bourreau, Maccallan ! Je vous ai dit que nous ne passerions pas, mais vous ne m'avez pas écouté ! Nous n'avions aucune chance de franchir ce mur avec la voiture ! Quant à la peine de mort, elle est abolie dans l'État de New York depuis 2007.

– Elle n'a pas complètement disparu, Lafkin, elle est encore inscrite dans la Constitution, ce qui pourrait me permettre de l'utiliser.

– Ça ne se fait pas comme ça ! Vous n'avez aucun droit !

– Je suis le sénateur de l'État de New York, le plus haut représentant en vie sur l'île de Manhattan ! Le maire et le chef de la police ont trouvé la mort dans un attentat que vous avez perpétré ! J'ai décrété le couvre-feu, je peux établir la loi martiale !

– Vous êtes complètement cinglé, sénateur, vous savez ça ? Personne ne marchera dans vos combines !

– Nous ne pouvons plus quitter la ville, les communications sont coupées, il n'y a plus d'électricité depuis quelques heures. Le froid s'installe, la pénurie va apparaître, les habitants vont manifester. Il leur faudra un coupable. Ce sera vous ! Je peux vous faire exécuter sans autre forme de procès pour crime contre l'humanité ! Je suis persuadé qu'une fois votre tête tombée, les choses reviendront à la normale.

– Vous ne savez pas ce qui vous attend… lorsque les feuilles vont continuer à monter, vous comprendrez que vous avez fait fausse route.

– Si je dois mourir, j'aurai au moins la satisfaction d'avoir vengé la mort de ma fille…

Sa voix se brisa sur ses derniers mots.

– Vous n'avez jamais voulu croire que j'aimais Barbara, soupirai-je. Vous n'avez vu en moi qu'un pion à déplacer partout pour vous attirer la sympathie des foules et mener à bien vos projets. En fait, je me suis trompé. J'ai cru que vous m'acceptiez par amour pour votre fille, mais ça n'avait rien à voir. Hier, vous ne prêtiez pas attention à ce que je racontais sur Hope Falls. Aujourd'hui, vous me rendez responsable de tous ces dégâts, et encore maintenant vous restez persuadé que j'ai délibérément tué Barbara. Avant même de me retrouver, votre décision était arrêtée, qu'est-ce que vous voulez que j'ajoute ? Si, juste une chose : comment avez-vous su que je serais à Central Park ?

– Ça me semblait évident, après ce que le colonel Tanner avait décrit, nous nous sommes dit que vous alliez contempler votre œuvre !

– Allez au diable, Maccallan !

– Si tel est le cas, je vous y retrouverai ! conclut le sénateur.

Il s'apprêtait à quitter le bureau. Je savais que cet homme était fou, pourtant, je tentai une ultime remarque :

– Nous allons tous mourir si nous restons ici, vous le savez, n'est-ce pas ?

Comme il ne répondait pas, j'ajoutai à voix basse :

– Je croyais que vous vouliez quitter Manhattan… ce n'est plus d'actualité ? Parce que je sais comment faire…

Maccallan s'arrêta devant la porte, m'observa quelques secondes.

– C'est bien ce que vous prétendiez quand vous avez sauté de la voiture du maire ?

– Je n'ai pas dit que je passerais de cette façon. C'est Cantrell qui a insisté, pour emmener tout le monde d'un coup. Vous creviez tous de trouille à l'idée que les habitants de Manhattan prennent votre place par la force. Je le répète : on n'avait aucune chance.

– Et là, maintenant, comme par miracle, vous allez parvenir à nous faire franchir le mur de feuilles ? Ne me prenez pas pour un con, Jedediah !

– Je vous rappelle que la jeune femme qui m'accompagnait a réussi à passer, comme le policier. De toute façon, nous n'y parviendrons plus ici.

À l'évocation de June, les traits de Maccallan se déformèrent de rage.

– Que dites-vous ?

– Nous ne franchirons plus le mur par le pont de Brooklyn, c'est ailleurs qu'il faut aller.

– Et par où donc ?

– Par le pont Alexander Hamilton, celui que j'ai emprunté en arrivant.

– Comme par hasard, de l'autre côté de Manhattan. Pourquoi là-bas ?

– Je le sais, c'est tout… maintenant, conclus-je, c'est à vous de voir si vous souhaitez tenter le coup ou pas.

– Pourquoi vous ferais-je confiance ?

– Parce que si vous voulez quitter Manhattan, vous n'avez que moi. Regardez par la fenêtre, je parie que depuis mon retour le niveau de feuilles a encore augmenté. Il y a combien désormais ? Cinquante centimètres ? Ça ne cessera pas, jusqu'à ce que tout soit étouffé. La nature se venge, Maccallan. Et elle ne compte pas s'arrêter de si tôt. Après New York, il y aura d'autres grandes villes, d'autres endroits. Alors, faisons un marché : je vous aide à passer, et vous me laissez faire ce que je dois faire.

D'un geste, le sénateur congédia les policiers qui l'accompagnaient. Demeuré seul, il se pencha vers moi, assez près pour que je sente l'odeur qui émanait de son corps, un mélange de sueur, d'antiseptique et de parfum de luxe.

– Qu'on soit bien d'accord, Lafkin : nous nous rendons au pont, et je passe en même temps que vous. Si j'ai le moindre soupçon d'un coup fourré, votre chemin s'arrêtera là. Suis-je clair ?

– Tout à fait clair.

– Vous allez attendre ici que je trouve un véhicule pour nous conduire sur place.

Je n'eus pas à patienter longtemps. Moins de cinq minutes plus tard, le sénateur faisait son retour, l'air sombre, en compagnie de deux policiers. Il tenait une arme à la main.

– Il faut y aller. Maintenant !

Il me poussa en dehors du fauteuil pour m'obliger à me hâter. Nous nous dirigeâmes vers la sortie de l'hôtel de ville, Maccallan en avant, les deux agents m'encadrant en me surveillant de près.

– Plus vite ! grogna le sénateur.

Je ne comprenais pas cette soudaine précipitation. Ne doutait-il pas de mes affirmations encore quelques minutes auparavant ? Puis nous franchîmes le perron, et je demeurai soufflé par le spectacle qui se déroulait devant mes yeux. Et je compris pourquoi il était pressé.

Il y avait bien cinquante centimètres de feuilles sur la chaussée, sur les voitures et sur les toits. Sans doute plus même. Mais ce qu'il y avait de plus choquant, c'est que la nappe en lévitation était considérablement descendue vers le sol. Elle se situait désormais à moins de cent mètres au-dessus de nous. Je songeai que les habitants de Manhattan allaient se précipiter dans les immeubles les plus hauts afin de voir le ciel. Cela ne les aiderait pas à s'échapper, bien au contraire. Ceux des étages inférieurs n'allaient-ils pas forcer les portes pour éprouver un semblant de liberté ? Quelle vision auraient-ils alors, depuis leurs fenêtres ? Une mer de feuilles à perte de vue, et quelques gratte-ciels émergeant comme de simples écueils… le cauchemar d'une fin du monde. Un SUV Ford Escape blanc et bleu aux armes de la police de New York, son pare-chocs muni d'un pare-buffle noir, nous attendait, le moteur en route, les phares allumés et les essuie-glaces en action. Les deux policiers montèrent à l'avant et je m'installai sur la banquette aux côtés de Maccallan, toujours sous la menace de son pistolet. Un des adjoints qui avait tenté sa chance dans le coffre de la limousine se précipita vers nous :

– Où allez-vous ?

– Au siège de l'ONU, lâcha le sénateur avant que quiconque d'autre n'ait pu répondre. Nous devons aller vérifier une théorie !

Il tapota sur le dossier du conducteur pour inciter le chauffeur à démarrer au plus vite, laissant le politique perplexe.

– J'espère qu'il ne va pas nous suivre, grogna Maccallan en se retournant.

– Vous avez peur que tous les occupants de l'hôtel de ville ne se mettent en tête de nous rejoindre sur le pont ?

– On ne sait jamais…

Je faillis ajouter qu'il n'était pas plus méritant qu'eux, puis je croisai le regard du flic dans le rétroviseur central de l'Escape. J'y lus une détermination farouche, mais aussi une fuite en avant. Chacun pour soi. Je m'attendais à ce qu'il me serve une excuse du genre : « j'ai une femme et des enfants de l'autre côté », mais il se contenta de me défier jusqu'à ce que l'un de nous baisse la tête. À ce jeu-là, je n'avais rien à me reprocher, et ce fut lui qui se détourna.

– Combien de temps faut-il pour accéder au pont Hamilton ? questionna le sénateur.

– Je n'en ai aucune idée, monsieur. La couche sur la route rend la conduite compliquée.

Nous avançâmes en patinant, plein phare pour tenter de traverser le rideau de feuilles devant nous. Je serrai les dents en me rappelant mon accident avec la voiture de Barbara. La visibilité était à peine meilleure ici, mais je n'étais pas rassuré. La tension dans le SUV était à son comble, je sentais le conducteur partagé entre son désir d'aller plus vite et la prudence que lui dictait l'état de la chaussée. Manhattan tout entière était plongée dans une semi-obscurité de nuit polaire, et l'idée me traversa l'esprit que le soleil n'y brillerait plus jamais, qu'un million six cent mille habitants ne connaîtraient pas d'avenir, quoi que l'on puisse faire. Cette pensée me révolta.

– On ne peut pas aller plus vite ? demanda Maccallan.

– J'aimerais bien, monsieur le sénateur, mais c'est impossible. La voiture ne tient pas la route, j'ai un mal fou à avancer !

La couche végétale s'écartait lentement sur notre passage. Que le policier accélère un peu trop, et elle venait s'agglomérer contre l'essieu, gênant la progression. À plusieurs reprises, nous dûmes quitter l'habitacle pour dégager la chaussée devant nous et permettre à la Ford de reprendre de la vitesse. Travail harassant. Après plusieurs sorties, nous étions exténués, poisseux, couverts d'une fine pellicule de moisissure végétale. Maccallan ne cessait de harceler les deux policiers, mais ne manifestait pas l'envie de faire sa part du travail, ou alors avec répugnance. Excédé, je finis par lui en faire la remarque, ignorant la menace que constituait le pistolet pointé en permanence sur moi.

– La route ne se dégagera pas toute seule, Maccallan ! Mettez-y du vôtre si vous voulez arriver à destination !

– Il n'est pas question que je plonge les mains dans cette saleté ! Vous êtes trois, cela suffit ! Et je vous rappelle que vous êtes au moins en partie responsable de la situation !

– Chaque minute qui passe nous rapproche de l'issue fatidique. Et je n'ai plus la forme que j'avais avant que votre grand ami le Dr Fredrikson ne me gave de cachets. C'est à vous de voir !

Le sénateur nous dévisagea tous les trois, et ce ne fut pas tant ma remarque que le sentiment d'hostilité qui se dégageait des deux policiers qui finit par le décider.

– C'est bon ! râla-t-il. Dépêchons-nous !

Il se servit essentiellement de ses pieds pour repousser les couches de feuilles, refusant catégoriquement d'utiliser ses mains. De temps à autre, je surprenais un réflexe d'écœurement lorsque sa jambe s'enfonçait mollement avec un bruit de succion, et il portait instinctivement les doigts à son visage meurtri.

– Nous aurions dû emprunter un autre véhicule, soupira le conducteur en reprenant le volant.

– Personne d'entre nous ne sait piloter un chasse-neige, lâcha le sénateur. Nous n'avons pas le choix.

Les phares du SUV ne reflétaient que des rues désespérément vides, sans aucun signe de vie. Aucune lumière ne provenait des fenêtres des constructions autour de nous, pour la plupart brisées en morceaux et obturées avec les moyens du bord, le plus souvent des cartons ou des planches. Parfois, nous croisions la lueur fugace d'une bougie dans un appartement, la silhouette d'un occupant se découpait dans la flamme tremblotante pour disparaître aussitôt. Chacun fuyait comme il pouvait la vision d'apocalypse. En temps normal, compte tenu de la circulation, il nous aurait fallu un peu moins d'une trentaine de minutes pour arriver au pont Alexander Hamilton. Mais les multiples détours et les arrêts intempestifs afin de dégager la chaussée me donnèrent l'impression que nous étions partis depuis trois jours. Nous longions désormais l'East River, dans le silence absolu seulement troublé par le choc des limbes contre la carrosserie. Ils s'accumulaient en congères dépassant le mètre par endroits, et leurs vrombissements passaient pour des ricanements. Je ne voulais pas céder à la panique, encore moins au désespoir, je sentais le *Mishòmis* en moi, qui me guidait, me soutenait, et empêchait les feuilles de se refermer sur nous pour nous engloutir.

– Nous touchons au but, monsieur ! prévint le chauffeur.

Nous passâmes sous le High Bridge, le plus vieux pont de New York. Je me demandai si nous aurions pu traverser à cet endroit, mais le Ford Escape poursuivit péniblement sa route, sans que Maccallan daigne regarder en arrière. Pour lui, seul comptait l'Alexander Hamilton. J'espérai juste ne pas m'être trompé. Dans le cas contraire, je n'aurais pas la force de revenir sur nos pas et de tester l'ensemble des ponts de l'île.

Le policier ralentit, arrêta le véhicule au milieu de la chaussée et désigna un point sur sa droite.

– Là, monsieur, le pont Hamilton !

Maccallan sembla soudain frappé de démence.

– Qu'attendez-vous ? Roulez, bordel ! Il faut que prendre ce foutu pont au plus vite !

– C'est que… ça va nous faire faire un sacré détour. Pourquoi ne pas récupérer la bretelle et accéder au Washington ? Il est juste à côté, ça revient au même !

En prononçant ces paroles, il se tourna vers moi pour guetter mon assentiment.

– Arrêtez le véhicule ici. Nous continuerons à pied.

Ce fut comme si la foudre avait frappé les occupants de l'Escape.

– Sortir ? Et marcher ? Dans ces conditions ? Nous n'y arriverons jamais, c'est de la folie !

– Ce que je sais, c'est que si nous tentons de passer avec la voiture, il se produira ce qu'il s'est produit avec la limousine du maire Cantrell. Nous mourrons tous. À vous de choisir. Pour ma part, je continue à pied.

– Vous n'irez nulle part sans que je vous en donne l'ordre, Jedediah ! L'officier de police a raison : c'est de la folie de sortir !

– Bon sang, est-ce que vous avez regardé la route devant vous ? Il y a des dizaines de voitures abandonnées ! Les services de voirie ont fait ce qu'ils ont pu, mais nous n'irons guère plus loin ! Lorsque je suis arrivé ici, les conditions climatiques étaient un peu meilleures, et il n'y avait déjà plus aucune circulation.

– Je tente le coup ! s'obstina le flic.

Il relança le moteur, louvoyant entre les carcasses recouvertes de feuilles comme autant d'obstacles. Sur ma droite, je pouvais apercevoir le pont, et, ce qu'il me semblait au loin, le mur végétal toujours debout. Le Ford Escape parcourut encore quelques centaines de mètres avant de s'arrêter cette fois définitivement. Le vent avait repoussé les limbes en monticules infranchissables de ce côté. Le conducteur se tordit le cou pour chercher une issue, envisagea de faire demi-tour pour emprunter une bretelle. De rage, il frappa le volant à plusieurs reprises, ce qui actionna le klaxon.

– Putain, on est foutu ! jura-t-il.

– Nous pouvons continuer, nous sommes presque arrivés ! Est-ce que vous comptez vous laisser ensevelir ici ?

– Il a raison, approuva le second policier. Nous pouvons marcher jusque-là.

– J'espère que vous savez ce que vous faites ! lança Maccallan au bout d'un moment. Allons-y ! Surveillez-le, qu'il ne s'échappe pas !

Il ponctua cette dernière phrase d'un mouvement du canon de son arme. Je priai pour qu'il ne trébuche pas et qu'un coup de feu ne parte pas. Je me retrouvai entouré des deux policiers, tandis que le sénateur avançait à mes côtés. Nous continuâmes sur la même voie, avant de récupérer celle qui venait directement du pont. Nous rebroussâmes alors chemin. Patauger dans cette gadoue de limbes était éprouvant, je priai pour qu'elle n'augmente pas. Je n'étais pas prêt à subir à nouveau ce que j'avais vécu à Hope Falls. Nous atteignîmes enfin le pont. Le parapet et le muret central avaient disparu, noyés sous les végétaux. Je marchai au milieu de la chaussée, n'osant pas me rapprocher du bord. On aurait dit que la route plongeait directement dans le fleuve en dessous, d'ailleurs les feuilles s'écoulaient lentement, à la façon d'une piscine à débordement, et je sentais la force d'attraction sur mes chaussures qui m'entraînait vers le vide. Je pressai le pas, à bout de souffle, et soudain le mur se dressa devant nous, tel qu'il était lors de mon passage.

– Arrêtez ! ordonna Maccallan.

Les deux policiers et lui contemplèrent cette immense muraille vivante, entre horreur et incrédulité. Je savais ce qu'ils ressentaient. On ne pouvait pas s'y habituer.

– Qu'est-ce qu'on est censés faire ? me demanda le second officier.

– Nous allons nous avancer lentement, et nous laisser absorber. C'est un moment désagréable à passer, mais vous allez y arriver.

Je leur fis signe de s'approcher. Maccallan caressait sa peau meurtrie, hésitant. Je me demandais encore pourquoi j'avais accepté de le suivre, de l'amener jusqu'ici, après tout ce qu'il m'avait dit, tout ce qu'il avait fait. Il y avait la menace de son pistolet dont il savait à l'évidence se servir, mais je voulais sans doute lui prouver quelque chose. Qu'il avait tort à mon sujet. Que je le faisais en souvenir de Barbara, la seule femme que j'ai vraiment aimée. Je tendis la main au premier policier, l'autre étant dirigée vers le mur.

– Je passe le premier ! fit le sénateur.

Il m'empoigna les doigts et les serra à me faire mal.

– Si jamais je sens que quelque chose ne tourne pas rond, je vous jure que je n'aurai aucun scrupule à vous abattre, Jedediah !

– Je le sais, Maccallan. Messieurs, accrochez-vous à moi.

Je fis un pas, puis un second, le cœur battant. Les feuilles laisseraient-elles passer Maccallan, après ce qu'il avait fait ? Je voyais le moment où nous serions stoppés dans notre progression, et où, dans sa rage, il ferait feu. Encore un pas. Ma main effleura les limbes humides. Ma jambe s'y engagea. Quelque chose bougea dans le mur, une tache rouge que je reconnus aussitôt. La feuille d'érable. Elle surgit de nulle part, virevolta pour se placer face à nous, en un signal d'avertissement. Je m'arrêtai net, hésitant. Après tout ce temps je la retrouvais à nouveau, elle vibrait, elle sourdait une menace terrifiante. Tout n'allait pas se passer comme je l'espérais.

– Oh, *Mishòmis* ! Aide-moi !

Les policiers m'entraînaient à travers le mur. Je les sentis se débattre, se cramponner à ma ceinture. Maccallan me poussa dans le dos en criant.

– Dieu du ciel ! Qu'est-ce que vous attendez ? Sortez-nous de cette saloperie !

Mon torse fut happé à son tour. Je me rapprochai de la feuille d'érable. Elle bondit dans ma direction, je l'évitai de justesse, et elle vint s'étaler sur le visage du sénateur, elle s'étira pour le recouvrir totalement. Surpris,

Maccallan lâcha ma main pour se débarrasser du limbe écarlate. Je perdis contact avec les deux policiers, avalés par le mur. Je m'efforçai de rattraper le sénateur par les doigts, j'accrochai le revers de sa veste. Il se débattit sans parvenir à arracher la feuille agrippée sur lui, les nervures s'agitaient comme de minuscules tentacules s'arrimant à son derme, et je la vis peu à peu l'étouffer. Maccallan poussa un râle, les traits désormais tatoués par les rebords palmés de la feuille d'érable. Ma main se referma sur le col de sa chemise.

– Sénateur !

Il ouvrit des yeux qui n'étaient plus que deux globes rouge sang, sans pupille, sans iris. Ils se fixèrent sur moi, et je l'entendis prononcer des paroles que je fus incapable de comprendre. Des incantations, pleines de colère. On aurait dit de l'ojibwé, sans en être tout à fait, une sorte de dialecte guttural, et ce n'était plus lui qui parlait, mais cette feuille d'érable rouge.

Je fus projeté en arrière, je perdis tout contact visuel avec Ed Maccallan. Je traversai le mur tel un boulet de canon et retombai lourdement de l'autre côté, sur la chaussée. Le ciel était gris, il était clair, mais il était dégagé. J'avais réussi. Les deux policiers étaient demeurés prisonniers des végétaux. Je me relevai en titubant, cherchant des signes de vie du père de Barbara, prêt à m'enfoncer à nouveau pour les sortir de là. Mais, alors que je m'approchai, le mur fut pris d'une violente agitation, de puissantes ondulations le firent trembler sur ses bases, et il se mit à projeter dans ma direction de véritables bombes végétales pour me heurter et m'anéantir.

Juste avant de tourner les talons et de m'enfuir en courant, je vis le sénateur émerger peu à peu, il avait l'air d'un possédé et son regard n'exprimait plus qu'une haine totale à mon égard. Je savais ce qu'il me restait à faire, en espérant que cela ne soit pas trop tard.

LES ENFANTS DE LA FEUILLE D'ÉRABLE ROUGE

Chapitre 1

Courir sous un ciel dégagé, sans une couche de végétaux sous les pieds, avait presque quelque chose de grisant. C'était comme si un poids immense avait quitté ma poitrine pour me permettre de respirer. Je me demandais d'ailleurs ce qui avait changé dans l'atmosphère, avant de comprendre que la circulation ayant été considérablement réduite, l'air était moins chargé en particules. Je ralentis seulement après avoir quitté le pont et emprunté la bretelle, pour me retrouver à l'endroit où, un siècle plus tôt, je m'étais arrêté en compagnie de June en voyant les colonnes de feuilles s'élever dans le ciel. Les autorités locales avaient rétabli la circulation au moins partiellement, en fermant l'accès au Washington et à l'Alexander Hamilton, ce qui occasionnait des bouchons plus importants que d'habitude. Le ballet des dépanneurs ne cessait pas, et je me fis klaxonner et insulter parce que je marchais sur la chaussée. De ce côté-là, rien n'avait changé… Je me demandais même si l'Homme avait envie d'être sauvé de lui-même. Je rebroussai prudemment mon chemin avant de m'enfoncer dans les rues. Je ne tenais pas à attirer l'attention de la police. La proximité de la maison me procura un regain d'énergie. Je ne me retournai pas pour chercher Edouard Maccallan. Je ne regardai pas non plus la couche en lévitation achever sa descente inexorable en direction du sol, étouffant les habitants de Manhattan. Je ne pouvais rien faire d'autre.

Il me fallut un moment avant de retrouver la rue. Ce n'était pas mon quartier, j'étais arrivé sur place inconscient, et je n'avais aperçu que vaguement le nom de l'artère le jour où j'étais parti. Il me fallut faire un considérable effort de mémoire avant de m'en souvenir. Enfin, je crus reconnaître quelques habitations en briques rouges à l'entrée de la rue, et au bout de quelques mètres je sus que je ne m'étais pas trompé : la vieille demeure était bien là, avec sa cour envahie d'herbes folles, et le Chevrolet Equinox que June avait pu récupérer. Je franchis la grille rouillée. Avant même d'avoir atteint la porte, celle-ci s'ouvrit en grand sur la jeune Indienne. Elle courut jusqu'à moi, se jeta dans mes bras en me serrant contre sa poitrine :

– *Oshkaabewis* ! Je savais que tu reviendrais ! Tu as réussi à te sortir de là !

Elle riait et pleurait en même temps, cherchant ma bouche pour y poser la sienne et m'embrasser presque goulûment, désespérément. Je la repoussai sans brutalité pour la tenir à bout de bras. Je ne pouvais pas. Ce n'était pas que je n'en avais pas envie : June était une jeune femme désirable, et je sentais que mon corps même fatigué par les efforts réagissait à son contact, c'était juste que je ne pouvais chasser l'image du sénateur Maccallan au visage recouvert de la feuille d'érable, version grotesque, mais presque plus terrifiante de Johann Schmidt/Red Skull de l'univers Marvel. Et derrière lui, il y avait celle de Barbara dont je visualisais encore l'expression d'épouvante absolue avant d'être happée par le pare-brise détruit lorsque notre voiture s'était retournée. June sentit mon hésitation, se crispa imperceptiblement et se détacha d'elle-même.

– Viens, me dit-elle d'une voix devenue soudain morne. Il faut que tu voies quelque chose.

Elle me conduisit à l'intérieur de l'habitation. Casey et Kyle, les deux types que j'avais déjà croisés, me saluèrent avec une chaleur feinte. Ils étaient préoccupés par ce qu'ils regardaient sur le vieil écran de télévision. Des images d'hélicoptères de la police, qui restaient à bonne distance de la nappe de feuilles, et effectuaient le tour de Manhattan écrasée sur les végétaux. J'aperçus une pancarte fixée aux vitres d'un immeuble, faite de multiples pages d'imprimantes, ironie cruelle du sort, sur laquelle quelqu'un avait écrit en grosses lettres : « *Help us !* » Au milieu de tout cela, le siège de l'ONU disparaissait complètement sous une couche qui s'accrochait à ses façades pour l'envelopper totalement. Il n'y avait plus aucun accès visible.

– Ils expliquent qu'ils ont tenté plusieurs trucs pour percer les murs, lança Casey. L'armée a utilisé le tir au lance-roquette, mais ça ne donne aucun résultat. Ils parlent carrément de balancer un MQ-9 Reaper, quitte à détruire un pont. Il n'y a plus aucune communication entre Manhattan et le reste de la ville, plus d'électricité, et il est impossible d'apporter des ravitaillements. Dès qu'un hélico s'approche un peu trop près de la couche en suspension, cette dernière s'agite et elle envoie des putains d'excroissances pour attaquer… j'ai peur qu'ils ne soient tous foutus.

Nous restâmes un moment à contempler les images qui défilaient devant nos yeux, écrasés par l'horreur.

– Est-ce qu'ils ont dit autre chose ? finis-je par demander.

– À quel sujet ?

– Sur des événements particuliers survenus au niveau d'un des murs par exemple.

– Tu penses qu'ils ont pu filmer ton passage ? interrogea June.

– Moi… ou quelqu'un d'autre.

Ils se détournèrent de l'écran pour me fixer avec curiosité. Je décidai de leur expliquer ce qui était arrivé au sénateur Maccallan.

– Tu dis que la feuille s'est posée sur lui ?

– Elle a épousé son visage, oui. C'est comme si elle constituait une seconde peau. Juste après, il est entré en transe et s'est mis à proférer des menaces, dans une langue inconnue. Peut-être une langue indienne, je ne pourrais le jurer.

Les trois Enfants de la Feuille d'Érable Rouge se regardèrent.

– L'esprit de la forêt a pris possession de son âme, murmura June.

June se tourna vers Kyle, puis vers Casey, qui hochèrent la tête.

– Nous devons partir.

– Pour aller où ?

– Nous allons retrouver celle que tu connais sous le nom de révérende Atwell.

– Alice Atwell ? Mais que pourra-t-elle faire pour moi ? Tu penses vraiment qu'elle aura la réponse à mes questions et la solution à tout cela ? Je n'ai jamais été porté sur la religion, je ne crois pas...

– Ce n'est pas elle qui te renseignera, mais celle qui a fondé les Enfants de la Feuille d'Érable Rouge.

– Je croyais que c'était le nom justement choisi par la révérende ?

– Oui, c'est ce qu'il a été convenu de dire, parce que la personne que tu vas rencontrer le souhaitait. Elle voulait garder l'anonymat. Tu comprendras pourquoi lorsque tu la verras.

– Et tu refuses toujours de me dire de qui il s'agit ?

– Ce sont ses ordres, Jed. Je ne fais qu'obéir.

– Et où devons-nous nous rendre ?

– À Chicago. C'est là que nous retrouverons Alice Atwell.

– Je croyais qu'elle avait établi son « village » pas très loin de Duluth ? En tout cas, c'est ce qu'il me semblait il y a deux ans. Pour rester au contact de la nature et demeurer près de ses racines.

– C'est toujours le cas. Mais elle nous attendra à Chicago. C'est prévu comme ça.

Je nageais en plein brouillard, mais je préférais ne pas m'embrouiller davantage pour le moment. Un détail m'interpellait surtout.

– Tu oublies que je n'ai plus aucun papier sur moi, June. Je ne peux donc pas prendre l'avion.

– Il n'est pas question de prendre l'avion, Jedediah, fit Kyle. Ce serait trop risqué pour toi. Et c'est un moyen trop polluant. Nous choisirons le moins agressif pour la nature : la voiture. Ou plutôt le minibus. Je nous en ai dégotté un il y a quelques années, qui fonctionne au GPL.

– Un voyage en minibus… qui va durer combien de temps ?

– Je dirais dans les treize heures sans arrêt, donc si on compte les pauses, tu rajoutes deux bonnes heures.

– J'espère que Manhattan ne sera pas qu'un souvenir !

Mais au fond de moi, en étais-je aussi sûr ? Une idée s'installait peu à peu dans mon esprit, sans doute dictée par *Mingan* le vieil Indien. Une idée que j'appréhendais encore, parce que je n'étais pas tout à fait certain de ce qu'elle allait impliquer pour mes compagnons et moi. Et plus généralement, pour mes semblables.

Moins d'une heure après avoir réussi à échapper à la couche végétale de l'île, j'embarquais dans un minibus à destination de Chicago. Quelque part derrière moi, Maccallan, j'en étais sûr, me traquait.

Chapitre 2

Nous quittâmes New York par l'Interstate 80. L'heure nous semblait grave. Je voulais garder les yeux ouverts le plus longtemps possible, mais j'étais exténué, aussi ne tardai-je pas à m'endormir, la tête appuyée en arrière contre le dossier. Le minivan sentait l'étable, comme s'il avait servi de bétaillère. Il n'était pas d'une propreté absolue non plus, et en dehors de cette odeur animale, je remarquai quelques relents de transpiration ancienne et également de tabac froid. Ou ce qui s'en rapprochait. Je conclus que les précédents occupants de véhicule avaient sans doute des conceptions toutes personnelles de l'hygiène corporelle.

Égoïstement, malgré le danger qui planait sur nos têtes, le fait de quitter New York me fit du bien. Je ne supportais plus l'ambiance des grandes villes. Je n'étais venu m'installer là que pour faire plaisir à Barbara et parce que je n'avais plus nulle part où aller. Tout ce que je possédais avait été détruit. Je ne pouvais me résoudre à faire des plans d'avenir, mais je me disais que si jamais je parvenais à m'en sortir, je chercherais un coin tranquille, une petite ville à dimensions humaines, peut-être à proximité d'un lac. Et je me ferais oublier.

J'alternais des phases d'éveil et de sommeil, plus pour tuer le temps. La route s'avérait désespérante et nous n'étions pas encore arrivés. Pendant ce temps, Manhattan sombrait progressivement. Notre chauffeur avait mis la radio, et nous eûmes droit à plusieurs flashs, dont un discours du président qui expliquait que la Nation entière souffrait autant que les habitants de New York, et qu'il mettrait tout en œuvre pour libérer ses concitoyens. Il exhortait à demi-mot les responsables de cette infamie à faire preuve de clémence envers ceux qui se trouvaient dans la peine. Jusqu'à présent, tous les efforts pour venir à bout d'une des murailles de feuilles s'étaient révélés vains, et aux dernières nouvelles, de nouveaux essais d'incendie allaient être tentés, à l'aide de matériaux hautement inflammables.

Je savais que ça ne fonctionnerait pas.

Nous fîmes une première pause en passant de la Pennsylvanie en Ohio, le temps de refaire le plein de carburant. Quelques routiers étaient installés au comptoir de la station, une radio diffusait de la musique country, et au fond de la salle, un écran de télévision fixé au mur retransmettait les images d'un reportage sur une chaîne d'informations. On y voyait Manhattan. Je m'approchai du comptoir afin de demander que l'on mette le son un peu plus fort.

– *Pour le moment, toutes les méthodes qui ont été tentées pour traverser la couche de feuilles se sont soldées par des échecs. Les scientifiques penchés sur le sujet s'avèrent actuellement incapables d'expliquer le phénomène physique qui permet aux végétaux de se maintenir en suspension, mais aussi de se tenir à la verticale et de résister à toute forme d'agression. Par ailleurs, plusieurs témoins extérieurs font état de nuages de feuilles qui ont quitté Manhattan pour se diriger vers l'ouest. On ignore encore la raison de ce déplacement, s'il est soumis à un champ énergétique ou un courant d'air, mais il semble particulièrement organisé.*

– C'est pour nous qu'elles viennent, murmurai-je à June.

– *Le sénateur Edouard Maccallan a tenu à s'exprimer dans un communiqué. Sévèrement blessé au visage, il a explicitement accusé un groupe écologiste qui jusque-là n'avait guère fait parler de lui, les Enfants de la Feuille d'Érable Rouge, d'être responsable de cette catastrophe, en particulier son leader, Jedediah Lafkin. Lafkin est cet ingénieur forestier qui, il y a deux ans, avait échappé à la destruction de la ville d'Hope Falls. Récemment, il s'est évadé de l'hôpital où il était interné en agressant les membres du personnel soignant. Il est donc à considérer comme dangereux.*

Une photographie d'archive apparut sur l'écran. Je n'attendis pas que la moitié des occupants de la station remarque ma ressemblance avec le type à la télévision, je sortis rapidement, et nous grimpâmes aussitôt dans le minibus.

– Filons ! Dans quelques minutes, tout le monde va se rappeler m'avoir vu !

Nous reprîmes la route, avec cette menace végétale qui planait sur nous. Kyle, Casey, June et moi nous relayions afin d'éviter de nous laisser gagner par la fatigue. Au fur et à mesure que nous progressions, le temps devenait plus mauvais. Le vent s'était levé et soufflait droit vers notre véhicule, comme pour nous ralentir. Une pluie froide s'abattit soudain, avec violence, d'abord de l'eau en véritable déluge, remplacée bientôt par des feuilles. Je croyais revivre l'accident avec Barbara. Des paquets entiers de limbes se précipitaient en crissant sur la carrosserie, faisant vibrer le minivan et provoquant des embardées. On aurait dit un essaim de guêpes gigantesques poursuivant sans répit un voleur de miel. Les mains crispées sur le volant, Kyle ne faisait qu'un avec le véhicule, tandis que nous étions ballottés de droite et de gauche. Devant nous, les carambolages se multipliaient, les voitures étaient projetées les unes contre les autres, le plus souvent dans l'intention de nous couper le chemin. L'autoroute longeait des pans de forêts entiers, et les branches vomissaient sur nous des flots de limbes gorgés d'eau qui venaient se coller sur les vitres. Ce furent les pires heures de trajet qu'il m'ait été donné de faire. Lorsque nous aperçûmes enfin la pancarte indiquant Cleveland, notre répit fut de courte durée. La radio annonçait qu'une énorme tempête s'était levée et coupait la route au sud du Michigan. Les autorités conseillaient de retarder les déplacements.

– Qu'est-ce qu'on fait ? demanda Casey.

Il avait repris le volant peu de temps auparavant.

– Est-ce que vous vous sentez capables de poursuivre le chemin avec moi ? Sinon, laissez-moi y aller seul, je comprendrai. Je parie qu'une fois que je serai parti, vous n'aurez plus à vous inquiéter.

– C'est vous le patron, à vous de voir, répondit Kyle avec une nonchalance feinte.

– Tu es l'*oshkaabewis*, confirma June. Nous ferons ce que tu juges bon de faire.

– Je ne veux pas vous faire prendre le moindre risque non plus. Je peux continuer seul, je me sens capable de conduire cette voiture jusqu'en enfer s'il le faut.

Le ciel au-dessus de Cleveland avait pris une teinte d'encre de Chine. Les feuilles volaient partout. Les rues s'étaient vidées en quelques minutes, les habitants préférant s'abriter en attendant la fin de la tempête. Le minibus parut gémir sous l'effort lorsqu'il traversa la ville, avant d'attaquer la dernière partie de notre trajet. Nous étions seuls sur la chaussée, comme je l'étais à Manhattan. En s'engageant sur l'Interstate, notre chauffeur ralentit, s'arrêta et désigna le ciel devant lui.

– J'espère que vous êtes prêts, parce que ça va secouer !

Il passa une vitesse, relâcha l'embrayage, et le minivan s'élança. Devant nous, à perte de vue, ce n'était plus qu'un maelström de végétaux projetés dans toutes les directions.

– *Mingan*, aide-nous ! murmurai-je en fermant les yeux.

Et nous fûmes littéralement aspirés par les vents.

Avancer dans ces conditions relevait de la folie pure. Les essuie-glaces étaient impuissants à chasser les limbes qui se ruaient à l'assaut, qui tentaient de s'infiltrer sous la voiture pour la retourner, et qui allaient jusqu'à former de petites congères pour nous bloquer le passage. Kyle louvoyait entre elles, presque aveugle. La totalité des autres véhicules que nous croisions était à l'arrêt, soit volontairement, soit à la suite d'un accident. J'en aperçus quelques-uns qui nous firent des appels de phares pour nous enjoindre de nous arrêter, puis il n'y eut bientôt que nous sur la chaussée. Prévenus par les autorités, les usagers de la route avaient préféré la quitter afin de se mettre à l'abri. Les feuilles pouvaient désormais se consacrer uniquement à nous. On aurait dit que tous les arbres que comptaient le Michigan, l'Ohio et l'Indiana s'étaient donné rendez-vous sur l'Interstate 80 pour faire en sorte que notre voyage s'interrompe ici. La violence des assauts faisait vibrer l'habitacle, et j'eus plusieurs fois la sensation qu'au moins une des roues avait quitté la chaussée pour tourner dans le vide. Kyle ne voulait pas s'avouer vaincu, et nous formions tous un bloc autour de lui. À un moment donné, nous posâmes tous une main sur son épaule pour lui montrer combien nous étions solidaires. Cela lui procura un regain de courage alors qu'il commençait à désespérer. Il négocia une passe délicate afin d'éviter une nouvelle congère, et épongea son front moite.

– Merci, les amis ! souffla-t-il. On a vraiment besoin de se serrer les coudes !

Le bruit extérieur nous empêcha d'entendre distinctement ses paroles, mais nous en comprîmes le sens. Nous étions tous épuisés, groggy, presque saouls de tempête. Casey consulta sa montre. La faible luminosité ambiante atténuait paradoxalement son teint mat.

– Si mes calculs sont bons, hurla-t-il, nous devrions bientôt atteindre la frontière de l'Indiana ! Après ça, il devrait nous rester trois heures de route !

– Trois heures en temps normal ! maugréa Kyle. Il faut quasiment quatorze putains d'heures pour faire le trajet de New York à Chicago, et cinq de ces putains d'heures depuis Cleveland ! Et vous savez quoi ? Ça va faire dix-neuf heures qu'on roule comme des tarés, et on n'est pas encore arrivés !

– Tu veux que je te relaye, Kyle ? proposa June.

– Non, June, ce ne sont pas des conditions de conduite pour une femme... Ne m'en veux pas de te dire ça, mais c'est juste qu'à chaque bourrasque j'ai l'impression que le volant va s'arracher de mes mains et passer par le pare-brise. Je ne sens quasiment plus mes bras !

– Là ! Qu'est-ce que j'avais dit ! hurla à nouveau Casey.

Il nous désigna la pancarte bleue sur le bas-côté, où les lettres « *Welcome to Indiana* » s'étalaient en blanc sur la forme stylisée en rouge de l'État. L'attention du conducteur fut distraite un bref instant, suffisamment pour qu'une nouvelle bourrasque infléchisse sa trajectoire. Le minivan dérapa sur la chaussée plus glissante qu'une patinoire, dévia sur la gauche, un coup de volant un peu brutal la ramena sur la droite, directement vers le panneau.

– Attention ! cria June.

Je sentis le véhicule perdre son adhérence dans un début de tonneau. Je me penchai de l'autre côté, dans un geste aussi désespéré que ridicule, comme si mon simple poids avait pu changer quelque chose. Kyle contre-braqua pour replacer le minibus dans l'alignement de la chaussée. Nous partîmes en toupie, l'aile gauche heurta le muret de soutien de la pancarte, le véhicule rebondit, retrouva le contact du sol avec ses quatre roues, et tournoya à deux reprises avant de finir en crabe sur le terre-plein central, moteur calé. Je passai ma langue sur mes lèvres et j'éprouvai le goût du sang. J'avais dû me mordre la joue. À mes côtés, June gémit, tenant sa tête à deux mains, mais elle n'avait aucune blessure apparente. Elle s'était cognée contre le montant de la portière.

– Ça va ? Vous n'avez rien ? demanda Casey en détachant sa ceinture pour se retourner.

Lui aussi était gratifié d'un œuf de poule sur le front.

– C'est bon, répondis-je. J'ai cru qu'on y passait !

– La faute à ces putains de feuilles ! J'ai eu un moment de distraction, elles en ont profité. Il ne reste plus qu'à repartir...

Nous nous tûmes, pour observer le temps au-dehors. Il n'y avait aucune visibilité. Les phares n'arrivaient plus à éclairer au-delà d'un simple mètre. Tout n'était que végétaux propulsés dans tous les sens. Je ne savais même pas dans quelle direction nous devions repartir, le panneau de bienvenue en Indiana n'apparaissait nulle part. Le minibus avait effectué plusieurs tête-à-queue, et nous étions désorientés.

– On fait quoi ? demanda finalement Kyle *mangijaane* en touchant son nez.

– Essaie de démarrer et de rouler lentement, que l'on puisse se repérer, proposa June.

Le moteur toussa à plusieurs reprises, le van tressauta avec un craquement sinistre, mais il tint bon. Kyle tourna vers nous un visage à la fois soulagé et souriant.

– Je crois qu'on va pouvoir repartir ! Vérifiez votre ceinture, je vais tenter de repérer le panneau indicateur.

Il appuya sur l'accélérateur, d'abord sans obtenir de résultats.

– Mince, je n'ai pas dû passer de vitesse...

Mais le véhicule refusa d'avancer. Après plusieurs tentatives, Kyle parvint à le déplacer sur quelques centimètres à peine, de travers et en tirant sur le côté. Il fronça les sourcils.

– Que se passe-t-il ? demandai-je.

– Je ne sais pas trop. On a un problème. Il faut que je sorte.

– Par une telle tempête ? Tu vas te faire balayer !

– Si quelqu'un a une meilleure idée, je suis preneur.

Comme personne ne réagissait, il déboucla sa ceinture et ouvrit la porte. Le vent la repoussa aussitôt, le maintenant dans l'habitacle. Kyle jura et pesa de toutes ses forces.

– Un coup de main ne serait pas de trop ! haleta-t-il.

Casey se pencha à son tour pour l'aider. La portière s'écarta un peu plus. Aussitôt les feuilles s'engouffrèrent à l'intérieur du minibus, nous aveuglant.

– On ne va pas y arriver ! cria June.

Mais un dernier coup d'épaule permit à Kyle de basculer au-dehors. Il chuta sur le sol, laissant la portière se refermer sur lui. Nous le vîmes se redresser en titubant, la main devant les yeux pour les protéger, l'autre agrippée à la carrosserie pour ne pas être emporté. Dans l'habitacle, les feuilles continuèrent à tourner un moment avant de retomber. J'en chassai plusieurs d'un geste nerveux.

– Est-ce que vous voyez ce qu'il fait ? demanda June.

– Il est penché sur la roue avant. J'ai l'impression que c'est là d'où vient le problème.

Il s'accroupit et disparut, avant de se redresser et de revenir. Il dut se pendre à la portière pour parvenir à entrer, provoquant un nouvel afflux de limbes en furie.

– C'est bien ce que je pensais ! hoqueta-t-il en reprenant son souffle. Le pneu avant gauche est mort, ouvert en deux. On ne pourra pas rouler comme ça, il faut le remplacer.

– On n'arrivera jamais à changer une roue dans ces conditions !

– C'est ce que j'allais dire. J'ai failli être emporté par le vent et les feuilles. Je suis à bout de souffle et je suis resté quelques minutes dehors. Là, il faut être deux pour sortir le cric, soulever le van, démonter et remonter la roue. Je ne sais pas si vous comprenez ce que cela veut dire… en même temps, je ne suis pas sûr que l'essieu n'ait pas pris un coup. L'aile avant est tordue, j'ai réussi à la redresser un peu afin qu'elle ne gêne pas le passage, mais je n'arrive pas à distinguer ce qu'il y a derrière… bref, tout ça pour dire que nous sommes dans la merde !

Kyle s'obstina encore un moment pour faire avancer le minibus, avant de s'avouer vaincu et de couper le contact. Il évita de nous regarder, mais je sentis qu'il ruminait sa culpabilité.

– C'est la faute au hasard, Kyle. N'importe qui aurait pu se planter. Tu as réussi à éviter le tonneau.

Il hocha la tête en guise de remerciement, mais se mura dans le silence. Nous étions désormais condamnés à espérer que le temps change, prisonniers de notre cercueil de métal.

Combien de temps demeurai-je ainsi, dans la semi-obscurité, le vent et le froid, en compagnie des trois autres occupants du véhicule ? Je renonçai à regarder ma montre.

Nous étions recroquevillés tous les quatre sur nous-mêmes, sans bouger, dès lors que la position adoptée nous évitait d'être gelés. Une épaisse couche de condensation recouvrait les vitres, qui de toute façon ne permettaient pas de voir grand-chose étant donné les feuilles qui s'agglutinaient sur le minibus. Chaque rafale était un nouveau moment d'angoisse, je redoutais l'instant où nous finirions par être retournés ou écrasés. La nuit succéda bientôt au jour, sans que l'orage montre des signes de faiblesse. Nous étions en plein milieu, et il demeurait sur place, nous bombardant de tonnes de végétaux seconde après seconde.

Je songeai que nous aurions dû être arrivés depuis longtemps s'il n'y avait eu cette tempête dirigée contre nous. Était-ce un moyen de retarder la rencontre inéluctable entre la feuille d'érable rouge et moi ? J'essayai de me rassurer en me disant qu'il était impossible qu'elle se prolonge indéfiniment, et j'eus une pensée pour mes semblables coincés sur l'île de Manhattan, terrifiés à l'idée de périr étouffés. Je refermai les yeux, me concentrant sur des réflexions positives pour garder le moral, mais chacune d'entre elles revenait systématiquement sur des événements dramatiques du passé. Je vis ainsi défiler toute ma vie à Hope Falls, la mort de mes amis, puis celle de Barbara, son visage figé par l'effroi me hurlant de lui venir en aide.

Les heures défilèrent ainsi, puis, alors que l'aube se levait après une nuit cauchemardesque, je remarquai que le vent ne soufflait plus aussi fort. La tempête marquait le pas. Nous n'aurions pas de seconde chance. Écarquillant les yeux, je distinguai quelque chose devant nous.

– La pancarte, dis-je en secouant Kyle pour lui montrer un point à quelques mètres. C'est cela que tu cherchais ?

Nous étions dans le bon sens de la circulation.

Sans plus attendre, Kyle et moi sautâmes hors du véhicule pour nous précipiter sur le cric. Nous battîmes des records de vitesse digne d'un *pit lane* de Formule, d'autant que nous demeurions à moitié aveuglés par les feuilles. Quand enfin, à bout de souffle, nous pûmes regagner la protection de l'habitacle en abandonnant le pneu lacéré sur la route, Kyle redémarra et appuya à fond sur l'accélérateur, arrachant le minibus à la terre meuble pour le lancer sur la chaussée. Trois heures plus tard, nous arrivions sur les rives du lac Michigan. Nous quittâmes l'Interstate 80 pour entrer dans la petite ville de Portage. Un nom qui ne devait rien au hasard au vu du passé. Le minivan s'arrêta près du parc Woodland, à proximité d'un terrain pour camping-car et mobile home. Un instant, je me demandai si c'était ici que la révérende Atwell avait installé sa communauté, puis je me rappelai qu'elle occupait un vaste espace au milieu de la nature.

Une vieille Jeep en provenance des surplus militaires nous attendait. Ce n'était pas l'idée que je me faisais d'un véhicule pour une collectivité écologiste… Appuyée contre le capot, une femme scrutait notre arrivée. Elle avait toujours cette puissante stature, ces cheveux longs ébouriffés, ces fortes lunettes, et le temps n'avait pas eu d'effet sur elle. Alice Atwell, la révérende d'Hope Falls. Elle me vit descendre du van, ses traits se figèrent un instant, avant qu'elle ne se précipite vers moi pour me prendre dans ses bras.

– Par le Seigneur tout-puissant ! Jedediah Lafkin ! Jamais je n'aurais cru qu'on puisse se revoir un jour ! Dieu est bon !

Elle m'écrasa un moment avant de s'écarter, l'air grave.

– Venez avec moi, il est plus que temps. Les autres, vous suivrez avec le bus, d'accord ?

– Et où allons-nous ?

– Rencontrer quelqu'un qui a hâte de te retrouver…

Chapitre 3

Alice Atwell me conduisit à la frontière entre Chicago et la petite ville d'Evanston, collée au lac Michigan. Elle ne cessait de vouloir me faire raconter ce que j'avais vécu durant ces deux années, tout en se rappelant les tentatives avortées de me rencontrer. Visiblement, elle gardait une dent contre Barbara, mais elle avait appris les circonstances de son décès et elle ne s'appesantit pas dessus. J'avais toujours du mal à admettre ce qui avait été rapporté à son sujet. Imaginer Barbara en femme manipulatrice était au-dessus de mes forces. Et puis j'avais surtout l'esprit parasité par la dernière phrase d'Atwell avant de monter dans la Jeep. Qui allions-nous voir ?

– Lorsque nous avons survécu à Hope Falls, Jed, m'expliqua Alice Atwell, j'ai su qu'il fallait que je regroupe tous ceux qui comme moi croient aussi avant tout en la force de la Nature. Ce n'est plus seulement une question de religion. Tous ceux qui se sentent concernés par notre monde, tous ceux qui pleurent ce que l'Homme détruit, sont les bienvenus. J'ai toujours pensé que vous aviez votre place parmi nous. C'est pour ça que j'ai cherché à vous approcher. Mais le sénateur Maccallan m'en a empêché…

Elle rangea la Jeep devant une imposante bâtisse que l'on devinait derrière une haie de thuyas. Une longue allée de pavés roses, bornée de deux poteaux sur lesquels reposaient des sculptures abstraites, conduisait à l'habitation en briques rouges. Le parc soigneusement entretenu contenait également plusieurs œuvres en pierre et en métal d'un artiste totalement inconnu pour moi, mais qui visiblement devait bien vivre de son travail. Comme je m'apprêtai à descendre du véhicule, Alice Atwell m'attrapa par le bras et me retint une seconde.

– Jed, il faut que je vous dise… quoi que vous pensiez, écoutez-la d'abord, d'accord ? C'est important. Que vous soyez croyant ou pas, ce qu'elle a à vous raconter est primordial. Vous comprendrez ensuite plusieurs choses.

– Vous ne venez pas avec moi ?

– Non, pas tout de suite. Vous devez la rencontrer seul, elle y tient énormément. Vous savez, elle… Allez-y Jed. Maintenant.

Je mis un pied à terre. June, Casey et Kyle m'observaient. Je leur fis un petit signe de la main, plus pour me persuader que tout irait bien que pour les rassurer, et je m'engageai dans l'allée pavée. J'étais à la fois excité et anxieux : qui allais-je découvrir derrière cette porte ? J'avais beau passer en revue toutes les personnes féminines que je connaissais de près ou de loin, je n'en avais aucune idée. Pourquoi ce mystère ? Pourquoi cette volonté de ne pas révéler sa véritable identité avant ? La maison respirait l'opulence, l'argent, des signes qui ne faisaient guère partie de mes contacts. Je gravis les trois marches bordées par des lions assis sculptés en fil de fer, et appuyai sur la sonnette. Je perçus les pas derrière le battant, un verrou qu'on ouvrait, puis la silhouette d'une femme apparut devant moi. Élancée, brune aux yeux sombres et à la peau mate, elle devait avoir à peu près mon âge. Quelques fines ridules se dessinaient à l'angle de ses paupières, ce qui n'atténuait en rien le charme qui émanait d'elle. Elle était habillée d'un ensemble veste et jupe, à cheval entre le classicisme et l'ethnique, comme en témoignaient son collier et des bracelets d'inspiration indienne. Nous nous observâmes un moment, elle se crispa, sachant qui j'étais alors que je fouillais au plus profond de ma mémoire afin de retrouver où j'avais déjà croisé cette personne.

– Bonjour, Jed, dit-elle.

Ce fut à ce moment que je la reconnus. Je ne l'avais jamais vue en réalité, simplement en photo, mais je la reconnaissais désormais. La dernière fois que j'avais eu de ses nouvelles, c'était au cours du procès qui avait suivi le drame d'Hope Falls.

– Elisabeth ?

J'avais cru pendant longtemps que la femme qui se tenait devant moi était la fille de mon ancien patron, celui à qui je devais cette situation actuelle. J'avais appris par la suite qu'il n'en était rien. Elle était la fille illégitime du *Mingan*.

Elisabeth Krueger. La simple évocation du nom provoqua chez moi un sentiment de malaise. Pour un peu, je me serais attendu à voir débarquer Vernon Krueger et son arrogante suffisance. Mais je savais qu'il était mort, tout comme son fils psychopathe Vernon Junior, et son épouse la malheureuse Melissa. Même si je n'en étais pas le responsable direct, elle pouvait m'incriminer dans leur disparition. Je me sentis pris en défaut, affaibli, ce qui fit monter en moi une colère que je contins à grand-peine.

– À quoi rime toute cette histoire ? C'est vous la créatrice des Enfants de la Feuille d'Érable Rouge ? Dans quel but ?

Elle s'effaça pour me laisser rentrer. La maison était lumineuse, aérée, débarrassée de tout le superflu. Une décoration sobre où dominaient les objets faits main, et je me rappelai qu'elle avait épousé un plasticien réputé. Elle me conduisit au salon, une vaste salle ouverte par une baie vitrée sur une pelouse, au-delà de laquelle on devinait les rives du lac. Elle me désigna un siège et s'installa en face de moi.

– Nous n'avons que peu de temps devant nous, fit-elle. Bientôt, si nous ne faisons rien, le monde entier va être submergé.

– Je viens de Manhattan. J'ai vu. Et j'ai vécu à Hope Falls.

– Manhattan n'est rien à côté de ce qui nous attend, Jed.

– Je veux la vérité, Elisabeth. Toute la vérité.

– C'est normal. Tu as le droit… Il m'a fallu longtemps pour comprendre que mon père ne l'était pas vraiment. Je n'avais de toute façon jamais partagé grand-chose avec lui, et j'étais partie assez tôt de la maison pour venir m'installer dans la région. Savoir que ton géniteur n'est pas celui que tu as détesté toute ta vie, passe encore, mais apprendre qu'il s'agit d'un vieux chef indien qui pourrait être ton grand-père, c'est un choc. Même si au fond de moi j'avais toujours soupçonné quelque chose dans ce genre.

– Comment… l'as-tu appris ?

– C'est lui qui me l'a dit. *Mingan*. Il m'a tout raconté. Il m'a donné la mission de recueillir ceux dont la société se débarrasse, ceux qui se préoccupent de la nature et désirent vivre en harmonie avec elle. Après la catastrophe d'Hope Falls, lorsque la police est venue me trouver, je les ai envoyés promener. Je ne voulais plus rien avoir à faire avec la famille Krueger. Mon époux était sur la même longueur d'onde que moi, et il avait fait fortune avec ses premières œuvres. Nous avons acheté des terrains, avec l'idée d'y installer quelque chose dessus. C'est après la catastrophe, j'ai su que la révérende Atwell avait décidé de réunir les survivants autour d'un projet commun. Je l'ai contactée. Je lui ai proposé la terre pour s'établir. Elle a hésité en raison du poids de mon nom, mais j'ai pu la convaincre. Alors *Mingan*… mon père, est venu me trouver pour me demander de créer cette communauté, de l'appeler les Enfants de la Feuille d'Érable Rouge, parce que cette feuille était l'esprit de la forêt, le *gichi-manidoo*, tout à la fois le bien et le mal. Nous devions faire le bien et prévenir le mal. Il m'a dit que le jour viendrait où elles seraient de retour, bien plus nombreuses qu'à Hope Falls, et que si nous n'y prenions pas garde, nous serions anéantis. Depuis trop d'années, l'Homme viole la terre sans vergogne, il ne l'entend pas crier, il est sourd à ses douleurs. Ce serait notre dernière chance. Il y aurait quelqu'un, qui serait capable d'éviter la catastrophe, un survivant d'Hope Falls, et que c'était mon frère. Sur le moment, je n'ai pas compris. Vernon Junior était mort. Alors il m'a parlé de toi.

– Moi ? Mais c'est ridicule, nous ne sommes pas frère et sœur, je connais mes deux parents.

– Rosemary et Jonathan Lafkin, je suis au courant. Je connais également la cause de leur décès. Je sais aussi qu'ils ont mis des années avant de réussir à avoir ce fils qu'ils n'espéraient plus. Ma mère était éprise de ton père, elle aurait tout donné pour devenir sa femme, et elle s'est mariée à Krueger presque par dépit. *Mingan* était le seul qui comprenait, qui soutenait, qui aimait ma mère. Tes parents ne pouvaient pas avoir d'enfants, Jonathan était stérile sans le savoir. Rosemary est allée trouver *Mingan* afin de lui demander de l'aide, et tu as été conçu comme je l'ai été. Oui, Jed, nous avons le même père, nous sommes demi-frère et sœur !

J'accusai le coup. Je me relevai d'un bond, furieux, abasourdi.

– C'est grotesque ! Et indécent ! Je ne t'autorise pas à proférer de pareilles inepties, c'est un manque de respect envers mes parents et je ne peux le tolérer !

– Voyons, Jed, nous sommes du même sang, reconnais-le ! Est-ce que tu crois que j'ai bondi de joie en apprenant la nouvelle ? À l'époque j'étais persuadée que c'était toi qui avais tué ma mère ! Est-ce que Loup Gris se manifeste régulièrement, en songe durant la nuit, ou en plein jour, sans que tu saches si tu rêves ou non ?

Est-ce qu'il t'est apparu lorsque tu étais emprisonné dans cet hôpital psychiatrique, tellement gavé de médicaments que tu ne réalisais plus qui tu étais ? Ou quand tu as voulu quitter Manhattan en empruntant le pont par lequel tu étais arrivé ?

– Comment peux-tu savoir une chose pareille ?

– Parce qu'il me l'a rapporté. C'est moi qui ai envoyé June, Kyle et Casey à ton secours. J'ai appris pour ta femme, la fille du sénateur Maccallan. *Mingan* t'a vu souffrir et il t'a dit que tu devrais mourir plusieurs fois avant de comprendre que ta douleur deviendrait ta force.

Cette fois, elle hésita, une ombre passa dans son regard, comme une tristesse infinie.

– Nous avons souffert tous les deux par les feuilles, Jed, d'une façon ou d'une autre. Mais désormais nous sommes prêts.

Elle se leva et contourna la table de salon qui nous séparait.

– Je conçois que c'est compliqué à admettre. J'ai éprouvé de grandes difficultés à y parvenir, simplement, j'ai eu plus de temps. Désormais, l'esprit de la forêt sait que nous sommes forts. Nous serons plus forts ensemble, Jed. Mon frère… ça fait tellement bizarre de dire cela ! Mais je m'y suis habituée maintenant. Notre père attend beaucoup de nous.

Je hochai la tête. Tout en moi criait soudain de la croire, qu'elle disait la vérité. Peut-être parce qu'inconsciemment je m'étais posé la question de ma naissance difficile et tardive, et des regards que me lançaient parfois ma mère et mon père. Pourtant, je ne ressemblais pas physiquement au vieil indien, mais le fait de l'avoir constamment à l'esprit n'était-il pas un signe ? Comment aurais-je pu être le seul à me mesurer à la feuille, sinon ?

– Je crois savoir désormais ce qu'il attend. Nous devons retourner à Hope Falls.

Chapitre 4

D'Evanston à Hope Falls, il y avait près de mille kilomètres et presque dix heures de route. Nous allions devoir effectuer ce trajet en voiture et l'idée ne m'enchantait guère après les heures pénibles qui nous avaient conduits jusqu'ici. Mais Elisabeth pensait avoir une autre solution. M'abandonnant un instant pour que je puisse inviter mes compagnons à entrer, elle s'empara de son téléphone et passa quelques appels. Nous l'attendîmes dans le salon. June me prit en aparté pour me demander ce que j'avais appris.

– Que t'a-t-elle raconté, *oshkaabewis* ?

– Elisabeth prétend qu'elle est ma demi-sœur, que nous avons le même père, *Mingan*. J'ai encore du mal à le croire, mais quelque chose au fond de moi m'assure qu'elle me dit la vérité. Elle a noué un contact spirituel avec le vieil indien, peut-être aussi fort que celui qui nous lie, ce n'est pas un hasard. Elle a quitté Hope Falls bien avant moi, mais une partie de son âme y demeure, comme pour moi. Je ne pense pas que *Mingan* m'aurait choisi au hasard parmi les habitants de la ville. Je n'étais sûrement pas le plus courageux ou le plus intelligent. Si je n'avais pas eu son sang dans mes veines, peut-être serais-je mort là-bas il y a deux ans… C'est si embrouillé dans mon esprit !

June me saisit les mains pour les étreindre avec ferveur.

– Je sais que tu es quelqu'un d'important, Jed ! *Mingan* me l'a murmuré à l'esprit lorsqu'il m'a dit de te rechercher. C'est toi ! Tu es celui que j'attendais, celui avec qui je voudrais partager mon existence. Est-ce que nous pourrons nous aimer, *oshkaabewis* ?

Je fis semblant de ne pas comprendre.

– Bien sûr, June, comme deux frères ou deux sœurs s'aiment.

– Ce n'est pas ce que je veux dire, murmura-t-elle. Je veux devenir ta femme. À ma naissance, ma mère m'a dit qu'elle avait vu un signe. Je rencontrerais quelqu'un d'important, qui changerait les choses, et je me marierais avec lui. Je suis sûre que c'était toi, Jedediah !

– Non, June, c'est forcément quelqu'un d'autre, tu te trompes. Tu ne dois pas m'aimer comme cela, c'est impossible. Tu es jeune, tu as tellement de choses à découvrir, crois-moi, on ne bâtit pas sa vie avec un type tel que moi.

– C'est à cause d'elle, n'est-ce pas ? Tu l'aimes encore ? Malgré tout ce que tu sais ?

Je compris qu'elle parlait de Barbara.

– Oui, June. Je l'aime encore. C'est la seule femme que j'ai vraiment aimée durant toute ma courte existence. Et c'est son souvenir qui me tient et me permet d'aller de l'avant. J'espère que tu comprends ça.

Elle hocha la tête et s'éloigna, désemparée. J'aurais voulu la consoler, mais que pouvais-je faire ? Je ne cessais de ressasser les propos d'Elisabeth, pesant le pour et le contre, et à mon grand désarroi je parvenais à la conclusion qu'elle ne m'avait pas menti. Je ne pouvais pas me faire à cette idée. Comment mon père avait-il appris la nouvelle ? Mes parents étaient nés tous les deux dans cette petite ville et n'avaient jamais vécu ailleurs, je ne pensais même pas qu'il leur soit venu à l'esprit de faire un bilan de stérilité en constatant qu'ils n'arrivaient pas à avoir un enfant ! À l'époque, c'était toujours la faute de la femme, jamais de l'homme bien sûr, si fier, si imposant dans sa masculinité, il ne pouvait en être autrement ! Je ne parvenais pas à en vouloir à ma mère, même si je pensais qu'elle avait menti à mon père. Jonathan et Rosemary Lafkin m'avaient tellement chéri et tant apporté, je leur serais éternellement redevable ! Je pouvais presque me souvenir de leur déception lorsqu'ils voyaient les années filer sans que je me décide à fonder une famille, eux qui auraient tant souhaité avoir des petits-enfants ! Ils étaient morts désormais, et je ne pensais plus être en mesure de vivre avec quelqu'un…

Mais pourquoi ni ma mère ni le vieil Indien ne m'avaient-ils avoué la vérité ? Sur son lit de mort à Hope Falls, Melissa Krueger, elle, s'était épanchée en me révélant le secret de la naissance d'Elisabeth, alors que je n'avais aucun lien de parenté avec elle – sur le moment du moins je le croyais. La situation me paraissait inouïe : je devais faire équipe avec la fille de mon ancien ennemi, contre le père de mon ancienne conjointe ?

– Tu dois bien t'amuser, n'est-ce pas, *Mingan* ?

Il ne répondit pas, mais j'étais persuadé qu'il avait entendu.

Je sentis une présence dans mon dos et je me retournai pour apercevoir Elisabeth, son portable à la main. Elle adoptait un air sévère.

– Toujours pas convaincu ?

– Comment pourrais-je l'être en si peu de temps s'il t'a fallu plusieurs années pour l'admettre ?

– J'aurais voulu que ça se passe autrement. Si tu crois que je suis emballée à l'idée de retourner à Hope Falls ! J'ai paumé ma jeunesse là-bas et je m'étais juré de ne jamais remettre les pieds dans ce trou perdu ! C'est drôle, il faut que ce soit maintenant, avec toi, alors qu'il ne doit rester qu'un champ de ruines. La vie est une belle salope, hein, Jed ? Nous avons tous les deux perdu bien plus que n'importe qui, on devrait nous foutre la paix, en fait on n'aurait même pas dû se rencontrer et tout ignorer l'un de l'autre. Qu'est-ce que cela aurait changé pour nous ?

– Rien, sans doute, je reconnus. Mais puisque nous en sommes là, autant aller jusqu'au bout. Est-ce que tu peux me procurer un véhicule ?

– Parce que tu crois pouvoir t'y rendre seul ? Non, Jed, nous irons ensemble. J'ai prévenu tous les Enfants de la Feuille d'Érable Rouge, ils vont nous attendre à Grand Marais.

– Pourquoi Grand Marais ?

– Il existe un petit aéroport. Nous irons plus vite en avion. Je peux louer un appareil pour toi, moi, et nos quatre compagnons. Une fois là-bas, nous ne serons plus qu'à une poignée de kilomètres de notre destin. C'est plus risqué qu'en voiture, mais j'ai bien peur que nous n'ayons plus le choix.

– Les feuilles ?

– Oui. Elles arrivent. Et surtout…

Elle se tut, le temps d'allumer l'écran plasma fixé au mur du salon. La première chaîne d'actualités suffit. Un journaliste évoquait la situation de Manhattan d'un air grave, tandis qu'en incrustation plusieurs caméras montraient des images de gens courant sous la tempête. Sur le moment, je me demandai comment ils avaient pu réussir à s'introduire sur l'île afin de filmer les rues, puis je réalisai que quelque chose clochait. Ce n'était pas celles de Manhattan. Je ne reconnaissais pas les lieux. J'observai les incrustations, à ce point obnubilé par les images que je n'entendais pas ce que le journaliste disait. Londres. Paris. Moscou. Le Cap. Sans distinction de pays, des milliards de feuilles s'élevaient en colonnes un peu partout dans le monde pour submerger les capitales et les paralyser. Par endroits, on déplorait déjà des centaines de victimes et les dégâts étaient colossaux. Les envoyés spéciaux ne savaient plus quoi raconter, les autorités des différents États étaient dépassées.

– C'est comme ça partout depuis que tu as fui Manhattan, me dit Elisabeth. Les feuilles s'accumulent et les gouvernements sont impuissants à s'en débarrasser. Nous pourrions nous dire qu'il n'y en a pas assez dans toutes les forêts du monde, mais…

– Elles se multiplient, ajoutai-je.

– Tu crois ?

– J'en suis convaincu. Je me suis fait cette réflexion lorsque j'étais coincé à New York, et que j'ai assisté à ce cyclone qui montait de Central Park. Chaque feuille se divise en deux, qui se divisent elles-mêmes en deux autres, et ainsi de suite. Au bout de quelques heures, elles sont des millions. Rien ne les arrêtera. Sauf si nous trouvons un moyen. Et c'est à Hope Falls qu'il faut retourner. Lorsque je suis parti, j'ai laissé quelque chose derrière moi, que je n'aurais pas dû laisser.

– Tous les vols au-dessus du territoire vont bientôt être interdits. Nous devons partir sans attendre... merde ! Parfois je maudis ce vieil Indien, même s'il est mon véritable père, pour tout ce qu'il nous fait subir !

– Et les Enfants de la Feuille d'Érable Rouge ? Que vont-ils faire ?

– Depuis que nous t'avons retrouvé, ils se sont réunis. Ils attendent ta venue. Nous aurons besoin de toutes leurs forces spirituelles pour venir à bout de la feuille. Ils ont tous quitté la communauté d'Alice Atwell pour se diriger vers l'ancienne ville. Ils sont là parce que de tout temps ils ont su vivre en harmonie avec la Nature.

– Au moins, celle du *Mishòmis.* Celle qui a pris possession de Maccallan ne poursuit qu'un but, à l'opposé de celui-ci justement.

Nous nous tûmes, le temps d'observer les ravages de feuilles sur les autres continents. Hope Falls était née en plein milieu de la forêt, dans une cuvette naturelle, on n'y accédait que par une seule route. Les noms se bousculaient en moi. Hope Falls Road. Jackson Lake Road. Arrowhead Trail. Minnesota 61. Il me suffisait de fermer les yeux pour les parcourir à nouveau au volant de mon Acadia. Le vieil Indien, Loup Gris, demeurait en ces lieux, tel un gardien de sanctuaire inviolé, et c'était pour cela que les feuilles n'attaqueraient pas. Du moins, pas tant que je ne serais pas sur place.

Sur l'écran de télévision, un portrait du sénateur Maccallan apparut, à côté du mien issu d'archives. Je me trouvais encore bonne mine à l'époque. Le discours était par contre toujours le même : gravement blessé au cours de mon évasion, Maccallan rappelait qu'il fallait à tout prix que je sois intercepté. Lorsque le monde ne comprend pas quelque chose, il lui faut un coupable, basique, sur lequel verser sa colère, sa rage, sa frustration. J'étais ce coupable idéal. Je risquais de retrouver le sénateur sur mon chemin.

Chapitre 5

Elisabeth nous conduisit, mes compagnons d'infortune et moi, à la sortie de Chicago, à quelques kilomètres d'Evanston. Il était hors de question que nous empruntions un gros aéroport, avec les risques que cela présentait pour nous. Nous ne pouvions pas nous faire arrêter, pas à ce stade. La chose qui possédait Maccallan était sur notre piste. Nous avions des images saisissantes de traînées de feuilles qui se dirigeaient à toute allure vers nous. Ce qui était certain, c'est que l'orage atteignit la banlieue de Chicago au moment où Elisabeth stoppait son véhicule devant les bâtiments de l'aérodrome de Campbell. Un bimoteur Piper PA-34 Seneca III à la carlingue un peu vétuste nous attendait sur la piste.

– N'ayez aucune crainte, nous rassura Elisabeth. Cet avion est en parfait état de vol. Il appartenait à Chris, mon époux.

– Qui va le piloter ? demandai-je.

– Cette question ! Moi, évidemment ! J'ai passé mon brevet depuis longtemps !

Tandis que nos compagnons grimpaient à bord, j'accompagnai celle que désormais je devais considérer comme ma demi-sœur afin d'enregistrer notre plan de vol. Le ciel avait pris une teinte olivâtre qui me rappelait celui de Manhattan, même s'il n'était pas encore envahi par les limbes.

– Vous ne pourrez pas décoller dans ces conditions, fit le responsable de l'aérodrome. Je ne sais pas ce qui nous arrive dessus, mais ça ne va pas être bon. Nous avons reçu des directives : aucun vol n'est autorisé jusqu'à nouvel ordre. Je suis désolé.

– Je comprends vos scrupules, mais nous devons nous rendre de l'autre côté du lac Supérieur, près de la frontière avec le Canada. Le mauvais temps reste derrière nous.

– Madame Sutton, il en va de ma responsabilité. Même si vous faites ça à vos risques et périls, je ne peux pas vous laisser faire. Si vous avez un accident, je ne pourrai plus me regarder dans une glace. Vous ne pouvez pas remettre votre voyage ?

– Si nous partons aujourd'hui, c'est parce que nous avons rendez-vous avec quelqu'un qui peut peut-être arrêter tout ce cirque dehors. C'est réellement une question de vie ou de mort !

– Pourquoi n'en parlez-vous pas à la police dans ce cas ?

– Elle ne nous croirait pas.

Le gérant nous observa un moment. J'avais presque oublié qu'Elisabeth avait été une femme mariée, et qu'elle portait le nom de son défunt époux. Connaissant la haine qu'elle éprouvait à l'encontre de celui qui l'avait élevée,

Vernon Krueger, je comprenais qu'elle ne souhaitait plus être associée à ce nom.

– Je ne vous aurais pas rencontré quelque part ? finit-il par dire en s'arrêtant sur moi.

– C'est mon frère, expliqua Elisabeth. Vous avez dû le croiser au cours du vol que nous avions fait avec Chris il y a quelques années.

– Peut-être… mais j'ai l'impression que c'est plus récent que cela.

Elisabeth me prit par le bras.

– Je vais dire à nos passagers de débarquer. J'espère que le temps va changer. Bonne journée, et encore désolée pour le dérangement !

Elle me poussa vers la sortie. Sur le pas de la porte, le gérant nous apostropha.

– J'y suis ! Je vous ai vu à la télévision ! Vous étiez avec le sénateur Maccallan, non ?

Elisabeth jura. Me cramponnant toujours le bras, elle courut en direction du Seneca. Le gérant de l'aérodrome nous suivit jusqu'à l'extérieur.

– Attendez ! Où allez-vous comme ça ?

– Grimpe, Jed ! Vite !

Elle referma la portière de l'appareil, mit le contact, lança les moteurs. L'homme arrivait vers nous en agitant les bras. Je devais reconnaître qu'il ne manquait pas de courage vu le portrait peu reluisant qu'on avait fait de moi. D'un geste de la main, il fit signe à Elisabeth de couper les gaz. Il agita plusieurs fois ses doigts repliés en forme de téléphone pour bien nous le faire comprendre. Elisabeth lui intima l'ordre de s'écarter, poussa la manette au maximum et fit rouler le bimoteur en direction de la piste. Nous prîmes rapidement de la vitesse, prêts à décoller.

Le fracas derrière nous couvrit le bruit de l'avion. D'un geste commun, nous nous tournâmes afin de regarder ce qui était en train de se produire. Se déversant telle une vague de tsunami, les feuilles venaient d'atteindre l'aérodrome et fonçaient droit vers nous, balayant tout sur leur passage. Une partie du hangar fut pulvérisée, emportée par les vents. Je vis le gérant partir en courant puis se jeter à l'abri des débris qui volaient en tout sens. Les dents serrées, Elisabeth tira sur la manche, levant le nez du Piper.

– Bordel de Dieu ça va être chaud ! cria-t-elle.

L'avion quitta la piste. Ses roues se retrouvèrent dans l'air, à l'instant précis où les premières feuilles les atteignaient. Nous sentîmes le choc contre l'essieu, le Piper tangua, déséquilibré, se redressa avant de gagner de l'altitude. Derrière nous, une longue colonne végétale s'étirait en une corde de lasso géante, ne voulant pas lâcher prise, effleurant l'empennage arrière, frôlant les ailes. Je savais qu'il suffirait d'une seule pour nous faire capoter et nous écraser. Elisabeth tira comme une forcenée, à la limite de rompre la mécanique, ou bien tous les muscles de ses bras, son visage vira à l'écarlate, et elle jura sans discontinuer. La lutte entre la machine et la Nature. Plusieurs feuilles parvinrent à nous dépasser, pour se rabattre sur nous et tenter de s'immiscer dans les hélices. L'avion tressauta, perdit un peu de sa vitesse. Ma demi-sœur vira sur l'aile afin de leur échapper.

– Pas de ça, salopes ! hurla-t-elle. Vous ne savez pas à qui vous avez affaire !

Elle fit plonger le Seneca, provoquant une brusque remontée du contenu de mon estomac dans ma bouche, elle se laissa tomber en chandelle, avant de redresser au dernier moment alors que les roues allaient toucher la terre. Les limbes suivirent le mouvement, avec un léger retard, et la plupart roulèrent sur le sol pour s'éparpiller, perdant ainsi leur cohésion première. Le temps que la corde végétale reprenne son aspect, nous avions regagné de l'altitude et nous foncions droit vers le nord-est. Notre agresseur continua cependant sa poursuite sur quelques kilomètres, avant de se déliter peu à peu et de se disperser. D'un poing rageur, Elisabeth frappa sur le tableau de bord et poussa un cri de triomphe.

– Je savais qu'on y arriverait ! Allez toutes vous faire foutre ! Désolée si mes propos vous ont choqués, révérende Atwell !

– Vous êtes pardonnée, répondit Alice Atwell en essuyant son front couvert de sueur. J'ai bien cru que nous allions rencontrer notre créateur !

Nous volions aussi rapidement que le permettait notre appareil. Je ne cessai de me démonter le cou afin de voir si nous étions poursuivis. Il y avait toujours des feuilles en abondance, animées par cette hallucinante volonté de nous pousser à l'accident. Régulièrement, plusieurs d'entre elles survenaient pour se ruer sur les moteurs et tenter de les faire caler, et je remerciais le ciel qu'Elisabeth sache piloter. Après avoir longé le lac Michigan, nous survolions à présent les immenses étendues du Wisconsin plus au nord. Cela nous faisait faire un détour, mais nous avions jugé qu'il était prudent d'éviter le plus possible de passer au-dessus des forêts. Nous n'étions pas à l'abri d'une mauvaise surprise, mais en volant ainsi le plus souvent près de l'eau nous pouvions prévenir le risque qu'une nuée de feuilles ne monte dans notre direction pour nous attaquer. Le trajet était d'autant plus éreintant que personne en dehors d'Elisabeth ne savait piloter. Nous nous taisions pour la laisser se concentrer, n'intervenant que si l'un d'entre nous repérait une tache dans le ciel. Elle effectuait alors une légère correction de trajectoire pour demeurer aussi loin que possible. Le vent lui-même était contre nous, nous repoussant en arrière vers les terres, puis il se calmait brutalement pour créer une dépression dans laquelle nous plongions pour nous retrouver au milieu des limbes. La carlingue se mettait à vibrer sous leurs assauts de milliers de petites dents affamées. L'un des moteurs se coupa, et nous connûmes un terrible moment de panique alors que nous tanguions et que notre pilote s'efforçait de redémarrer. Alice Atwell nous incita à implorer tous les dieux que nous souhaitions, et les prières se mêlèrent, que l'on soit d'obédience protestante comme Atwell ou de culture indienne comme June et Kyle *mangijaane*. Je n'avais jamais cru en aucun dieu de la création et tout ce qui avait trait à la religion m'insupportait. Peut-être parce que j'avais vu les exactions que mes semblables étaient capables de commettre en son nom. À Hope Falls les habitants pratiquaient un culte mesuré, libre, chacun respectant les convictions de son voisin. Je priai la Nature, le *Mishòmis*, mes ancêtres. Je priai des dieux imaginaires issus de mon esprit, leur implorant leur clémence. Et alors que le Piper PA-34 craquait de partout, le cockpit recouvert de feuilles mortes qui s'agglutinaient sur lui, le second moteur réussit à redémarrer après avoir éjecté une fumée noire. L'odeur de brûlé parvint jusque dans la carlingue, mais nous repartions de plus belle.

– Voilà le lac Supérieur ! indiqua Elisabeth.

Après un dernier bond au-dessus de la terre, nous quittâmes le Wisconsin pour la vaste étendue d'eau. Nos ennuis étaient loin d'être finis : à l'horizon se profilait une lourde agitation dans le ciel, des nuages sombres qui n'étaient pas de vrais nuages. Elisabeth et moi échangeâmes un regard inquiet. Ces masses étaient en train de s'accumuler sur la région d'Hope Falls. Arriverait-on à les passer ?

– L'aéroport de Grand Marais est juste face à nous. Il faut à tout prix l'atteindre. De là, nous pourrons gagner la ville par la route.

– Ça risque d'être compliqué. Regardez ce qui nous arrive droit devant ! remarqua Kyle.

Il nous montrait ce que nous avions repéré quelques instants plus tôt. Cette fois, deux formes en mouvement, bien individualisables, s'éloignaient de la terre ferme pour se lancer à notre rencontre. L'impact semblait inévitable.

– Jed, j'ai peur ! fit June d'une petite voix dans mon dos.

Elisabeth me regarda. Elle continuait à piloter comme si rien ne devait changer son choix, mais au fond de moi, je sentis qu'elle attendait un avis, voire un ordre. Qu'aurait fait *Mingan* à ma place ?

Il aurait pris la seule décision envisageable.

– Tout droit, petite sœur, lui dis-je sans avoir pleinement conscience de mes paroles.

Elle parut presque soulagée. Pesant sur le manche, elle poussa le bimoteur vers les deux spirales végétales.

– Nous allons mourir ! murmura Atwell d'une voix blanche. Dieu ait pitié de nous !

Encore quelques mètres et nous serions pris dans la tempête.

Souviens-toi, tu es l'oshkaabewis, le messager. Tu peux leur demander de t'aider. Toutes ne sont pas mauvaises et manipulées par le mauvais esprit. Vas-y, essaie !

À l'instant précis où les feuilles s'abattaient sur nous, balayant le Seneca III vers l'altitude comme un fétu de paille, je fermai les yeux et posai la main contre le cockpit.

Et le ciel nous absorba.

Chapitre 6

Elisabeth avait perdu le contrôle de l'appareil, et cependant elle s'obstinait à garder les deux mains sur le manche, persuadée qu'elle parviendrait à redresser *in extremis* pour nous permettre d'arriver sains et saufs jusqu'à l'aérodrome. Mais prisonnier des bourrasques de feuilles, le Piper n'était plus qu'un jouet ballotté dans tous les sens, aussi bien horizontalement que verticalement. Nous étions un peu le volant d'une partie endiablée de badminton disputée par deux adversaires atteints de folie furieuse. L'avion partit en avant, chuta en chandelle, se redressa brutalement pour être projeté en arrière, puis retomba vers le lac. Je perçus le grincement des rivets malmenés par les forces extérieures. Tout le Piper hurlait comme une bête blessée.

– Dieu tout-puissant ! s'exclama Alice Atwell.

J'ouvris les yeux. Un tunnel était en train de se créer devant nous, nous dégageant un espace de vol. Elisabeth affermit sa position, redressant le Seneca. Il ne subsistait plus qu'un seul moteur, le second avait définitivement rendu l'âme, mais nous devrions nous en contenter. Je continuai à me concentrer sur les feuilles volant autour de nous, et j'assistai à une lutte sans merci entre celles qui nous voulaient encore du bien et celles qui n'avaient pour objectif que notre destruction. Chaque limbe hostile qui se précipitait sur l'appareil était aussitôt bloqué par un autre, à qui je demandais instinctivement de l'aide. Le ciel était le théâtre d'un énorme conflit saturant l'air d'électricité. Sans hésiter, sans réfléchir davantage, Elisabeth s'engouffra dans le tunnel. Le Piper obéit en vibrant de toute sa tôle, descendit rapidement en direction de la rive opposée au lac Supérieur. J'en devinai désormais les limites. Je commis l'erreur de relâcher ma concentration, et les végétaux en profitèrent pour revenir à l'assaut, refermant le tunnel et s'abattant en masse sur l'avion. Cette fois leur objectif était le second moteur. L'impact contre le Piper fut si violent que nous crûmes avoir été coupés en deux, nous partîmes en toupie sur l'aile gauche, une des vitres latérales éclata en projetant du verre dans l'habitacle. Dans le hurlement du vent et le déchaînement des végétaux, j'imaginai percevoir une voix, celle d'Edouard Maccallan, qui vociférait des imprécations en poussant les feuilles à nous faire écraser. Je raffermis ma position sur mon siège, j'attrapai à nouveau le montant du pare-brise et me mis à hurler :

– *Awas, gichi-manidoo ! Ani-giiwen !* Va-t'en, retourne d'où tu viens !

Les feuilles s'écartèrent, nous ménageant un espace libre. Elisabeth fit grimper le Piper le plus haut qu'elle put pour profiter des courants ascendants, avant de redescendre en planant. Ce n'était évidemment pas la fonction première du Seneca, qui, endommagé comme il l'était, me parut tenir plus de la brique que du planeur. La surface du lac se rapprocha à vive allure.

– Ça va être chaud ! prévint ma demi-sœur.

Encore quelques mètres, et nous étions au-dessus de la terre. Ce serait trop court pour atteindre l'aérodrome sans casse…

Lancés à la façon d'une balle de fusil, les végétaux heurtèrent l'empennage arrière du Piper, le transformant d'un seul coup en avion de chasse. Je crus qu'on allait passer le mur du son. L'appareil fut propulsé au-dessus des constructions, sous le regard ébahi des témoins en contrebas. Nous aperçûmes les eaux sombres du Devil Track Lake, et un peu plus loin, perpendiculaire à notre direction, la piste d'atterrissage de l'aéroport de Grand Marais. Elisabeth fit virer le Seneca sur l'aile gauche, l'aligna sur la piste et le laissa descendre. Nous allions encore trop vite. Les roues touchèrent le tarmac avec un couinement de protestation, mais tinrent bon. Elle coupa le contact, joua sur les freins au maximum. Le Piper glissa, hors de contrôle, avant de s'immobiliser en bout de piste à moins d'un mètre du terre-plein.

Le silence pesant occupa l'habitacle durant de longues minutes, avant que nous n'éclations bruyamment en pleurs, entre peur et rires de soulagement. Dans un réflexe, Elisabeth me prit dans ses bras pour me serrer contre elle.

– Tu l'as fait ! murmura-t-elle.

– Non, c'est toi qui as piloté !

– Ne déconne pas, Jed ! Ce que tu viens de faire…

Je sentis le poids du regard des autres occupants de l'avion sur mes épaules. J'ouvris la portière pour descendre de l'appareil immobile. À l'arrière, Alice Atwell s'agita :

– Regardez Jed ! Ils sont tous là pour vous !

Un frisson me parcourut le dos. Venant du parking de l'aéroport, des dizaines de personnes s'avançaient vers nous. Hommes, femmes, jeunes et moins jeunes, des enfants également. Je remarquai qu'ils portaient tous en pendentif autour du cou une feuille d'érable rouge. Certains avaient l'air de prier à haute voix ou de chanter. La révérende Atwell étouffa un sanglot.

– Mes enfants ! dit-elle. Je savais que je pourrais compter sur eux !

Nous descendîmes de l'avion pour marcher vers eux. Je fus séparé de mes compagnons, entouré, palpé, caressé, chacun d'entre eux voulant s'assurer que j'existais bien. Je me sentis horriblement mal à l'aise. Je cherchai Elisabeth du regard, puis June, parce que j'avais besoin de sa ferveur à elle pour parvenir à me contrôler. Je la vis à quelques pas, elle me rejoignit, glissa sa main dans la mienne.

– *Oshkaabewis* ! Tu es revenu chez toi ! Les Enfants de la Feuille d'Érable Rouge sont avec toi désormais !

Ils répétèrent tous mon nom, en le psalmodiant à voix basse, presque monocorde, hypnotisante. Ils étaient plus de cent. Je ne souhaitais pas les décevoir. J'aurais voulu prendre mes jambes à mon cou et m'enfuir loin de tout ça. Mais c'était impossible, je finirais par être rattrapé. On ne pouvait pas fuir son destin.

– En route, fit Elisabeth d'une voix tendue.

Elle ressentait également cette angoisse, issue de la menace qui pesait sur nos têtes. Nous gagnâmes l'alignement de véhicules en tout genre, qui affichaient pour la plupart un nombre de kilomètres au compteur au-delà du raisonnable. Nous faisions hippies sur le retour, en route pour un hypothétique Woodstock du futur. Nous quittâmes l'aéroport en convoi, d'abord par des petites routes puis par la 61. Cette route que j'avais empruntée à tant de reprises ! Qui partait de Duluth d'un côté et m'emportait jusqu'à Thunder Bay de l'autre, en passant par la réserve indienne de Grand Portage ! Mon cœur se mit à battre plus fort. J'aurais voulu que ce trajet ne se fasse jamais, ou bien qu'il dure au moins des heures, des jours. Je n'étais plus certain d'être capable d'aller au-delà de cette 61. Et quand Casey, qui avait pris le volant, mit son clignotant pour tourner à gauche sur l'Arrowhead Trail, en passant à côté du bureau de poste où arrivait le courrier d'Hope Falls, je fus encore moins sûr de pouvoir y parvenir. L'embranchement suivant se dessina sur notre droite. Jackson Lake Road. Rien ne semblait avoir changé depuis tout ce temps. Les arbres étaient bien là, curieusement les feuilles ne bougeaient pas, ne cherchaient pas à se détacher pour nous écraser, ou au contraire nous protéger. Ce n'était qu'une simple route perdue au milieu de la nature.

– Arrête-toi ! commandai-je à Casey.

Il ne discuta pas mon ordre, se rangea sur le bas-côté. Nous laissâmes passer les Enfants de la Feuille d'Érable Rouge, avec Alice Atwell à leur tête, jusqu'à ce que nous ne soyons plus que cinq sur la route. Elisabeth, June, Casey, Kyle et moi.

– Jed ? Ça ne va pas ? demanda Elisabeth.

– J'ai besoin d'une minute, c'est tout. Roule doucement, Casey, s'il te plaît !

Je fis défiler les souvenirs. Mon enfance. Les sorties entre copains. Les virées avec mes petites amies. Incongrûment, je repensai à une des filles de l'époque, Sue, que j'avais voulu impressionner en lui offrant un week-end au Naniboujou Lodge, persuadé que la nature et les vastes espaces titilleraient ses sens comme ils titillaient les miens, et qu'on passerait le séjour à baiser non-stop. Au lieu de cela, elle avait déploré le manque de réseau... Je laissai échapper un sourire. Merci, Sue, de me remonter le moral à ce moment précis. Qu'es-tu devenue après toutes ces années, t'es-tu mariée, as-tu des enfants ?

La Jackson Lake Road embaumait la forêt, ma Nature préservée. J'aurais pu m'en gaver. Alice Atwell avait raison : je n'aurais jamais dû me retrouver à New York, les grandes villes n'étaient pas faites pour moi.

– Stop !

C'était Elisabeth qui avait crié. Je sursautai. Devant moi, la pancarte, posée de travers et piquée de rouille, indiquait : « Hope Falls – 2,5 Miles ». Hope Falls Road. Une ligne droite, un virage. Le poste électrique qui avait grillé sous l'attaque des feuilles. L'église catholique du père Andrews. Jefferson Avenue. Elisabeth agrippa ma main et me planta ses ongles dans la peau, mais je ne ressentis pas la douleur.

Welcome to Hope Falls – Pop. 1124 – Mayor Vernon Krueger.

Nous y étions. À la vue du nom qu'elle avait porté, Elisabeth blêmit. Je fis signe à Casey d'arrêter le véhicule à côté de ceux des Enfants, qui s'alignaient sur le bas-côté de part et d'autre. Leurs occupants attendaient pour se disperser autour de la commune. Ils allaient former comme une ceinture humaine et communier avec la nature, pendant que je pénétrerais dans ce qu'il restait de ma ville.

– Prête ? demandai-je à Elisabeth.

– Putain de Dieu, non, Jed ! Je ne suis pas prête, je ne le serai jamais !

– Moi non plus…

Je lui tendis la main. Je pris conscience à cet instant de la souffrance de June qui aurait voulu être à sa place, mais il ne pouvait en être autrement. Et j'avançai sur la chaussée déformée. En deux ans, les végétaux avaient pris le pas sur le béton. Je marquai un temps d'arrêt en contemplant les décombres de l'église, le clocher et le portail principal abattus, les murs effondrés. J'espérai qu'il ne s'agissait pas d'un signe funeste.

Après une dernière hésitation, Elisabeth et moi, les deux enfants du *Mishòmis* qu'il avait réunis pour leur confier une ultime tâche, pénétrâmes dans les ruines d'Hope Falls.

HOPE FALLS.
LÀ OÙ TOUT FINIT…

Chapitre 1

Le temps s'était figé deux ans plus tôt. Hope Falls s'était endormie et ne se réveillerait plus. Nous avancions pas à pas dans les vestiges de la petite cité où j'avais vécu les meilleures années de mon existence, dans un silence de sanctuaire. C'était tout juste si l'un d'entre nous osait respirer. À la suite de la catastrophe, lors du retrait des feuilles, aucune construction n'avait été épargnée, et nous marchions au milieu de ruines branlantes qui émettaient à intervalles réguliers des craquements sinistres comme autant de râles d'agonie. Que venions-nous faire ici, à profaner ce cimetière de souvenirs ? La nature autour de nous avait repris ses droits : les jardins jadis si bien entretenus revêtaient des allures de forêt vierge, les racines déformaient le goudron jusqu'à le faire gondoler et éclater, et ce qui à l'époque n'était qu'innocents arbustes avait envahi les maisons qu'ils étaient censés orner, dans des proportions trop importantes pour être seulement naturelles. J'avais déjà visité des endroits abandonnés par le passé, mais celui-ci était spécial et pas seulement parce que j'y avais vécu. On aurait dit qu'il ne fallait pas en parler, ni le regarder, ni même l'évoquer. Les ruines d'Hope Falls étaient devenues taboues.

Je m'arrêtai à l'angle de l'avenue Jefferson et de l'avenue Roosevelt. En continuant tout droit, j'allais tomber sur la mairie, la fameuse « Maison Rouge » de Krueger. Si je bifurquais sur la gauche, je rejoindrais ma propre habitation. J'ignorais vers quel endroit me diriger. Où pouvait m'attendre la feuille d'érable rouge ?

Je me laissai guider par mon instinct. Je remontai cette avenue Roosevelt que j'avais arpentée durant des années, à pied, en bicyclette et en automobile, où j'avais fait mes premiers pas. La maison était toujours là. Pourquoi aurait-elle disparu ? Elle avait été frappée d'un arrêté de péril et son accès barré par des barricades. Celles-ci, mal fixées, s'étaient effondrées, comme une partie du garage et un des côtés du toit. Mais elle tenait encore debout. La peinture s'était écaillée sur les volets, la façade était gonflée d'eau. Les premiers temps, le traumatisme était tel que je n'avais pas songé à revenir sur place pour récupérer quelques affaires. Les autorités avaient interdit l'entrée en ville, et même si je ne pouvais exclure la visite de jeunes désœuvrés venus se remplir les poches, je pensais que tout avait été relativement préservé des vandales.

En fait, après le passage des feuilles il ne restait plus grand chose d'intact.

J'arrachai les planches clouées qui condamnaient l'accès à l'habitation, et qui cédèrent sans difficulté, et je pénétrai dans mon ancienne maison. Il n'y avait pas à proprement parler d'entrée, puisque le court vestibule débouchait directement dans le salon. Fauteuils, canapé, cheminée, bar. Télévision et chaîne hifi. Disques de jazz et de country.

En envahissant tout par les fenêtres, les feuilles avaient tout saccagé, ne laissant que le néant lors de leur retrait. Je demeurai sur le pas de la porte, le cœur serré. Plus rien n'était identifiable dans ce magma pulvérisé et recouvert de moisissures. Je savais que je n'aurais pas dû entrer, mais je l'avais fait. Je me penchai pour récupérer ce qu'il me sembla être une pochette de vinyle pour l'examiner de près. Je reconnus les bribes de texte sur le carton ravagé. Creedence Clearwater Revival et leur album *Cosmo's Factory*. Je pensai au titre *Run through the Jungle* en me disant que le groupe avait accompagné toute cette aventure depuis le début, lorsque je m'étais rendu pour la première fois à la scierie de Vernon Krueger et que j'avais été bloqué par les feuilles. Ce jour-là, John Fogerty chantait à la radio *Have You Ever Seen the Rain ?*. Étrange chose que le destin. Je renonçai à poursuivre mes investigations. Ce n'était pas ici que la feuille m'attendait. Sur le pas de la porte, Elisabeth me prit par la main.

– Je suis désolée, Jed. J'imagine que tu as bien plus de souvenirs agréables que moi ici.

June apparut à cet instant. Malgré mes recommandations, Casey, Kyle et elle nous avaient suivis jusqu'au centre de la ville.

– Jed ? Tu devrais venir voir. Je crois qu'il se passe quelque chose…

Le ciel s'était assombri d'un coup, et un nuage de feuilles se constituait peu à peu au-dessus de nos têtes. Ses limites étaient imprécises, il ne cherchait pas à se projeter sur nous, il semblait plutôt planer dans l'attente d'un événement, et je savais lequel.

– Allons-y !

Je me mis en route vers ce qui me paraissait être le point central des limbes. Au carrefour avec l'avenue Thomas Jefferson, je pris en direction de la mairie. À l'époque, dans un accès de folie, Krueger et son fils avaient fait sauter les principaux bâtiments de la ville, et ce que les explosifs ou les végétaux n'avaient pas détruit, le temps s'en était chargé. Il était difficile de croire qu'une réplique de la Maison-Blanche s'était trouvée à cet endroit quelques années plus tôt.

Comme nous approchions, Elisabeth me donna un coup de coude pour attirer mon attention, mais je l'avais repéré également. Semblable à ceux qui avaient interdit l'accès à Manhattan, un mur de feuilles nous barrait le passage, me ramenant soudain deux ans en arrière lors de la catastrophe qui avait englouti Hope Falls. Et, comme à New York, j'eus la désagréable sensation que toutes les feuilles nous regardaient, observaient le moindre de nos mouvements afin de nous empêcher de passer. Elles dégageaient une impression de solidité minérale, inébranlable. Une volonté de fer dans quelques centimètres carré de cellulose. Je fis quelques pas vers elles, me demandant jusqu'où s'étendait cette muraille qui semblait circonscrire un lieu où il nous était interdit de nous rendre. Pour confirmer mes craintes, une boule de végétaux fusa pour aller s'écraser à mes pieds.

Je sursautai et ne pus m'empêcher de faire un bond en arrière.

– Nous ne passerons pas ! gémit Elisabeth.

– Nous devons trouver un moyen ! Je suis sûr que la solution se trouve de l'autre côté !

– Quelle solution ? De quoi parles-tu, Jed ?

Je ne répondis pas. Derrière nous, les Enfants de la Feuille d'Érable Rouge entraient peu à peu dans les rues de la ville pour se disperser. Je ressentis comme un flottement parmi les végétaux qui me faisaient face, peut-être parce qu'elle savaient qu'elles ne pourraient pas nous bloquer tous. Et je compris pourquoi la révérende Atwell les avait fait venir : pour faire diversion et pour m'aider à triompher. Déjà, le mur n'affichait pas la même solidité qu'auparavant. Certains membres des Enfants le contournaient en s'approchant au plus près, quitte à être blessés par un jet intempestif.

– Il ne faut pas qu'ils s'approchent davantage ! recommandai-je.

Je ressentais la présence du *Mishòmis*. Le vieil Indien avait disparu depuis longtemps, mais je savais qu'il vivait en moi, c'était grâce à lui que j'avais pu m'échapper de l'hôpital, puis de New York et que j'avais survécu à l'attaque du minibus et de l'avion. Je regardai Kyle et Casey, puis Elisabeth et enfin June. Tous attendaient un signe de ma part, mais je n'avais aucune envie de risquer leur vie en les entraînant avec moi.

– Les feuilles ne peuvent rien contre toi ! me dit June en se dressant devant moi, poings tendus. tu es l'*oshkaabewis*, tu es venu rétablir l'ordre ! Jamais la Nature ne voudra détruire l'Homme, surtout celui qui vit en harmonie avec elle !

J'espérais qu'elle avait raison. Tout autour de nous, les végétaux bruissaient de mille sons stridents qui nous heurtaient les tympans, comme de cris de colère. Nous évitâmes à grand-peine plusieurs boules de feuilles qui jaillirent vers nous. L'une d'entre elles vint violemment percuter June avant même que je ne puisse la mettre en garde. Sous le choc, elle fut projetée en arrière et retomba inerte deux mètres plus loin.

– June !

Je me précipitai en direction de la jeune femme. Elle était inconsciente, le visage griffé et les vêtements déchirés, mais elle était en vie. Elle avait besoin de soins.

– Kyle, Casey ! Vous devez l'emmener et la mettre à l'abri ! ordonnai-je à mes deux compagnons.

Un véritable ouragan de végétaux nous entoura soudain, projetant des débris dans toutes les directions. nous reculâmes de quelques pas. Nous avions très peu de temps avant que les feuilles ne nous recouvrent tous. Je jetai un œil sur le corps de June, toujours inerte, sur lequel Kyle et Casey se penchaient pour l'emporter. J'avais peut-être une chance de nous sauver. Je saisis Elisabeth par la main et la forçai à se mettre à courir.

– Viens ! Je sais où on doit aller !

Entraînant Elisabeth avec moi, je courais le long de l'avenue Thomas Jefferson, poursuivi par la vindicte des végétaux. Derrière nous, les bourrasques nous poursuivaient, se faisant plus violentes au fur et à mesure que nous progressions vers l'intérieur de la cité détruite, et nous les évitions à grand-peine. Quelque chose me disait que si je leur faisais face, je pourrais riposter, mais il me fallait plus de temps. Je tirai brutalement ma demi-sœur vers une habitation, je forçai la porte et m'engouffrai à l'intérieur.

Nous traversâmes la maison délabrée, au parquet défoncé qui grinça sous nos semelles, pour déboucher sur un jardinet arrière, envahi de mauvaises herbes. Nous enjambâmes la clôture pour nous retrouver dans le terrain adjacent, nous pénétrâmes dans la suivante. Mon but était de passer de demeure en demeure afin d'éviter de nous faire encercler et recouvrir. L'esprit du mal qui résidait dans la feuille d'érable rouge ne devait pas connaître notre destination. Je ressortis sur Jefferson au moment où une bourrasque entrait dans la première maison, brisant tout ce qui ne l'avait pas été. Nous entendîmes les murs exploser sous l'impact des feuilles.

– Si seulement les murs pouvaient les arrêter ! gémit Elisabeth.

Elle était complètement dépassée par les événements.

– J'ai bien peur que ça ne soit pas possible. La force de la feuille est infinie.

– Et nous, nous n'avons rien ? Ce que tu as réussi à faire dans l'avion, tu ne peux pas le refaire ici ?

– Pas maintenant, et pas ici. Mais fais-moi confiance.

Nous étions à la hauteur de la rue Chester Arthur. Encore aujourd'hui je ne comprenais pas pourquoi chaque rue d'Hope Falls portait le nom d'un ancien président. La rivière qui coulait non loin avait retrouvé son lit, mais les ponts qui l'enjambaient n'existaient plus, et le *Deer Hunter*, le bar où j'avais bu mon premier verre avec Barbara, avait été emporté par la crue. Il ne restait à peine que les fondations.

– Continuons !

– Jed, est-ce qu'il faut encore courir longtemps ? Je n'en peux plus !

Elle avait l'air à bout de forces. Ce que nous vivions était trop pour elle, même si je soupçonnais *Mingan* de l'avoir préparée de longue date.

– Nous ne sommes plus très loin.

Derrière nous, les végétaux continuaient à tout défoncer, anéantissant ce que le temps avait réussi à épargner. On aurait dit qu'un immense serpent fait de feuilles et de branchages se précipitait vers nous dans le seul but de nous avaler. Je frissonnais à cette évocation. Aveuglés par le vent et les débris tourbillonnants, le visage et le corps fouettés et blessés par des milliers d'impacts, titubant, au bord du désespoir, je poussai dans d'ultimes efforts jusqu'à l'église protestante d'Alice Atwell, le dernier lieu où nous avions trouvé refuge lors de la catastrophe, avant d'obliquer sur la gauche. Elisabeth se raidit en voyant le bâtiment vers lequel je me dirigeais, ou plutôt ce qu'il en restait.

– Oh, Jed ! fit-elle. Pourquoi ici ?

La Vernon Krueger Sawmill, la scierie de son père. Je poussai la vieille grille d'entrée partiellement démantibulée, et je m'arrêtai pile au milieu de la cour. Le ciel avait disparu, remplacé par une masse d'un vert sombre qui descendait peu à peu vers nous.

– C'est là qu'elle est apparue pour la première fois, murmurai-je en écartant les bras. C'est là que je l'ai prise dans mes doigts pour la contempler avant de la rejeter au sol. Alors que j'aurais dû la garder.

– Qu'est-ce que c'est que cette histoire, Jed ? Qu'est-ce que tu as pris ?

– La feuille d'érable rouge. C'est cela que j'aurais dû garder… bien sûr ! J'aurais dû m'en apercevoir bien avant. L'endroit où finalement tout a commencé. Où j'ai rencontré le *gichi-manidoo*, où j'aurais pu l'arrêter, ou au moins tenter de le raisonner. Au lieu de cela, je me suis contenté de fuir mes responsabilités. Mais ça ne se reproduira plus. *Mishòmis*, c'est le moment !

Comme je prononçai ces paroles, un tourbillon naquit derrière moi, entoura mes jambes pour former un rideau. Elisabeth recula, hésitante, mais je la maintins contre moi.

– Cette fois, nous serons deux. Je veux accomplir ce que je n'ai pas fini. Rétablir l'ordre et la sérénité avec la nature. Obliger le mauvais esprit à renoncer à la destruction.

– Et comment comptes-tu t'y prendre ?

– Je vais récupérer la feuille, Elisabeth. C'est ce qui est écrit.

Le mur de feuilles nous encerclait désormais complètement, nous enserrant peu à peu à nous étouffer. D'énormes quantités de limbes en furie s'envolaient dans notre direction pour nous écraser. Le rideau qui nous protégeait parut se solidifier, renvoyer les végétaux en les détournant de leur destination, nous laissant provisoirement indemnes. Je ressentais toute l'énergie maléfique qui nous entourait, je suffoquais, mais pas par manque d'air, simplement parce que cette surabondance d'énergie était au-delà de ce qu'un corps vivant pouvait supporter. C'était comme si un million de bombes nucléaires implosaient toutes ensemble dans ma poitrine. Je sentis un liquide chaud couler de mes narines, du sang. Bientôt, mes pieds ne touchèrent plus le sol. Je vis de l'incertitude apparaître dans le visage d'Elisabeth. Elle poussa un grognement désarticulé et se ramassa sur elle-même.

– Nous n'y arriverons jamais ! gémit-elle.

Je me rappelai ce maelström dans lequel j'avais été aspiré à Manhattan, la vision que j'avais eue, cette lutte entre le Bien et le Mal. D'un côté se trouvait cette Nature qui avait trop souffert et décidé que cela suffisait, et de l'autre celle qui était prête à pardonner, une nouvelle fois. Et la vengeance m'obsédait plus que le pardon. Je sentis des milliards de petites voix me glisser dans l'oreille que je ne devais pas me tromper de combat, que le côté de la feuille d'érable était celui qu'il me fallait choisir. Je me demandai pourquoi *Mingan* n'intervenait pas davantage, pourquoi il était prêt à sacrifier ses enfants. Elisabeth ne semblait plus en mesure de comprendre ce qu'il se passait. Ses yeux ne voyaient qu'une seule chose, ou plutôt une seule personne, moi, et je compris à cet instant ce que cherchait à me transmettre le vieil Indien. De mon sang, je faisais partie de sa culture, et je devais défendre ma famille et mes semblables. Elisabeth articula quelques mots que je ne compris pas, mais dont je saisis l'essentiel. Elle me communiquait son énergie afin que je puisse faire grossir la mienne. Je perçus comme une vibration, un chœur, le murmure de dizaines de personnes qui se donnaient la main et lançaient des incantations dans les rues d'Hope Falls et tout autour. Les Enfants de la Feuille d'Érable Rouge. Ils évoquaient le pouvoir de la Nature. Une nouvelle bourrasque nous enveloppa, cherchant à nous séparer, Elisabeth et moi. Je serrai la bouche pour ne pas laisser les végétaux y pénétrer et me noyer. Puis le ciel parut s'abattre sur nous et nous recouvrir. Dans un dernier geste, Elisabeth barra la route d'une colonne de feuilles qui me menaçait.

– Jed ! Non !

Ce fut elle qui reçut l'impact. Comme June précédemment. Le choc fut d'une telle violence qu'elle fut arrachée à moi, pour être emportée à travers le cyclone où elle disparut, telle une poupée désarticulée.

– Elisabeth !

Je voulus me précipiter vers elle, éperdu, mais les végétaux m'en empêchèrent. Barbara était morte à cause des feuilles. Allais-je perdre également June et Elisabeth, les deux femmes qui comptaient désormais pour moi ?

Elles vivront, oshkaabewis. Elles vivront si tu fais ce qu'il faut maintenant !

Je me redressai pour faire face à l'obstacle végétal. Je n'avais quasiment plus la possibilité de faire le moindre mouvement.

– Je suis l'*oshkaabewis*, prononçai-je lentement. Je suis le messager de la Nature dans ce qu'elle a de meilleur. Assez de destruction. Je viens te chercher, Feuille !

Je me laissai absorber d'un coup. Je m'élevai de plusieurs mètres au-dessus du sol. Mon corps fut balloté dans tous les sens, heurté de plein fouet, écrasé, comme si j'allais être écartelé et mis en pièces, en même temps que les limbes qui m'entouraient ne formaient plus qu'un seul bloc. Je les sentis former des excroissances comme autant de doigts qui s'enfonçaient dans ma gorge pour m'étouffer, qui m'écrasaient la poitrine pour m'étouffer, m'enserraient le cou pour m'étrangler. Je me débattis comme je pouvais, déchirant à mon tour leurs nervures que je devinais courir sur ma peau. Je les entendis me lancer des menaces, me maudire, me dire que je n'avais rien compris, que l'Homme ne changerait jamais. Je demeurai sourd à leurs répliques. Dans une ultime tentative de me soumettre, je crus voir apparaître les traits de Barbara, les yeux remplis de tristesse.

– Oh, Jed ! Pourquoi es-tu parti ? J'ai si froid, si peur sans toi ! Cesse de combattre, reviens vers moi, pour l'éternité. Tu sais que je le peux, si seulement tu le demandes, et nous recommencerons comme avant. Pense à notre fils qui pourra enfin grandir.

– Barbara ! balbutiai-je. Je t'ai toujours aimé ! Pardonne-moi !

La peur et la douleur finissaient par altérer définitivement mes sens. Encore quelques secondes et j'allais périr étouffé. Dans un ultime geste désespéré, j'ouvris les yeux, écartai la masse compacte qui grouillait autour de moi. Je savais qu'elle était là, tout proche.

Et d'un geste sec, j'arrachai la feuille d'érable rouge de ce maelström.

Elisabeth respirait difficilement, mais Dieu merci, elle vivait. Je la serrai dans mes bras en lui caressant les cheveux. Je me rendais compte que je tenais désormais à une personne que je ne connaissais pas quelques jours plus tôt, et qui pour moi était la fille de mon ennemi. Toutes les feuilles étaient retombées et achevaient de se disloquer, disparaissant peu à peu pour retourner dans la forêt. Je sentis qu'il en était de même partout dans le monde, j'imaginai sans peine les visages des habitants, hébétés, ne comprenant pas ce qu'il se passait, avant d'exploser de joie. Le silence avait fait place au tumulte.

Un bruit de moteur se rapprochait, droit dans notre direction. Les secours arrivaient. Je ressentis une énorme bouffée de joie en voyant apparaître Kyle et Casey, soutenant une June au visage meurtri mais consciente et souriante. Tous trois se laissèrent tomber à mes côtés pour m'enserrer dans leurs bras, et la jeune indienne déposa sur mes lèvres un baiser farouche.

– La Nature a entendu ton message, *oshkaabewis*. Elle laisse une chance à nos semblables parce qu'elle est bonne et généreuse, mais elle sera vigilante.

La voix du vieil indien résonna en écho dans mon esprit.

Jed, c'est ta sœur et toi qui désormais veillerez à ce que tout se passe bien. C'est pour cela que vous avez été conçus. Je compte sur vous. Désormais je peux me reposer. Migwechiwi, oshkaabewis. Gigawabamin Menawah. *Merci pour tout et à une prochaine fois.*

Je contemplai cette ville qui m'avait vu naître et qui par deux fois avait failli me voir mourir. D'une manière ou d'une autre, mon destin était trop lié à cet endroit pour que je puisse songer à le quitter.

Ningozis ! Mon fils ! N'oublie pas pour quoi tu étais venu ! Il te reste encore une chose à accomplir !

Une dernière chose à accomplir...

La feuille d'érable rouge rampait sur le sol. Elle cherchait un souffle de vent pour prendre de l'altitude et s'envoler. Une lutte interne se déroulait en elle. Le Bien avait triomphé du Mal, mais pour combien de temps ? N'était-ce pas d'ailleurs un combat perdu d'avance, l'Homme méritait-il vraiment qu'on lui donne une dernière chance de faire attention au monde dans lequel il vivait ? Elle s'éleva de quelques centimètres, puis un peu plus haut. Ceux qui la vénéraient envahissaient à présent les rues désaffectées d'Hope Falls comme s'il s'agissait d'un lieu de pèlerinage. Pourquoi pas ? Mais cela ne la concernait pas. L'esprit de la forêt qu'elle abritait en son sein avait besoin d'un temps de réflexion. Posséder un être humain et le manipuler à sa guise a été une expérience grisante, elle aimerait la renouveler dans le futur. Afin de préparer son retour.

Une nouvelle saute de vent, plus violente cette fois, la fit décoller pour de bon. Elle allait pouvoir retrouver son territoire et s'y faire oublier un temps, loin de ces êtres aussi attachants que haïssables ! Un mètre...

Quelque chose la bloque par le pétiole. Elle est emprisonnée. Elle cherche à comprendre ce qu'il lui arrive. Elle n'a pas prévu une issue pareille. Alors qu'elle se tortille pour se libérer du piège, c'est Jed Lafkin qu'elle voit debout.

Jed qui la maintient du bout des doigts.

La feuille d'érable rouge vibre dans ma main, comme pour protester contre sa captivité. Je l'ai saisie au moment précis où elle allait s'envoler et disparaître pour je ne savais combien de temps. Mais je ne peux plus la lâcher. Je ne recommencerai pas l'erreur du passé. La serrant davantage tant je sens qu'elle s'apprête à m'échapper, je la retourne pour la fixer dans mon poing.

Elle.

Cette superbe, cette magnifique, cette terrible feuille d'érable rouge.

Dans un léger crissement de ses nervures, je sais qu'elle m'entend.

Je t'ai manqué ?

Alors que l'esprit hurle pour m'en empêcher, je l'approche lentement de mon visage. Je sais ce qu'il faut faire pour qu'elle et moi ne fassions désormais plus qu'un. Ma bouche s'ouvre sur elle et son ultime cri.

NOUVEAUX AUTEURS

Dépôt légal : octobre 2021

Directeur des éditions Nouveaux Auteurs : Jean-Laurent Poitevin

Pour les éditions Prisma :
Responsable éditoriale : Ambre Rouvière
Assistante éditoriale : Mathilde Sauzon
Correction et composition : Nord Compo Multimédia
Conception graphique de la couverture : Nord Compo Multimédia
Couverture : Nord Compo Multimédia
Illustration de couverture : © Getty Images / Kimberrywood © Fotolia / Phil35m

ISBN : 978-2-8195-0665-2

Depuis 2009, Prisma Media met en place une politique d'achat éco-responsable. Ainsi, près de 100% du papier de nos magazines est certifié PEFC (gestion durable des forêts). La fabrication des livres des Éditions Prisma s'inscrit également dans cette démarche.